Emma Smith
Shit Happens
back to the rules
(NY-Mafia 2)

AF187010

EMMA SMITH

SHIT HAPPENS
back to the rules

Deutschsprachige Erstausgabe Februar 2020
Copyright © 2020 Emma Smith
Alle Rechte vorbehalten
Nachdruck, auch auszugsweise, nicht gestattet
Das Werk, einschließlich seiner Teile, ist urheberrechtlich geschützt. Jede
Verwertung ist ohne Zustimmung des Verlages und des Autors unzulässig.
Dies gilt insbesondere für die elektronische oder sonstige Vervielfältigung,
Übersetzung, Verbreitung und öffentliche Zugänglichmachung.
Emma Smith - c/o AutorenServices.de
Birkenallee 24 - 36037 Fulda
Cover/Umschlaggestaltung: Sabrina Dahlenburg
Lektorat: Anne Paulsen
Korrektorat: Cara Rogaschewski
Satz: Wolkenart - Marie-Katharina Wölk www.wolkenart.com
Herstellung und Verlag: BoD – Books on Demand, Norderstedt
1. Auflage
Paperback ISBN: 9783750480186

Für Anja
Weil dir alle meine bösen Jungs mit einer Knarre gehören

PROLOG

Früher liebte ich Rosen. In jeder Farbe. Sie wirkten jedes Mal, als stünde die Zeit still. Eine zeitlose Liebe. So fühlten sich Rosen in meinen Händen an, damals. Jede Woche stellte mir unsere Haushälterin einen frischen Strauß ins Zimmer. Weil Daddy es wollte. Und weil er wusste, dass ich sie liebte.

»Asche zu Asche. Staub zu Staub«, hörte ich den Pfarrer sagen.

»Leah?«

Mein Bruder stand neben mir und berührte meine Schulter, weil ich immer noch nicht reagierte und nur dabei zusah, wie dieser Sarg nach und nach in die Tiefe gefahren wurde, nachdem sich jeder Einzelne verabschiedet hatte und eine Rose hinterließ.

Jetzt hielt ich eine einzelne rote Rose in den Händen und würde sie am liebsten nie wieder loslassen. Denn jeder erwartete, dass ich sie gleich auf den Sarg unseres Dads fallen ließ.

»Leah?«

»Mh?«

Ich schaute auf, um seinem warmen Blick zu begegnen. Er hatte blaue Augen. Dads Augen.

»Es wird Zeit.«

Er meinte, wir mussten ihn jetzt gehen lassen.

Ich schluckte. Mein Hals fühlte sich nicht gut an. Ich fühlte mich nicht gut.

Mit zitternden Händen warf ich die Rose auf den schwarz veredelten Sarg. Mein Bruder ließ Erde von einer kleinen Schaufel ins Grab rieseln. Zusammen blickten wir hinunter.

»Dort, wo er jetzt ist, Leah, hat er keine Schmerzen mehr«, erklärte Colin mir.

Ich nickte. Zu mehr war ich nicht in der Lage.

Wir standen noch lange am Grab. Niemand hielt uns auf. Niemand forderte uns auf zu gehen. Denn niemand würde das wagen.

Warum?

Tja, nach Daddys Tod würde Colin die *Firma* übernehmen. Den Clan führen.

»Wir sollten gehen. Es wird gleich regnen«, beendete er die Stille.

Ich sah hoch in den Himmel. Als hätte Daddy das Wetter beeinflusst und nur darauf gewartet, den Regen zu schicken, nachdem sein Begräbnis zu Ende war.

Wir drehten uns um und ignorierten die vielen Menschen, die uns so mitleidig oder einfach nur respektvoll anschauten. Später bei dem Empfang blieb genug Zeit, um ihren Reden zuzuhören. Erst als wir uns weiter vom Grab entfernten, registrierte ich, wie viele Personenschützer uns folgten.

»Ist das wirklich notwendig?«, fragte ich.

»Ja«, war Colins kurze Antwort.

Ich zweifelte das nicht an. Colin hatte genug Druck, der auf ihm lastete. Er war jetzt das Familienoberhaupt. Wenn jemand eine Frage hatte, kannte er die Antwort. Nichts anderes wurde von ihm erwartet. Dachte irgendjemand, er wüsste selbst die Antwort, würde Colin ihn daran erinnern, dass dem nicht so war.

Ich ignorierte also die Bodyguards, die sich um unsere Limousine gestellt hatten, und ließ mir von Colin hineinhelfen. Langsam rutschte ich auf die andere Seite und zuckte kurz zusammen, als ich registrierte, wer mir direkt gegenübersaß.

Sloan.

Colin stieg ein und schloss die Tür. Er sagte etwas zu mir, aber ich ignorierte ihn. Ich konnte nicht aufhören, den besten Freund meines Bruders anzustarren.

Dunkles Haar, stechende Augen und ein Gesicht, das jedes Mädchen in meinem Alter von Dingen träumen ließ, die es noch nie angestellt hatte.

Colin seufzte. »Ich hasse das …«

Mit ›das‹ meinte er die Beerdigungen. Vor zwei Jahren Mom, jetzt Daddy. Es war nicht fair.

»Es wird besser«, sagte Sloan. Seine tiefe Stimme ließ mich leicht erzittern. Jedes Mal, wenn mir das passierte, beobachtete Sloan mich scharf. Als wüsste er ganz genau, was in mir vorging. Aber das konnte er nicht wissen. Oder?

Wir fuhren los.

»Sag das mal den Idioten, die mir in den Arsch kriechen, weil sie es auf Dads Abschussliste geschafft haben«, sagte Colin bitter und sah aus dem Fenster.

»Ignorier sie«, antwortete ich und versuchte, mich auf meinen Bruder zu konzentrieren. Was jedes Mal ein Kampf war, wenn Sloan sich im selben Raum befand. Und

den Innenbereich einer Limousine konnte man gewiss nicht als *Raum* bezeichnen!

»Natürlich übernehme ich die Liste. Ich wäre ein Trottel, wenn nicht«, schnaubte Colin.

»Und all diejenigen, die dort drauf stehen, wissen das auch?«, fragte ich ungläubig.

»Du kanntest Dad. Er liebte es, seine Macht auszuleben«, antwortete Colin und sah weiter hinaus.

War das ein Ja auf meine Frage gewesen?

Die Panik war mir deutlich anzusehen.

»Ich beschütze ihn, Leah.« Sloans kurze, aber deutliche Antwort zweifelte ich keine Sekunde an. Er war schon viele Jahre für meine Familie da gewesen. Erst hatte er Dad beschützt, jetzt Colin. Und er war Colins bester Freund.

Ich blickte ihn an.

Seine Miene blieb wie immer. Verschlossen und

kalt, doch seine Augen sprachen Bände. »Und dich. Es wird euch nichts passieren.«

Sloan war unser *Mädchen für alles*. Er koordinierte den Personenschutz, lieferte Waren aus, von denen ich nicht mal wissen durfte, dass er sie auslieferte, und kümmerte sich um die internen Angelegenheiten bei uns.

Colin wollte nicht, dass ich Bescheid wusste über diese Dinge. Vielleicht war das auch besser so. Aber jetzt waren nur noch Colin und ich da.

»Sorg einfach dafür, dass mein Bruder beschützt wird«, erklärte ich und blickte hinaus in die Welt, die mir heute noch weniger bekannt vorkam.

Ich spürte Sloans und auch Colins Blick, als ich ins Haus lief, Margerys Begrüßung ignorierte und die Treppen zu meinem Zimmer hinaufrannte.

Überall im Haus gab es Personal, das sich auf den Umtrunk vorbereitete. Doch ich wollte niemandem begegnen.

Mein Zimmer befand sich in der ersten Etage am Ende des Flures. Als ich um die Ecke lief, prallte ich mit jemanden zusammen.

»Leah!«

Es war Mark. Mark, der mich seit Wochen so merkwürdig ansah und meine Nähe suchte, seit ... seit ...

Ich schluchzte auf, weil mir wieder einfiel, dass Dad tot war. Für wenige Minuten hatte ich tatsächlich vergessen, dass unser Dad nicht mehr ...

»Hey. Scheiße ... Leah.« Mark nahm mich in den Arm und hielt mich einfach fest, während ich mich nicht beruhigen konnte.

Ich inhalierte den Duft nach Kiefernadeln, der Mark immer umgab, denn sein Job bestand darin, draußen zu patrouillieren. Er war gerade mal zwei Jahre älter als ich, aber schon so lang in unseren Clan involviert, dass er als vollwertiges Mitglied angesehen wurde. Und gerade brauchte ich jemanden.

»Komm.« Ich bemerkte kaum, dass er mich in mein Zimmer brachte. Die ganze Zeit über ließ er mich nicht los.

»Hier kannst du dich etwas beruhigen«, hörte ich ihn sagen und irgendwann musste ich lachen, bis das Gekicher in mir überhandnahm. Ich lachte lauthals, als wäre die Situation urkomisch.

Mark stellte mich vor sich und blickte mich fragend an. »Soll ich deinen Bruder holen?«

»Oh Gott. Bitte nicht«, brachte ich lachend heraus.

»Dann vielleicht Sloan? Er könnte ...«

»Nein!«

Ich konnte mir nicht erklären, woher ich den Mut nahm, für das, was ich dann tat. Ohne groß darüber nachzudenken, küsste ich Mark. Ich küsste ihn, damit der Schmerz nur für einen winzigen Moment aufhörte.

Mark war ein paar Zentimeter größer als ich, schlank und wirklich niedlich mit seinen dunklen

Haaren und diesen hellblauen Augen. Irgendwie waren wir zusammen aufgewachsen und ... er war wirklich nett gewesen, hatte mich getröstet.

Sloan würde mich nie so berühren. Warum auch? Er würde nie wissen, wann ich wirklichen Trost brauchte. Er war Colins kaltherzige Waffe gegen jeden Feind, den sie irgendwann loswerden mussten.

Ich hatte Mark überrumpelt, das spürte ich, denn er versteifte sich zunächst.

Aber ich gab nicht auf. Ich wollte diesen Kuss. Ich wollte ... gewollt werden. Einfach nur für einen kleinen Moment.

Und dann gab Mark nach. Er erwiderte meinen unbeholfenen Kuss und es entwickelte sich in eine Richtung, die ich noch nicht kannte, aber unbedingt kennenlernen wollte.

Ich riss seine Lederjacke herunter, die, seit ich denken konnte, sein Markenzeichen war, und er ließ es geschehen. Hastig öffnete ich zwei Knöpfe meines Kleides und stolperte mit ihm zu meinem Bett.

Und danach dachte ich über gar nichts mehr nach.

KAPITEL 1

Leah

»Du bist wieder da!« Margery, unsere Haushälterin öffnete mir die Tür und warf sich in meine Arme. Ich lächelte.

»Du hast mir auch gefehlt.«

Sie wirkte glücklich, mich zu sehen, als sie mich losließ. Doch dann wurde sie ernst. Margery hatte uns praktisch mit großgezogen und ich wusste sofort, worauf sie hinauswollte.

»Du bist allein angereist.« Tadel lag in ihrer Stimme.

»Colin ging nicht an sein Handy. Ich wollte ihm ja erzählen, dass ich früher komme.« Ich zuckte so beiläufig mit der Schulter, wie es nur ging. Sie sollte nicht sehen, wie enttäuscht ich war, weil er wieder mal nicht ans Handy gegangen war. Das war bereits seit Monaten so. Sie nickte mitfühlend und half mir meine zwei Koffer ins Haus zu tragen.

Eigentlich wollte Colin mich vom Bahnhof abholen.

Das Semester auf dem College war zu Ende, die Sommerferien hatten endlich angefangen. Ich studierte Englisch und stand kurz vor meinem Abschluss.

»Mein Gott, Mädchen. Was hast du denn da drin?«

Margery war fast 60 Jahre alt und trug mir immer noch die Koffer hinterher. Wenn ich eines an meiner Stellung hasste, dann, dass mir jeder irgendetwas abnehmen wollte.

»Lass das, Margery. Ich nehme sie schon.«

Doch sie war schneller als ich und stellte einen der Koffer an der Treppe ab. Ich sorgte dafür, dass der zweite auch dort seinen Platz fand.

Mit schmerzverzerrtem Gesicht rieb sich Margery den Rücken. Aber nach wenigen Sekunden sah sie mich wieder liebevoll und mütterlich an. Wie sehr hatte ich diesen Blick vermisst.

»Sieh dich an. Du bist so hübsch geworden.«

Ich verdrehte die Augen. »Du hast mich doch erst Weihnachten gesehen.«

»Hey, das ist immerhin fast sieben Monate her, Mädchen.«

Ich lächelte sie an. »Ist Colin hier?«

Es polterte und Mark stürmte die Treppe herunter, er lächelte mich erfreut an.

»Hey, Leah.«

»Hey.«

Er verschwand wieder hinaus. Es tat gut, ihn zu sehen, aber wir hatten nach der ›Sache‹ zwischen uns geklärt, dass wir so wenig wie möglich Kontakt hielten. Es war eben nie mehr als Sex zwischen uns gewesen.

»Colin ist im Büro in einer Besprechung. Komm! Du musst hungrig sein«, beantwortete Margery meine letzte Frage und führte mich durch den langen Empfangssaal in die großzügige Küche.

Nachdem sie mich auf den Hocker gedrückt hatte, machte sie sich am Herd zu schaffen.

»Ich kann dir Pancakes machen. Wobei ...« Sie hielt eine Pfanne in der Hand, dann schüttelte sie den Kopf. »Ich koche dir einen schönen Stew. Nichts geht über einen leckeren Eintopf.«

»Der braucht doch Stunden, bis er fertig ist. Margery, ehrlich ... Ich kann Pasta machen. Das geht schnell und schmeckt mit den richtigen Zutaten immer mega gut.« Ich war aufgestanden und öffnete die Küchenschränke, um die Zutaten rauszusuchen.

»Pasta? Italienisch?«

Sie wirkte geschockt, als ich aus dem Kühlschrank Oliven und Schinken nahm.

»Meine Güte, ich laufe nicht über. Keine Sorge, Margery. Ich rede einzig von Pasta kochen. Mehr nicht.« Ich musste schmunzeln.

Margery entspannte sich sichtlich. Nach all den Jahren der Revierkämpfe und Mafiaintrigen kannte sie nichts anderes als Hass. Zum Glück studierte ich seit drei Jahren in Boston. Weit genug entfernt von diesen ständigen Kämpfen. Wobei meine persönlichen

Bodyguards mich stetig daran erinnerten, zu wem ich gehörte.

»Hast du irgendwo Nudeln?«

»Welche Form willst du?«, fragte Margery und öffnete einen Schrank. Wir beide starrten rein. Selbstverständlich besaß sie sämtliche Sorten Nudeln.

»Egal, Nudeln sind Nudeln«, behauptete ich. »Gut, die Italiener würden vielleicht etwas anderes behaupten, dennoch ...«

»Nudeln sind doch nicht gleich Nudeln, Mädchen!«

»Sie schmecken aber alle gleich«, protestierte ich.

»Papperlapp!« Margery winkte ab, weil sie wusste, dass ich am Ende Recht behalten würde.

»Worüber unterhaltet ihr euch?«

Während Margery sich wie gewohnt umdrehte und ihm antwortete, schloss ich kurz die Augen, um mich zu sammeln. Gott sei Dank standen wir mit dem Rücken zur Küchentür, sodass ich mir ein paar gestohlene Sekunden nehmen konnte.

Als ich mich dann umwandte und in seine Augen blickte, war alles wieder da. Jedes Mal, wenn ich für einen kurzen Besuch zu Hause war, war Sloan mit irgendwelchen Dingen beschäftigt gewesen. Jedes Mal in den letzten drei Jahren.

Aber nicht heute. Heute traf ich ihn schon an meinem ersten Tag.

»Hey, Leah.«

Sloan war in Irland geboren, war aber im Alter von

fünf Jahren in die Staaten gekommen. Jedes Mal fiel mir sein leichter Akzent auf. Und immer wieder wurde mir bewusst, dass nur ich ihn hören konnte. Colin hatte mir einmal erzählt, Sloan sei einer der wenigen, der seinen Akzent verloren habe. Ich dachte erst, er wollte mich verschaukeln. Aber er meinte es ernst. Nur ich konnte das ›R‹ heraushören, das er immer rollte. Deswegen bildete ich mir vielleicht auch ein, dass er mit mir anders sprach.

Er verschränkte die Arme vor der Brust und lehnte am Türrahmen. Wie so oft trug er einen Anzug, in dem er unfehlbar aussah. Sein Haar saß perfekt, nur die leichten Bartstoppeln ließen darauf schließen, dass er mehr Zeit hier als vor dem Spiegel verbrachte. Ich spürte, wie er mich musterte.

»Hi, Sloan.«

»Habe ich da etwa meine Lieblingsschwester gehört?« Colin ging an Sloan vorbei und grinste mich strahlend an.

»Ich bin deine einzige Schwester, du Idiot.«

Er nahm mich in die Arme und drückte mich fest an sich. Ich genoss die Wärme und Sicherheit, die mein großer Bruder mir schenkte. Er war fast so groß wie Sloan. Mein Kopf ruhte auf seiner Brust und ich genoss seine Nähe. Früher hatte er mich jeden Tag zur Begrüßung in den Arm genommen. Wie sagte Colin einmal? »Unser Leben ist nicht wie jedes andere. Es kann schnell vorbeigehen. Deswegen zeige deiner Familie, wie sehr du sie liebst. Jeden Tag. Denn jeder Tag könnte dein letzter sein.«

»Mein Gott.«

Ich hob den Blick und erwiderte Colins Lächeln. »Was?«, fragte ich nach.

»Du wirst immer hübscher. Oder Sloan?«

Automatisch glitt mein Blick über Colins Schulter. Sloan ließ mich nicht aus den Augen, während er einfach nur lächelte.

»Tja, du hättest deine überaus hübsche, kleine Schwester auch vom Bahnhof abholen sollen«, mischte Margery sich ein und zog uns beide sachte auseinander, damit sie an den Schrank kam, den wir blockierten. Der Tadel war nicht an meinen Bruder vorbeigegangen.

»Fuck. Ich hab's vergessen, Leah.«

»Hey, keine Fäkalausdrücke in meinem Haus«, schimpfte Margery.

»Ist schon okay. Ich hab die U-Bahn genommen«, erwiderte ich schnell, wusste aber in dem Moment, als ich es sagte, dass ich besser meinen Mund gehalten hätte.

»Du hast was genommen?«, riefen Sloan und Colin im Chor. Beide sahen aus, als wäre ich nicht mehr ganz bei Trost.

»Meine Güte, es ist nur die U-Bahn gewesen.«

»Wo zum Teufel sind Andrew und Cook gewesen?«

Andrew und Cook waren meine Bodyguards. Seit drei endlosen Jahren.

Obwohl ich nicht reagierte und lieber Margery half, Zwiebeln zu schneiden, bekam Colin dennoch eine Antwort.

»Du bist ihnen wieder entwischt, oder?«

»Hey, ich kann nichts dafür, dass meine Mitbewohnerin Julia urplötzlich das Handtuch fallen gelassen hat, als wir losmussten.«

Das Bild, wie Cook und Andrew erstarrt waren und Julia am liebsten an Ort und Stelle mit ihren Blicken vernascht hätten, während ich in ein Taxi gestiegen war, hätte ich gern mit eigenen Augen gesehen. Julia machte ständig solchen Mist und genoss es wie ich.

Colin fuhr sich durch sein kinnlanges Haar. Er war schon lange nicht mehr beim Friseur gewesen und seine Kleidung war so zerknittert, als hätte er sich seit Tagen nichts Frisches angezogen.

»Das ist nicht witzig, Leah. Dir hätte etwas passieren können«, mischte sich jetzt auch Sloan ein.

Natürlich musste er jetzt wieder die Moralapostel spielen, in all den Jahren hatte sich scheinbar nichts geändert.

»Warum haben sie mir nicht Bescheid gegeben?«

Colins Frage könnte ich beantworten. Aber wie würde er wohl reagieren, wenn ich ihm erklärte, dass Julia beide Handys in die Toilette gespült hatte?

Mh.

Meine Erfahrung sagte mir, ich sollte lieber meinen Mund halten. Auch wenn ich mir die Frage erlauben musste, wie zum Teufel Julia das geschafft hatte.

»Ich bring sie um. Ich bring sie …«

Colin verließ die Küche und brüllte irgendwelche Anweisungen. Anscheinend fühlte sich Sloan nicht angesprochen, denn er blieb weiterhin am Türrahmen stehen. Es schien ihn nicht zu wundern, dass ich meinen eigenen Kopf hatte.

»Dein Bruder hat momentan viel um die Ohren, Mädchen. Reiz ihn nicht so sehr«, ermahnte mich Margery und kramte in der Schublade neben dem Herd. »Ich muss eben in den Keller und ein paar Konserven holen«, sagte sie und verließ ebenfalls die Küche.

Na großartig. Und schon war ich allein mit ihm. Sloan. Der noch immer wie bestellt und nicht abgeholt am Türrahmen lehnte.

»Er hat also viel zu tun«, begann ich das Gespräch und griff mir eine Zwiebel, um sie langsam zu schälen. »Und du wirst mir vermutlich nicht sagen, womit er sich gerade beschäftigt, oder?«

Sloan lächelte, umrundete die großzügige Kücheninsel und setzte sich direkt neben mich. Ich liebte diesen Arbeitsplatz. Mein Dad hatte die fünf mal fünf Meter große Insel extra für meine Mom bauen lassen, da sie leidenschaftlich gern kochte.

»Wenn Colin es dir nicht sagt, werde ich es dir auch nicht …«

»Schon gut. Die Botschaft ist angekommen.«

»Du bist viel zu neugierig, das wird dir irgendwann zum Verhängnis, Leah.«

Jedes Mal, wenn er meinen Namen aussprach, kribbelte es in meinem Bauch. Was totaler Blödsinn war, da Sloan nicht so empfand, wie ich, wenn ich ihn sah. Aber das interessierte meinen Bauch recht wenig.

»Ich bin Irin, Sloan. Wir Frauen sind tough.« Ich schnitt immer schneller die Zwiebeln klein und versuchte, nicht zu sehr zu blinzeln. Der beißende Geruch stieg mir in die Augen, sodass mir die Tränen kamen. »Meine Mutter hat sich nichts sagen lassen und ich habe nicht vor, es anders zu machen als sie.« Und um meine Aussage zu untermauern, schnitt ich mir schwungvoll in den Zeigefinger.

»Verdammte ...«

Hastig steckte ich mir den Finger in den Mund.

»Lass mal sehen.«

Nur widerwillig reichte ich Sloan meine Hand und er untersuchte die Schnittstelle gewissenhaft.

»Ist nicht tief«, stellte er fest und griff sich ein Blatt Küchenpapier. »Drück das fest drauf, dann sollte es gleich aufhören zu bluten und die Wunde schließt sich.« Er drückte mir das Papier auf den Finger, ließ mich aber nicht los.

Ich hob den Kopf und bemerkte, wie er mich ansah. Seine sturmgrauen Augen verrieten nicht, was er dachte.

»Was ist?«, fragte ich nervös nach.

»Dein Bruder hat recht. Du wirst immer hübscher.«

Vor Überraschung öffnete ich die Lippen. Er fand mich hübsch?

»Du musst das nicht sagen, nur weil mein Bruder es findet.«

»Dein Bruder besitzt meine Loyalität. Das stimmt. Aber sehe ich aus wie ein Mann, der keine eigene Meinung hat?« Er zog eine Augenbraue fragend in die Höhe, wirkte dabei aber ernst.

Nein, so sah er gewiss nicht aus. Sloan war Colins Stellvertreter und herrschte über dieses Haus und unseren Clan, wenn Colin nicht da war. Das war nie ein Geheimnis gewesen. Nach Daddys Tod war es Sloan gewesen, der Colin in alle Dinge einwies und ihm die Stütze war, die er benötigte, um unseren Clan in die nächste Generation zu führen. Dafür respektierte ihn jeder. Und ich liebte ihn dafür.

Schon als kleines Mädchen war ich fasziniert von ihm gewesen. Sloan war neun Jahre älter als ich und doch hatte er mich nie spüren lassen, dass ich eine Last war, wenn ich als kleines Mädchen an seinen und Colins Fersen klebte. Erst als beide begannen, sich für Mädchen zu interessieren, wurde es für mich Zeit zu akzeptieren, dass ich nie eines dieser Mädchen für ihn sein würde.

Dazu sah er einfach ... zu viel Familie in mir. Kein Wunder. Er wuchs praktisch in diesem Haus gemeinsam mit uns auf.

»Bist du froh, wieder hier zu sein?«

Wollte er unbedingt das Thema wechseln?

»Es ist immer schön, nach Hause zu kommen.«

Sloan schenkte mir eines seiner seltenen Lächeln und ließ meine Hand los.

Die Berührung fehlte mir sofort.

Im selben Augenblick, in dem er meine Hand losgelassen hatte, tauchte Margery mit einem Korb voller Lebensmittel auf. Als hätte Sloan sie die Treppe hochlaufen hören. Danach sagte er kein Wort mehr und verließ wenige Minuten später die Küche.

***

Es war ein regnerischer Tag, als ich bei Colin im Büro saß und mit ihm Schach spielte. Das hatten wir schon ewig nicht mehr gemacht und ich hatte mich riesig gefreut, als er eine Partie vorschlug.

Ich griff mir einen Springer und machte meine zwei Sprünge.

»Mmh ... Du bist besser geworden«, kommentierte Colin meinen Spielzug.

Ich grinste.

»Hatte ja auch einen guten Lehrer.«

Unsere Blicke trafen sich und wir lächelten uns an.

Colin hatte die Gesichtszüge unserer Mutter. Ich ihre Haare.

»Wie läuft es am College?«, fragte er beiläufig und brachte seinen Läufer in Stellung.

»Gut. Soziologie macht mir Spaß.«

»Und die Jungs?«

Ich blickte in seine blauen Augen, die mich konzentriert musterten.

»Das müsstest du doch besser wissen als ich. Immerhin berichten dir Cook und Andrew sicher genug, oder?«

Die beiden klebten wie Pech an mir. Jeder Typ, der mir irgendwie näherkommen wollte, wurde direkt wieder in die andere Richtung geschickt.

»Du weißt, dass du nie eine von ihnen sein wirst, oder? Ich erlaube dir nur, aufs College zu gehen, weil ich weiß, dass du verwelken würdest. Mom wäre das auch, wenn man sie ständig eingesperrt hätte. Das wusste Dad auch und ließ ihr deswegen die vielen Freiheiten.«

Mom hatte ehrenamtlich in der Suppenküche unseres Viertels ausgeholfen. Ja, mir war klar, wie komisch das klang, da Dad dafür verantwortlich war, dass die Leute dort überhaupt erst landeten. Aber Mom war selbst immer freiheitsliebend gewesen.

»Diese ganzen Möchtegernstudenten, die weder wissen, wie sie eine Frau noch eine ganze Familie beschützen, könnten dich nie glücklich machen. Wie sollte ich auch jemals ruhig schlafen, wenn du an so einen Idioten gerätst?«

»Du schläfst mit einer 47er unter dem Kissen, Colin. Du schläfst generell nicht gut.«

Colin schnaubte amüsiert. Aber dann wurde er viel zu schnell wieder ernst.

»Du bist fast 22, Leah.«

»Und?«, fragte ich angespannt, weil es selten so ernste Gespräche zwischen meinem Bruder und mir gab.

»Du weißt, dass eine Mafia-Prinzessin in deinem Alter schon längst verh...«

»Wir reden doch nicht wirklich über das, was du andeuten willst, oder?«

Colin seufzte, weil ihm klar war, dass ich ganz sicher nicht seiner Meinung war.

Es gab so viele Regeln in diesem verdammten Clan, dass man meistens nicht mehr wusste, welche davon tatsächlich ungeschrieben waren und welche man vielleicht umgehen konnte. Und diese hier gehörte definitiv in die Kiste, auf der »absoluter Schwachsinn« stand.

»Leah.«

»Nichts Leah! Falls es dir aufgefallen ist, wir leben im 21. Jahrhundert. Es gibt da auch so eine Bewegung, eine gute Sache, die nennt sich Emanzipation. Schon von ihr gehört?«

Colin rieb sich die Stirn. »Ich versuche doch nur, alles richtig zu machen.«

»Ja, dann fang bitte woanders an. Wem willst du mich eigentlich aufdrängen? Den Italienern? Soll Matteo mich bekommen?«

Matteo war der einzige Sohn des führenden Mafiabosses der Italiener. Ein kranker Mann, der seinen

Frauen so schlimme Dinge antat, dass sie nicht mal mehr als Frau durchgehen konnten, wenn er mit ihnen fertig war. Ich erzitterte bei der Vorstellung, auch nur in einem Raum mit ihm sein zu müssen.

»Ich würde dich niemals Matteo geben. Bist du völlig verrückt?«

»Ja, wem denn dann? Den Russen? Oder doch den Chinesen? Immerhin wollen die anscheinend eh ein Häppchen von New York haben. Egal, wen du für mich auswählst, es wäre nie jemand, den ich gewollt hätte. Du würdest mich zwingen.«

Colin schloss die Augen, als hätte er genau denselben Gedanken gehabt. Dann zog er plötzlich eine rote Rose aus dem Strauß, der neben ihm auf dem kleinen Tisch stand, und legte sie neben das Spielbrett.

»Ich weiß, Leah. Und ... es ist nur eine Idee gewesen. Etwas worüber ich mir wenigstens Gedanken machen musste als Anführer unserer Familie und unseres Clans. Das musst du verstehen.«

Einen langen Moment blickte ich meinen großen Bruder und die Rose an. Auch das war eine dieser Regeln, eine rote Rose galt als Entschuldigung. Normalerweise bedeutete sie etwas völlig anderes, aber Mom liebte diese Blumen, Dad hatte rund um das Haus welche anpflanzen lassen und wir ... wir nahmen das als Zeichen, das es unserer Familie etwas bedeutete.

Die Jahre als Oberhaupt hatten ihn erwachsener, aber auch müde gemacht. Er musste oftmals

Entscheidungen fällen, die er als Colin niemals treffen würde. Aber er tat es immer. Als ihr Anführer.

Mein Blick fiel wieder auf das Schachbrett und ich machte meinen nächsten Zug.

»Schachmatt.«

Ich genoss seinen überraschten Gesichtsausdruck nicht, als ihm klar wurde, dass meine Königin seine geschlagen hatte. Ich ließ ihn mit dieser Tatsache allein zurück.

***

Mir war bewusst, dass Colin mir das nicht antun würde. Er würde mich nicht einfach irgendeinem Kerl in die Hände legen und mir den Rücken kehren, nur um irgendwelche Verbündete zu bekommen.

Colin war nicht unberechenbar. Er war mein Bruder.

Das redete ich mir den ganzen Tag über ein. Bis ich dann um drei Uhr morgens in der Küche saß und an meiner warmen Milch mit Honig nippte.

Es war still im Haus, als ich mich fast an meinem Getränk verschluckte, weil Sloan urplötzlich in der Küche auftauchte.

»Du bist noch wach?« Er wirkte tatsächlich überrascht, mich zu sehen.

»Kannst du dich auch einmal in deinem Leben nicht so anschleichen? Wie wäre es damit, wenn du mal atmen würdest oder so etwas? Damit ich dich hören kann?«, fuhr ich ihn genervt an und mein Herz wollte sich nicht mehr beruhigen.

Vielleicht lag es auch daran, dass Sloan keine Krawatte mehr trug und zwei Knöpfe an seinem Hemd offen waren.

Sloan ging zum Kühlschrank und holte sich ein Bier.

»Wer bin ich, Leah?«, fragte er auf einmal und setzte sich mir an die Mücheninsel direkt gegenüber.

»Ist das wieder irgend so eine Metapher? Dann will ich sie nicht wissen.«

»Ich bin leise beim Gehen, weil ich es sein muss. Dein Bruder vertraut auf meine Fähigkeiten. Da nehme ich es gern in Kauf, dass du dich ab und an erschreckst, weil du mich nicht kommen hörst.«

Ich könnte schwören, ein leichtes Zucken an seiner Wange zu erkennen. Aber da er einen Schluck von seinem Bier nahm, dachte ich nicht länger darüber nach.

»Nur gut, dass ich morgen wieder zurückfahre.«

Es war so dahingesagt, aber insgeheim hoffte ich, dass ich irgendeine Reaktion bei Sloan entdecken würde, weil ich wieder ging. Aber die kam nicht. Er sah mich wieder nur an, als hätte ich mit ihm über das Wetter geredet, das ihn null interessierte.

»Du hast nur noch ein Jahr College vor dir.« Sloan klang erneut nicht wie ein Mann, dem ich fehlen würde.

Die Enttäuschung darüber war groß.

»Jepp.«

»Und was willst du dann machen?«

Sloans Frage über meine Zukunft traf mich unvorbereitet. Warum interessierte ihn das?

Dann erinnerte ich mich wieder an Colins Fragerei, die nur ein paar Stunden her war. Wollten die beiden mich jetzt bequatschen, damit ich die kleine, nachgiebige Mafia-Prinzessin spielte?

»Ich weiß nicht.« Ich zuckte so beiläufig wie nur möglich mit der Schulter. »Vielleicht studiere ich weiter. Besuche eine andere Uni.«

Sloan erwiderte nichts, weil uns beiden klar war, wie unwahrscheinlich das war. Auch wenn Colin mich nicht gleich mit irgendwelchen machtgierigen Mafiosi verheiratete, würde er mich sicherlich nicht weitere Jahre zur Universität schicken.

»Würde dich das glücklich machen?«

Diese Frage hatte ich von Sloan definitiv nicht erwartet.

»Glücklich? Ich glaube nicht, dass eine *Graham* dies je sein wird, oder?«

New York befand sich im Clan-Krieg. Egal wie oft sich der Polizeichef im Fernsehen darüber äußern würde, wie sicher die Straßen geworden seien, seitdem er das Sagen hatte. Es würde nie darüber hinwegtäuschen, wer New York wirklich leitete. Vier Clans. Und wir Iren gehörten dazu.

»Kommst du, Sloan?« Die weibliche und vor Sinnlichkeit triefende Stimme gehörte zu Bree. Bree, die ihre scheiß roten, irischen Haare heute offen trug und ihren Businessanzug durch ein schwarzes, knielanges Kleid getauscht hatte. Gut, ich stand ihr mit meinem kupferroten Haar in nichts nach, aber sie wirkte einfach nur billig und schmierig. Sie war seit einem Jahr Colins Assistentin und hatte sechs Monate davon das Bett mit meinem Bruder geteilt. Mir war nicht bewusst, dass sie nun Sloan schöne Augen machte. Vor Colin lief nämlich auch mal was mit Sloan und ihr. Und danach und … Ich kam nicht mehr mit. Und jetzt fummelte sie ihn erneut an. Vor mir!

»Ach, du bist auch noch wach, Leah.« Die Arroganz in ihrer Stimme traf mich nie. Wirklich nicht. Aber das der Satz eher klang wie »Ach, du bist auch noch da? Ich hätte dich gar nicht erkannt, mit deiner alten Jogginghose, dem pinken Spaghetti-Top und den verknoteten Haaren« regte mich schon eher auf.

»Jepp. Ich bin auch noch wach. Und was hast du heute noch so vor? Deinem Second-Hand-Kleid auch mal die Möglichkeit geben, an die frische Luft zu kommen?«

Sloan verschluckte sich und Bree starrte mich an, als würde sie gerade Giftpfeile auf mich abschießen.

Was zum Teufel hatte diese Frau nur an sich, dass sie immer noch in diesem Haus ein- und ausgehen durfte?

Vermutlich vögelte sie jetzt wieder Sloan. Das würde zu ihrem Blick passen, der wieder auf ihm lag. Er stand also wirklich auf abgelegte Ware. Wundervoll.

»Ich komme gleich«, sagte Sloan, ohne mich aus den Augen zu lassen.

»Natürlich«, zwitscherte Bree, als wäre die Welt kunterbunt und sie der verdammte Schmetterling, der bald vernascht werden würde.

Dieses Miststück war gerade wieder verschwunden, als ich bemerkte, wie fest ich die Tasse mit meiner Hand umklammerte.

»Sie ist Colins Assistentin, Leah«, erklärte er, als wäre ich ein kleines Kind, das nicht begreifen wollte, dass es die Finger von Süßigkeiten lassen sollte.

»Und sie ist ein Miststück.«

»Vermutlich. Aber sie macht gute Arbeit.«

Ich schnaubte. »Aber sicher doch.« Genervt stand ich auf und stellte die Tasse in die Spüle. Bevor ich mich umdrehen konnte, stand Sloan auch schon neben mir und beobachtete mich.

»Ich pass auf ihn auf. Das weißt du doch, oder?«

»M-hm.« Mein Blick fiel auf sein Hemd, auf dem sich kleine Blutspritzer verteilt hatten.

Mit dem Zeigefinger hob Sloan meinen Kopf, damit er mir in die Augen schauen konnte. Eine klitzekleine Berührung, die so selten und so schön war, dass mir der Atem stockte. Er hatte mich noch nie berührt. Noch nie!

»Und wer passt auf dich auf? Du hast da etwas Blut auf deinem Hemd.«

Sloan sah auf sein Hemd herab, öffnete den Mund,

als wollte er etwas sagen, aber es kamen einfach keine Worte heraus. Kein einziges Wort.

Sein Finger löste sich nicht von meiner Haut. Im Gegenteil. Er brannte sich regelrecht darin ein.

»Bree ist nicht mein Typ.« Er ging nicht auf das Blut auf seinem Hemd ein. Auch gut.

Meinte er damit, Bree sei also nicht sein Typ Frau?

Ach nein? Soweit ich mich erinnerte, hatte er schon rothaarige Frauen auf seinem Schoß sitzen. Irgendwann mal, als ich nachts im Haus herumgeschnüffelt hatte.

»Lügner!«

Aber statt zu lächeln, wurde sein Blick noch konzentrierter. Es wirkte fast so, als würde er sich jedes einzelne Merkmal meines Gesichts genauestens einprägen.

Das Herz in meiner Brust schlug schneller und schneller. So nah war ich Sloan noch nie gekommen. Warum also jetzt?

Und dann ... als ich schon dachte, er würde mich küssen, nahm er seine Hand weg und trat einen Schritt zurück.

»Geh nach oben und leg dich schlafen. Colin wird dich morgen sicher zum Bahnhof bringen.«

Nicht er. Das war eine klare Ansage.

»Natürlich. Ich gehe brav in mein Bett und warte wie ein Hündchen darauf, dass mein Bruder Zeit für mich hat«, plapperte ich genervt drauflos und ging an Sloan vorbei, um seiner Nähe zu entkommen.

Es dauerte nur einen Atemzug lang. Sloan griff

mein Handgelenk, drehte mich zu sich und presst mich an seine Brust. Vor Schreck bekam ich erst einmal keine Luft.

»Es hat sich viel verändert, Leah. Zwing mich nicht, dich einzusperren«, flüsterte er mir ins Haar.

Er drückte mich so fest an sich, als würde er mich tatsächlich bei sich haben wollen.

Und dann war die Berührung schon wieder vorbei. Sloan ließ mich allein zurück. Mit klopfendem Herzen und einem Beben in der Brust, das mich halb wahnsinnig machte.

***

Colin war tatsächlich pünktlich, als ich am nächsten Tag mit meinem Koffer in der Hand die Treppe herunterlief.

Sloan trafen wir am SUV.

»Wir nehmen den gepanzerten Wagen?«, fragte ich Colin, während Sloan mir mein Gepäck abnahm, um es in den Kofferraum zu legen.

Sein kurzer Blick beantwortete meine Frage nicht wirklich. Was war hier los?

Colin bat mich einzusteigen und ich folgte ihm.

Sloan setzte sich nach vorne.

»Was ist los?« Meine Frage war berechtigt. Colin sah müde und überarbeitet aus. Sloan wirkte … nun ja, wie immer. Aus ihm würde ich eh nichts rausbekommen.

»Hast du deinen Pass mit?«, fragte Colin mich und blickte starr aus dem Fenster.

»Ähm ... ja.« Colin hatte mir schon vor Jahren einen falschen Pass besorgt, falls ich unerwartet das Land verlassen musste. Und als Colin Grahams Schwester könnte das vielleicht irgendwann notwendig sein.

»Gut. Du wirst nämlich nicht aufs College zurückkehren.«

»Was?«

Und dann ging alles ziemlich schnell. Irgendetwas detonierte unter unserem Wagen. *Eine Autobombe!*

Aber mehr als eine Erschütterung und ein kurzer Schlenker auf den Grünstreifen passierte nicht. Der Fahrer bremste ab, während ich mich am Sitz festklammerte.

Sloan drehte sich zu mir.

»Wir müssen hier weg«, sagte er mit so einer Ruhe in der Stimme, dass mir die Gefahr sofort bewusst wurde. Sloan war schon immer der ruhige Typ gewesen, aber niemals so ruhig.

Unser Anwesen befand sich etwas außerhalb. Dort, wo wir jetzt standen, war nur der Wald, sonst nichts.

Neben mir entsicherte Colin seine Waffe.

»Du schützt sie mit deinem Leben.«

Sloan nickte, während ich gerade nicht wirklich verstand, was das hier sollte.

»Das ist jetzt ein Witz, oder? Colin, wenn du das hier abziehst, damit ich bei dir zuhause bleibe, dann sage ich dir hiermit: Du hast gewonnen, okay?«, sagte ich zitternd und bemerkte erst jetzt die Bewegung draußen. Ein weiterer SUV in Blau stand fünfzig Fuß von uns entfernt. Aber wir besaßen keine blauen Wagen.

»So schön ich deine Nachricht auch finde.« Colin reichte mir plötzlich seine Waffe und zog aus einem Geheimfach ein Sturmgewehr heraus. Mein Mund stand vor Überraschung offen. »Das ist kein Spiel.«

»Ach wirklich?«, fragte ich ironisch und schaute noch mal zu Sloan, der bereits seine Autotür öffnete, langsam auf meine Seite schlich und mich hinauszog.

»Was soll das? Was ist mit Colin?«, fauchte ich Sloan an, der mich auf die Knie drückte.

»Der kommt zurecht. Glaub mir.« Und dann ging die Schießerei schon los. Ich sah zum Wagen. Colin zielt gerade mit dem Sturmgewehr auf das Auto.

»Wir können doch nicht ...« Ich versuchte, bei Colin auf der Straße zu bleiben, aber Sloan zog mich zwischen die Bäume, sodass ich nicht mehr sehen konnte, was geschah.

»Geh zurück, Sloan. Wir müssen zu Colin!«, rief ich und schaffte es tatsächlich, mich loszureißen. Wutentbrannt schaute ich seinen besten Mann an. »Was ist denn los mit dir? Er braucht deinen Schutz, nicht ich!«

»Im Gegensatz zu dir weiß er, wie man eine Waffe benutzt«, fuhr er mich an und griff sich die Pistole, die ich irgendwie noch immer in der Hand hielt.

Ich sollte ihm den Arm damit abschießen!

Er entsicherte sie und steckte sie sich am Rücken hinter den Gürtel.

»Ich habe ihm schon vor Jahren gesagt, dass du Bescheid wissen musst, wie man schießt!«

Definitiv hätte ich ihm den Arm abschießen sollen!

»Vielleicht wollte Colin einfach nicht, dass Blut an meinen Händen klebt?« Ich legte so viel Verachtung in meine Stimme, dass Sloan genau begriff, dass ich im Grunde seine Hände damit meinte.

Wir standen mitten in diesem kleinen Wäldchen. Die Schüsse waren noch immer zu hören. Vielleicht hatte eine Kugel auch Colin getroffen. Nein. Daran wollte ich nicht denken. Sloan hatte recht. Er konnte gut mit der Waffe umgehen. Und ich konnte es nicht.

»Wer hat uns aufgelauert?«

Sloan kontrollierte sein Magazin, während er antwortete:

»Wir haben einen Tipp bekommen, dass die Chinesen Ernst machen wollen. Ein Angriff stand kurz bevor.«

»Einen Tipp bekommen?«, fragte ich nach.

Sloan nickte und sah mich dann an.

»Deswegen die Blutspritzer auf deinem Hemd? Hattet ihr jemanden im Bunker, dem ihr diesem ›Tipp‹ zu verdanken habt?«

Sloan wirkte überrascht, dass ich vom Bunker wusste. Gott, ich war doch nicht dumm.

»War ich das Ziel?«, fragte ich weiter.

»Vermutlich.«

»Und das sagt ihr mir nicht? Ich steige in den Wagen und ihr wisst bereits, dass ...«

»Leah!«

»Nein! Ich bin euer beschissener Lockvogel gewesen! Kein Wunder, das Colin Zeit gefunden hat, mich ...«

Es war nur Sloan, dessen Haltung sich veränderte. Sein Blick schoss über meine Schulter und dann ging alles ziemlich schnell. So schnell, dass ich Sloans Ruf kaum verstand. Er hechtete hinter mich. Ich drehte mich um und sah, dass er sich auf einen der Männer geschmissen hatte, die uns am liebsten mausetot sehen wollten. Sie rollten sich auf dem Boden herum, die Waffe, die Sloan mir abgenommen hatte, fiel aus seinem Gürtel und landete nur wenige Fuß von mir entfernt. Es wurden Schläge ausgeteilt. Der Angreifer schrie auf Chinesisch mit ihm. Woher ich das wusste? Tatsächlich hatte Dad uns jedes Mal gebeten, auf Chinesisch zu bestellen, wenn wir mal zum Asiaten zum Essen gegangen waren.

Instinktiv hob ich die Waffe auf und entsicherte sie. Dann zielte ich. Sloan lag gerade unter seinem Angreifer und wurde gewürgt. Ich versuchte einen sicheren Stand zu bekommen und drückte ab. Es ging ein Ruck durch den Körper des Fremden, dann fiel er auf Sloan zusammen.

So schnell, wie ich abgedrückt hatte, so schnell ließ ich die Waffe wieder fallen. Sloan warf den leblosen

Körper zur Seite und stand auf, ohne mich aus den Augen zu lassen.

Meine zitternden Hände wollten sich nicht mehr beruhigen, als ich zu ihm schaute.

»Er ist tot, oder?« Meine Frage war völlig überflüssig. Das war mir klar, aber ich musste die Frage stellen.

Sloans rechte Wange schwoll bereits blau an, dann nahm er meine Waffe erneut und feuerte mehrmals auf den leblosen Körper.

»Sonst hätte er uns getötet«, antwortete er, steckte die Waffe weg und blickte mich wieder an.

»Er hätte dich getötet.«

Ich schluckte nervös.

Habe ich gerade wirklich einen Menschen getötet? Erschossen?

»Leah, sieh mich an.« Mit beiden Händen nahm er mein Gesicht in seine Hände. Er sah auf mich herab und hatte auf mich vorher noch nie so erleichtert gewirkt wie jetzt. »Du hast uns beschützt. Das war Notwehr. Verstehst du das?«

Ich konnte darauf nichts erwidern. Stand ich unter Schock?

»Gott, er hätte dich töten können, wenn ich versagt ...« Sloan schluckte und blickte mich an, als würde er auf etwas warten. Und dann ... beugte er sich vor und – bevor ich überhaupt realisierte, was geschah – küsste er mich.

Es dauerte einen Moment, aber dann erwiderte ich seinen Kuss.

Ich schob es auf den Schock, den Moment, meinen ersten Toten. Aber als mir klar war, dass ich gerade von Sloan geküsst wurde, da ... verwandelte sich der Kuss in etwas anderes. Etwas Zügelloses. Etwas, das ein gesunder Mensch, der nicht in dieser Welt lebte, niemals verstehen würde.

Obwohl sich neben uns eine Leiche befand, drückte Sloan mich an den nächsten Baum, um mich überall dort zu berühren, wo ich verdammt noch mal schon ewig von ihm berührt werden wollte!

»Sloan!«

Es benötigte nur den einen Ruf meines Bruders und Sloan stand innerhalb eines Wimpernschlags mehrere Fuß von mir entfernt.

Einzig seine schnelle Atmung und sein intensiver Blick ließen darauf schließen, was wir gerade gemacht hatten und nicht weiter tun würden.

Colin tauchte mit mehreren unserer Männer auf. Cook und Andrew waren auch dabei. Sie mussten hinter uns gefahren sein.

Cook war knapp zwei Meter, gertenschlank und ein Vollidiot, der ständig dumme Witze riss. Er aß praktisch ständig irgendwelches Zeug. Ab und an hatte ich ihn aufgrund dieser Schwäche in einer Bäckerei erwischt. Andrew war der ruhigere von beiden. Besonnen und ein Denker.

»Geht es euch gut?« Colin kam auf mich zu, musterte mich besorgt. Dann bemerkte er den toten Chinesen.

»Sie hatten noch einen Späher geschickt. Der euch wohl getroffen hat«, sagte Cook und trat dem Toten leicht gegen das Bein.

»Gute Arbeit«, lobte Colin und rieb mir beruhigend über den Rücken.

Ich war so naiv zu hoffen, Sloan nicht mehr so kühl zu sehen. Natürlich wurde ich enttäuscht. Er war wieder ganz Colins Angestellter.

»Deine Schwester hat ihn erledigt«, erklärte Sloan ihm.

Cook pfiff anerkennend. Ich schnaubte, weil ja wohl viel mehr passiert war.

»Können wir wieder zurück ins Haus?«, fragte ich Colin, der mich erst aufmerksam und besorgt musterte, aber dann nickte.

KAPITEL 2

Sloan

Margery schaute sich meine Verletzung an der Wange an, während Colin gerade mit Mac, unserem »Sauber-macher«, telefonierte, damit er die Leichen von der Straße wegschaffte.

Wir befanden uns in Colins Büro.

»Heute ein bisschen unvorsichtig gewesen, was?« Margerys eindringlicher Blick lag zu lang auf mir. Was zum Teufel hatte sie jetzt schon wieder mitbekommen?

»Ist mir scheißegal, wie viel du diesem verdammten Detective zahlst. Er kommt mir nicht aufs Grund-stück!«, brüllte Colin ins Handy.

Margery und auch ich hielten uns da raus.

»Wie gehts ihr?«, fragte ich stattdessen Margery.

Meine Frage nach Leah überraschte sie nicht.

»Sie wird den Angriff schon verkraften. Sie ist eine *Graham*.« Mein Kiefer mahlte automatisch. Ich stand unter Anspannung, schließlich hatte ich nicht richtig auf unsere Umgebung geachtet. Ich hatte einen Fehler gemacht. Mir war Leahs Nähe bewusster gewesen als dieser verdammte Wichser, der im Hinterhalt auf uns gewartet haben musste. Wenn sie nicht geschossen hätte, wäre sie vermutlich ...

»Aber dass sie nicht parat steht, um deine Wunden zu versorgen, sollte dir zu denken geben«, sagte Margery so beiläufig wie nur möglich und schmiss den Tupfer in den nächsten Mülleimer.

»Ich weiß nicht, was du meinst«, log ich.

Margery grinste, packte den kleinen Erste-Hilfe-Koffer ein und verließ das Büro.

Im Grunde wusste ich genau, was sie meinte. Wenn Leah die Möglichkeit gehabt hätte, wäre sie jetzt hier bei mir. Sie hatte schon immer für mich geschwärmt. Colin hatte das auch gewusst und sich lustig darüber gemacht. Immerhin war sie damals ein Kind gewesen. Kaum 12 Jahre alt. Mittlerweile war sie nicht mehr 12 und machte mich verrückt. Vollkommen verrückt.

»Die Cops werden keinen Ärger machen.«

Colins Ansage holte mich aus meinen nicht so jugendfreien Gedanken über seine Schwester heraus.

»Jetzt schau nicht so griesgrämig. Wir haben den Hinterhalt überstanden. Ein zweites Mal werden sie nicht so unüberlegt auftauchen. Das war ein Versuch, uns einzuschüchtern. Du weißt doch, wie es läuft.«

Ich nickte und stellte mich ans Fenster, um hinauszusehen. Wir hatten vorsichtshalber die Sicherheitskräfte verstärkt.

»Leah war ihr Ziel«, stellte ich fest.

Der Informant hatte Leah mit keinem Wort erwähnt, als wir ihn gestern Abend unter Folter dazu gebracht hatten zu reden, und doch musste sie ihr Ziel gewesen sein.

»Vermutlich.« Colin schien genauso wenig erfreut zu sein.

Sie würde nicht mehr aufs College zurückkehren können.

Der Krieg zwischen unseren Clans währte bereits seit Jahrzehnten. Die komplette Stadt war in vier Gebiete geteilt. Die Italiener, die Russen und Kolumbianer führten die anderen Teile. Mittlerweile war auch so etwas wie kalter Krieg zwischen uns entstanden. Nur die Chinesen. Die, die gerne auch ein Stück vom Kuchen erhalten wollten, machten Ärger. Und zwar sehr viel Ärger, wenn man den Anschlag von heute Vormittag betrachtete.

»Ich werde nachher mit Leah reden. Sie muss irgendwie verstehen, dass die Zeiten ihrer Unabhängigkeit vorbei sind.«

»Du weißt, dass sie sich das nicht gefallen lassen wird«, sagte ich schmunzelnd.

Statt auch zu lächeln, wurde Colin erneut ernst.

»Ich habe nicht mehr viel Zeit.«

Selbstverständlich sah ich das völlig anders. »Du hast noch ...«

»Ich habe gezögert«, fiel er mir ins Wort und berührte dann seine Stirn.

»Einen kurzen Moment habe ich gezögert und fast einen Mann verloren. Es wird nicht mehr lang dauern.«

Vor einem halben Jahr hatte Colin die Diagnose bekommen, die alles veränderte. MS.

Eine schleichende Nervenkrankheit, die irgendwann zum Tode führen würde.

»Colin ...«

»Nicht.« Er hob den Kopf und sah mich an. »Wir müssen dafür sorgen, dass Leah sicher ist. Sie ist die letzte *Graham*.«

Colin sprach bereits davon, dass er bald nicht mehr unter uns sein würde.

»Du weißt, dass ich mein Leben für sie ...«

»Nur dein Leben?«

Ich zuckte regelrecht zusammen, weil er unverblümt etwas ansprach, was wir beide noch nie besprochen hatten. Nicht so ...

»Ich habe wohl bemerkt, wie du sie heute angesehen hast, Sloan. Willst du sie?«

Normalerweise würde er mir jetzt eine reinhauen. Immerhin hatte ich heute zum ersten Mal mehr getan, als sie anzusehen. Aber dass ich mittlerweile so gut wie nie wegschauen konnte, wenn Leah hier war, war mir mittlerweile klar. Dass Colin mehr sah, als ich annahm, hätte ich nicht gedacht. Deswegen hielt ich mich immer fern von ihr. Wenn sie Semesterferien hatte, besorgte ich mir einen Job weit weg von diesem Haus. Aber es waren genug Jahre, in denen ich mich vor ihr versteckte. Vor meinen Gefühlen. Und doch hatte ich mich schon jetzt nicht wirklich im Griff.

»Sie ist deine ...«

»Wir wissen beide, dass du seit Monaten den Clan führst, während ich im Selbstmitleid bade.«

»Das tust du nicht!«

»Ach nein? Wer kümmert sich um die Waffen, die Drogenlieferungen und das tägliche Geschäft? Ich sitze an meinem Schreibtisch und unterschreibe. Das ist alles.«

Was sollte ich da erwidern?

Es stimmte. Colin hatte seit seiner Diagnose neben allem her gelebt. Kein Wunder. Er war nicht mal 30 Jahre alt und musste damit leben, sich irgendwann nicht mehr bewegen zu können und daran zu verrecken. Kein Geld und keine Therapie dieser Welt würden ihn davor bewahren.

»Ich werde nicht mein Leben lang den Schein wahren. So sind wir *Grahams* nicht!«, redete Colin weiter.

Nein. So waren sie nicht.

Schon als kleiner Junge war mir das ziemlich schnell klargeworden. Eines Nachts fand mich Colins und Leahs Dad an einer Häuserecke. Ich saß ohne Schuhe, mit dünnen Klamotten und schmutzigem Haar an einem Container und versuchte, mich warm zu halten. Im Februar. Meine Mom hatte mich ausgesetzt, warum, wusste ich nicht mehr. War mir mittlerweile auch scheißegal. Wichtig war nur, dass er mich gefunden hatte.

Ihr Dad nahm mich auf, gab mir Essen, Kleidung und Colin und Leah, mit denen ich aufwachsen durfte. Irgendwann kam heraus, dass ihr Dad meinen Erzeuger kannte. Er war irgend so ein Waffenhändler, dem es scheißegal war, wer ich war. Bis ich ihm vor fünf Jahren eine Kugel in seinen Schädel verpasst hatte für das, was er meiner Mutter und mir angetan hatte.

Ich würde wohl nie vergessen, wie er mich kurz vor dem tödlichen Schuss angesehen hatte. Er wusste ganz genau, dass das jetzt sein Ende war. Und ich genoss diesen Blick. Ich genoss es so sehr.

Und obwohl Colin immer noch auf eine Antwort von mir wartete, erwiderte ich nichts.

Leah war die Schwester des Clan-Anführers. Sie war eine irische Mafia-Prinzessin. Und genau deshalb durfte sie keinen Mann wie mich bekommen.

»Ich habe noch ein paar Dinge zu erledigen«, teilte ich Colin mit, der mir ruhig dabei zusah, wie ich sein Büro verließ.

Jedem Mann, dem ich begegnete, teilte ich Aufgaben zu, während ich durch das urige, große Haus lief.

Seit ich die Highschool vorzeitig verlassen hatte, gehörte ich vollwertig zu den *Grahams*. Von Jahr zu Jahr fühlte ich mich wohler mit meiner Aufgabe, Colin und auch Leah zu beschützen. Letztere war Gott sei Dank nicht oft hier. So bekam sie nicht mit, wie ich ihre Veränderung vom Mädchen zur Frau genaustens beobachtete. Seit Jahren ging sie mir nicht aus dem Kopf. Selbst wenn ich mir irgendeine Nutte aussuchte, achtete ich darauf, dass sie Leah ähnlich sah. Das gleiche kupferbraune Haar, die gleiche Sanduhrfigur ... Fuck. Jetzt wusste ich sogar, wie ihre Lippen schmeckten.

Jahrelang hatte ich mir in meinen Träumen vorgestellt, wie sie schmecken könnte. Nichts hatte mich auf die Realität vorbereitet. Es war besser. Viel besser.

Auch wenn ich eine Menge zu tun hatte, stand ich unschlüssig am Fuß der Treppe. Wie würde es ihr jetzt gehen? Sie hatte einen Menschen getötet. Gut, eine verdammte chinesische Ratte. Aber für Leah war es nun mal ein Menschenleben.

Mark kam heruntergelaufen.

»Boss.« Nickend grüßte er mich.

Ich erwiderte die Geste und blieb noch immer unschlüssig stehen.

Was sollte ich tun? Hochgehen?

Bevor ich mir selbst eine Antwort darauf geben konnte, entschied Leah, mir zuvorzukommen.

Mit schnellen, fast panischen Schritten kam sie die Treppe herunter. Sie trug ihren pinkfarbenen Reisekoffer mit sich.

»Was wird das?«

Sie hatte mich in der Eile gar nicht bemerkt und blieb erstarrt vor mir stehen. Aber dann fiel ihr wohl wieder ein, dass sie schon immer gegen Colin und mich angekämpft hatte, und sie wollte an mir vorbeigehen.

»Ich fragte, was das wird?«

Sie drückte mich zur Seite und nur weil ich das zuließ, konnte sie weitere Schritte mit ihrem Koffer machen.

»Ich hatte vor, zum College zurückzugehen, und das werde ich auch machen!«

Der Trotz in ihrer Stimme war mir nicht unbekannt. Sie schien geduscht zu haben, denn ihre Haare waren nass und sie hatte sich umgezogen, eine simple, enge Jeans und eine Bluse. Sie sah wunderschön aus.

»Leah, es ist nicht zu gefährlich. Colin hätte dich sonst ...« Ich fand die Worte wieder, die ich ihr schon längst hätte sagen sollen.

»Was hätte Colin? Ich vergesse immer wieder, dass du sein kleiner Sklave bist, der tut, was mein Bruder befiehlt, oder?«

Sie wollte mich absichtlich provozieren. Aber das hatten schon ganz andere Kaliber versucht und waren nie weit damit gekommen.

»Geh zurück in dein Zimmer und warte auf Colin.«

Sie schnaubte und blickte mich an, als wäre ich nicht mal befugt, sie anzusprechen.

»Hat er das befohlen? Musst du wieder seine Drecksarbeit erledigen?«

Genug war genug.

Ich riss sie an mich und drückte sie an die Wand. Sie wollte meiner Nähe sofort entfliehen, aber ich hielt ihre Handgelenke fest.

»Du tust mir weh.«

Ich ignorierte ihr Gejammer.

»Dein Bruder reißt sich den Arsch auf, um dich zu beschützen«, fauchte ich sie wütend an und ließ sie nicht für einen Moment aus den Augen. Ihr zorniger Blick traf meinen. Meine Brust verkrampfte sich augenblicklich.

»Das hat heute beschissen geklappt!«, fuhr sie mich an.

»Ich habe nicht aufgepasst«, antwortete ich jetzt etwas ruhiger. »Das wollte ich nicht. Es tut mir leid, dass du ...«

»Hör auf! Sprich es nicht aus!«, schrie sie plötzlich und versuchte noch einmal, meinem Griff zu entkommen. Sie kämpfte, weinte und kämpfte weiter. Ihr Schluchzen und die Tränen, die folgten, zerrissen mich innerlich.

Aye. Das hast du zu verantworten.

»Leah.« Meine Stimme klang kratzig und nicht wie von dieser Welt.

Sie schien mich nicht zu hören und versuchte weiter, frei zu kommen.

»Leah!« Ich zog sie näher an mich, damit sie endlich aufhörte, wie wild um sich zu schlagen.

Dieses Mal erstarrte sie regelrecht und sah mich an.

Am liebsten hätte ich sie geküsst, damit sie an etwas anderes dachte. Aber das konnte ich nicht noch mal tun. Denn dann würde ich womöglich nicht wieder damit aufhören können.

»Wenn du ihn nicht getötet hättest, würdest du nicht mehr leben. Begreif das endlich!«

»Und du wärst nicht mehr da«, flüsterte sie. Genau das hatte sie vorhin im Wald auch zu mir gesagt.

»Und ich wäre nicht mehr da«, wiederholte ich für sie. Auch wenn man mir zig Kugeln hätte verpassen können, wäre ihre Sicherheit für mich wichtiger. Leah verdiente es zu leben. Glücklich zu leben. Sie sollte endlich aufhören zu weinen.

»Sloan.«

Leah sprach meinen Namen nicht oft aus. Vor allem nicht *so* aus. Ich hörte aus ihrer Stimme Sehnsucht, Verlangen und …

Schnell brachte ich wieder Abstand zwischen uns und machte so unmissverständlich klar, dass das im Wald nicht erneut geschehen würde.

Auch wenn ich wohl nie wieder an etwas anderes denken konnte.

Leah begriff recht schnell und ebenso schnell blickte sie mich wieder aus zornigen Augen an.

»Lässt du mich gehen?«

Ihre Frage war überflüssig. Das wusste sie. Das wusste ich. Aber Leah wäre nicht die Frau, die ich so beeindruckend fand, wenn sie nicht wenigstens gefragt hätte.

Als ich nichts darauf erwiderte und auch keine Anstalten machte, zur Seite zu gehen, schnaubte sie, griff ihren Koffer und rannte wieder die Stufen hinauf.

Die Tür fiel krachend zu und ich schloss für einen kurzen Moment vor Erschöpfung und Anspannung meine Augen.

Es ist besser so.

»Alles in Ordnung?«

Colin stand nur wenige Fuß von mir entfernt. Er musste gerade aus dem Büro gekommen sein. Was hatte er mitbekommen?

»Natürlich«, antwortete ich so ruhig wie irgendwie möglich.

Colin nickte, als hätte er genug gehört, und verschwand wieder.

Einen langen Augenblick ließ ich es zu, erst einmal wieder zu atmen.

Leah

Ich schreckte aus dem Schlaf. Mehrmals blinzelte ich, um zu registrieren, was los war. Von unten drangen laute Stimmen bis in die erste Etage hoch.

»Wehe, Colin hat wieder irgendwelche Nutten ins Haus gelassen.« Mein Bruder hatte jegliche Frauenbekanntschaften von mir ferngehalten. Bis auf dieses eine Mal vor ein paar Jahren. Er hatte vergessen, dass ich noch Winterferien hatte, und eine Party gefeiert. Eine der Partys, zu der zig nackte Frauen und viel zu viel Alkohol gehörten.

Ich erinnerte mich noch daran, als wäre es gestern erst gewesen.

Nur mit einer Pyjamahose und einem Spaghettiträger-Top stand ich auf der Treppe und sah gerade einer Frau dabei zu, wie sie es einem von Colins Freunden oral besorgte. Sloan hatte mich als Erster entdeckt und mich wieder in mein Zimmer zurückgeschickt. Er hatte mich ruhig gebeten, zu gehen. Erst als der Typ unten mich bemerkte und mich fragte, ob ich nicht mitmachen wollte, rastete Sloan aus. Das erste Mal, seit wir uns kannten. Er hatte mich mit sich gezogen und mich die ganze Nacht über in mein Zimmer gesperrt.

Bestimmt zehn Minuten lang bettelte ich ihn an, mich wieder rauszulassen, aber er gab nicht nach. Schließlich brüllte ich die schlimmsten Beleidigungen, die mein Wortschatz hergegeben hatte, doch er ließ mich bis morgens in meinem Zimmer versauern.

Danach redeten wir so gut wie gar nicht mehr miteinander. Ich ging wieder aufs College und danach war Sloan immer außer Haus oder geschäftlich verreist, wenn ich zu Besuch kam. Als wäre er mir absichtlich aus dem Weg gegangen.

Die Unterhaltung heute Morgen in der Küche war tatsächlich unser erstes Gespräch seit über drei Jahren gewesen.

Als ich die Treppen hinunterlief, brannte überall noch Licht. Colin war also noch wach.

Ich hatte mir nur einen Bademantel übergezogen und warf einen Blick in die Küche. Niemand zu sehen.

Urplötzlich hörte ich es Poltern. Die Geräusche kamen aus den hinteren Räumen. Colins Büro?

Ich blickte aus der Küche in den Flur. Die geschlossene Eichentür des Büros verriet mir, dass er nicht allein war. Denn wenn er nur darin arbeitete, waren die Türen geöffnet. Colin mochte es, wenn er mitbekam, was in seinem Haus passierte.

Also schlich ich zu der großen Eichentür und drückte ganz damenhaft mein Ohr an das Holz.

»Du gibst mir Leah? Einfach so?«, hörte ich Sloan fragen und instinktiv ließ ich von der Tür ab und starrte darauf.

Was zum Teufel?

»Was tust du denn hier?«

Mark stand direkt hinter mir und sah mich überrascht an.

Na großartig.

»Ich wollte mir nur etwas zu trinken holen.«

»Ja, so sieht es auch aus.« Er stemmte seine Hände in die Hüfte, seine Waffe blitzte unter dem Jackett auf. »Du weißt, dass du hier nichts zu suchen hast.«

Die Wut, dass mir schon wieder jemand sagte, was ich zu tun hatte, war grenzenlos.

»Fick dich, Mark.«

Seufzend folgte er mir in die Küche, in der ich mir erst einmal seelenruhig was zu knabbern suchte. Die Keksdose war leer, im Backofen war auch nicht wirklich etwas zu finden.

»Leah«, mahnte er mich an. Mark blieb noch immer am Türrahmen stehen. Wie ein bescheuerter Wachhund.

»Was? Werde ich jetzt unter Arrest gestellt?«

Meine Frage war völlig überflüssig, da ich die Antwort bereits kannte.

Mark und mich verband etwas, das bereits viele Jahre zurück lag. Er hatte mich entjungfert und die eisernste Regel überhaupt gebrochen. Mich angerührt. Wobei die Entjungferung an sich bereits sein Todesurteil sein konnte. Es war einmal geschehen und dann noch ein paar Mal. Aber irgendwann war es vorbei. Da waren wir uns einig. Ich hatte in den paar Nächten jemanden gebraucht und er wollte mich damals auch.

Mittlerweile war so viel Zeit vergangen, dass ich mich manchmal fragte, ob ich Mark gebraucht hatte oder einfach jemanden, der Sloan auf eine Art ähnlich war.

Jeder Kerl hier lief mit einem schnurlosen Hörstecker herum. So auch Mark, der gerade mit jemanden auf der anderen Leitung redete.

»Ja, ist gut. Ich komme gleich.«

»Du kannst rübergehen, wenn es wichtig ist. Ich finde den Weg schon allein zurück in mein Zimmer.«

Mark misstraute meinen Worten. Er wäre dumm und absolut nicht für den Job geeignet, wenn er es nicht täte. Aber im selben Atemzug wurde ihm klar, dass ich keinen großen Mist anstellen würde, und er verschwand aus meinem Blickfeld.

Ich suchte mir unterdessen in aller Ruhe eine Tasse und nahm die Milch aus dem Kühlschrank.

Was hatte das zu bedeuten, dass ich Sloan gehören sollte? Seit wann war das Thema geworden?

Automatisch dachte ich an den Kuss im Wald zurück. Hatte Colin uns gesehen? Würde er mich jetzt Sloan aufdrängen, obwohl der mir heute mehr als einmal klargemacht hatte, wie wenig Bock er auf mich hatte?

Oh nein, das werde ich auf keinen Fall zulassen!

Dann ertönte urplötzlich ein Schuss und ich zuckte vor Schreck zusammen.

Mein Herz begann wie verrückt zu schlagen. Dann fiel erneut ein Schuss und noch einer. Die Schüsse kamen aus Colins Büro!

»Oh Gott!« Instinktiv durchsuchte ich die Schubladen, weil ich wusste, dass Colin überall im Haus Waffen versteckt hatte, und fand auch tatsächlich eine. Ich prüfte die Munition und entsicherte sie.

Mir war klar, dass es die völlig falsche Reaktion war, aber ich lief auf die Bürotür zu und riss sie zitternd auf.

Beim Anblick von Sloan, der mit seiner Waffe in der Hand über der Leiche meines Bruders stand, verschlug es mir den Atem. Sloans Kopf ruckte hoch und er bemerkte mich.

Der Teppich auf dem Colin lag, füllte sich mit roter Farbe. Seinem Blut.

»Du hast ihn ...« Mir blieb das Wort »umgebracht« im Halse stecken. Sloan hatte meinen Bruder ... Er hatte Colin ...

Aber statt Reue in seinen Augen zu sehen, war es nur die Wut, die ich erkannte. Die Wut darüber, dass ich ihn erwischt hatte.

»Leah ...« Er wollte auf mich zugehen, aber das würde ich nicht zulassen.

Ich zielte auf ihn.

Statt »Komm nicht näher« zu sagen, rief ich: »Fass mich nicht an! Ich werde dir nie gehören! Nie!« Mein Blick fiel auf den Leichnam meines Bruders. Denn er war tot. Tot! Umgebracht von seinem besten Freund

und meiner ... meiner ... Voller Hass blickte ich den Mörder meines Bruders an. »Du hast alles zerstört. Alles!« Und dann drückte ich ab, ohne wirklich hinzusehen. Sloan hielt sich die Schulter und fiel auf die Knie. Dabei blickte er mich unverwandt an, als wäre ich die nächste auf seiner Todesliste. Dass es eine gab, war klar.

Die Geräusche von Männerstimmen, die näher kamen, rissen mich aus meiner Starre.

Wenn die Männer mich hier finden würden, könnte Sloan alles erzählen. Er könnte ... mich für den Mord verantwortlich machen. Dann wäre ich nicht mehr sicher. Das war ich jetzt schon nicht mehr.

Großer Gott. Sie werden mich für Colins Mörderin halten!

Ich ließ die Waffe fallen und lief in die Küche, um von dort in die Garage zu kommen.

Mir war bekannt, wo sich die Autoschlüssel befanden. Ich rannte ohne zu zögern in die große Garage, griff mir einen Schlüssel, drückte ihn wie verrückt, um zu sehen, zu welchem Wagen er gehörte. Es war der BMW, den ich damit fahren konnte.

Ich stieg ein, startete den Motor, stellte den Rückwärtsgang ein und drückte das Gaspedal bis zum Anschlag durch. Dabei war es mir scheißegal, dass das Garagentor nicht geöffnet war. Mit Karacho zerbarste das Tor und ich fuhr auf den Hof.

Niemand war auf seinem Posten.

Natürlich. Sloan hatte dafür gesorgt. Normalerweise hätten mich jetzt mindestens zwei Leute vom Sicherheitsteam aufgehalten. Aber vermutlich waren auch die Kerle jetzt auf den Weg in Colins Arbeitszimmer.

Colin. Mein Bruder war tot.

Das Haupttor stand offen, als ich durchfuhr und die Tränen nicht mehr zurückhalten konnte.

KAPITEL 3

Stephanie

VIELE MONATE SPÄTER

Meine Farbe an der Decke blätterte ab. Sie war vergilbt, Teile davon hingen lose herunter. Es würde nicht lang dauern, dann wäre ein neuer Anstrich nötig. Gut, normalerweise hätte man es sofort gestrichen. Aber so etwas tat ich nicht mehr.

Alles, was damals rational für mich gewesen wäre, war es jetzt nicht mehr. Ich musste in völlig andere Richtungen denken. Niemand durfte Verdacht schöpfen. Niemand durfte erfahren, dass es Stephanie Martin eigentlich gar nicht gab.

Seufzend stand ich auf und lief in mein Badezimmer um zu pinkeln. Danach wusch ich mir die Hände und starrte mein Spiegelbild an. Seit so vielen Wochen und Monaten sah ich schon so aus und doch konnte ich mich nicht an dieses Spiegelbild gewöhnen. Das war nicht ich!

Die Brille war eine Attrappe, damit ich etwas von

meinem Gesicht verstecken konnte. Die ungekämmten Haare sorgten dafür, dass die Männer nicht auf mich achteten. Und die verschlissenen Klamotten, gut, die sollten mir die Männer auch vom Hals halten.

Ich hatte genug von Männern. Die hatten mich erst in diese Lage gebracht, deswegen hielt ich nicht mehr viel von denen.

Seufzend schloss ich die Augen.

»Fass mich nicht an! Ich werde dir nie gehören! Nie! Du hast alles zerstört. Alles!«

Meine letzten Worte würde ich nie vergessen. Auch seinen Blick nicht, als ich ihn stehen ließ.

Meine Lider öffneten sich und wieder stand mir mein neues Ich vor. Stephanie Martin. Ich war Stephanie Martin. Stephanie Martin. Stephanie Martin. Stephanie Martin. Stephanie ...

»Fass mich nicht an! Ich werde dir nie gehören! Nie! Du hast alles zerstört. Alles!«

Auch wenn ich mir einzureden versuchte, in Sicherheit zu sein, kamen immer wieder die Dinge hoch, die im Verborgenen bleiben sollten.

Eine Stunde später stand ich vor meinem Wohnhaus, das auch gut als Pappschachtel durchgehen konnte, und grub den kleinen Vorgarten um.

»Was tust du da?«

Ich sah auf und direkt in Prues entsetztes Gesicht.

»Ich wollte Blumen pflanzen und ...«

»Hier?«, fragte sie mit großen Augen.

Prue war meine Nachbarin. Sie war etwas merkwürdig, aber für die Gegend war das schon ein Kompliment. Jedes Mal, wenn ich etwas Freundliches tun, für Sauberkeit im Flur oder so was sorgen wollte, griff sie durch.

»Ich dachte, es wäre schön, wenn ...«

»Wenn was? Gott, Stephanie, ich hab hier schon Dinge im Dreck gefunden, das ist ...«

»Das war mal ein Vorgarten und ich werde daraus wieder einen machen ...«

Prue sah mich an und für ein paar Sekunden dachte ich, sie würde weiter fluchen und es mir ausreden wollen.

»Gut, ich werde mich nicht zwischen dich und den Müllhaufen drängen, aber sag nicht, ich hätte dich nicht gewarnt. Hab einfach ganz viel Desinfektions...«

Ich hob die Flasche, damit sie begriff, dass ich nicht ganz bescheuert war.

»Na dann, ich muss zur Arbeit. Ciao.«

Sie ging und mein Blick folgte ihr.

Prue hatte etwas mit Rave, der zu den Italienern gehörte. Die Italiener beherrschten diesen Stadtteil. Das war gut, auch wenn ich mir insgeheim wünschte, dass die Mafia gar keine Rolle spielen würde. Nirgendwo mehr.

Auch wenn das natürlich ein absoluter Traum bleiben würde, waren die Italiener besser als die anderen.

Meine Brille rutschte mir zum zweihundertsten Mal von der Nase, während ich eifrig dabei war, den Müll zu entfernen.

»Jaja, ich weiß, ich Schussel«, hörte ich Prue plötzlich reden und schaute wieder auf. Sie lief gerade wieder ins Haus, als Rave bei mir stehenblieb.

»Hat sie mal wieder ihre Waffe vergessen?«, fragte ich nach und wusste die Antwort schon, bevor er etwas sagen konnte.

Rave seufzte. »Sie macht mich noch ganz verrückt.«

Ein normaler Mensch hätte Angst vor ihm. Man sah ihm seinen Job an. Kalte Augen, selbstbewusstes Auftreten und seine Waffen ... Die Leute drehten sich instinktiv von ihm weg, wenn er über den Bürgersteig lief. Außer Prue. Und auch ich hatte keine Angst. Zum einen, weil er Prue hingebungsvoll liebte, und zum anderen, weil ich diese Art von Mann kannte. Viel besser, als jeder von ihnen ahnte.

»Fass mich nicht an! Ich werde dir nie gehören! Nie! Du hast alles zerstört. Alles!«

»Alles in Ordnung?«

Raves Frage und sein intensiver konzentrierter Blick machten mich nervös. Es half mir nicht, dass ich oft an all die Dinge dachte, die keine Rolle mehr spielen sollten.

»Natürlich. Hab nur viel zu tun.«

Rave sah sich den Vorgarten voller Müll, Erde und Unkraut an. Ich trug Handschuhe und hoffte darauf, dass er nicht sah, wie nervös sein konzentrierter Blick mich machte. Er nahm die Dinge sicher schneller und anders auf als Prue oder sonst jemand. Mafia halt.

»Ich hab sie!«, rief Prue, hob die Waffe hoch, als wäre sie ein Preis, und lief grinsend die Treppe herunter.

Rave verdrehte die Augen, ich grinste. Was für ein Paar ...

»Jetzt aber ... bis dann, Stephanie.« Prue griff nach Raves Hand und gemeinsam liefen sie los.

Ich winkte kurz, Rave nickte mir zu, aber sein Blick sprach Bände. Er kannte mich nicht und wusste das sehr gut. Rave würde auf mich achten, wie man es auch immer nennen sollte ...

Nur ihm war auch nicht bewusst, dass ich Männer wie ihn kannte. Männer, die nur einen Unterschied aufwiesen. Sie töteten für die andere Seite ...

Drei Stunden später begann meine Schicht an der Tankstelle. Ich hatte mir bewusst einen Job suchen müssen, der wenig einbrachte und noch weniger bei der Gesellschaft geachtet wurde.

Niemand achtete auf eine Frau mit Brille, einem Vogelnest auf dem Kopf und alten Klamotten. Schon gar nicht, wenn sie in einer Tankstelle jobbte. So, dachte ich zumindest, würde es funktionieren.

Aber es lief ganz anders.

Viele Kunden – damit meinte ich ausnahmslos die männliche Fraktion – flirteten wie verrückt. Einige gaben mir so viel Trinkgeld, dass sie noch einmal dafür volltanken konnten, und andere erwarteten bei einem Trinkgeld von einem Dollar gleich eine Umarmung.

Aber ich brauchte den Job. Nicht nur, um meine Miete zu zahlen, sondern auch, um nicht weiter aufzufallen.

Prue hatte mich gefragt, wo ich arbeitete, und da ich momentan noch von dem lebte, was ich aus meinem geheimen Bankschließfach entwendet und verkauft hatte, musste ich irgendetwas antworten. Ich sagte ihr, ich würde auf einer Tankstelle arbeiten, und sie kaufte es mir ab. Drei Tage später hatte ich diesen Job hier bekommen.

Die Tankstelle war reichlich bestückt. Hier gab es von Handcreme bis zur Dose Ravioli alles, was der 0815-Bürger benötigte.

»So, ich mach Feierabend«, sagte Nancy, meine Arbeitskollegin und griff nach ihrer Handtasche. Sie war knapp zehn Jahre älter als ich und musste ihren 10-jährigen Sohn allein versorgen. Ihr Ex war irgendein italienisches Clan-Mitglied, der es nach zehn Jahren Mitgliedschaft immer noch nicht geschafft hatte, mehr als ein einfacher Laufbursche zu werden.

Für Nancy ganz klar der Beweis, dass ihr Ex es in jeglichen Lebenslagen zu nichts brachte.

Sie war auf ihre Weise echt hübsch. Aber zu dünn. Nancy jobbte nebenbei noch als Putzfrau und dementsprechend pendelte sie von Schicht zu Schicht, um über die Runden zu kommen. Da vergaß sie öfters einfach das Essen.

»Alles klar. Schönen Abend noch!«, rief ich ihr zu, während sie zum Ausgang lief.

»Oh, ich denke, du wirst einen schöneren haben.« Dabei zwinkerte sie, hob grüßend die Hand und verschwand dann hinaus.

Stirnrunzelnd versuchte ich ihre letzten Worte zu verstehen, blickte dann automatisch auf den kleinen Bildschirm hinter der Kasse und erkannte Philippe.

Seufzend versuchte ich, nicht gleich wieder an die Decke zu gehen.

Philippe – Nachname unbekannt – gehörte zu den Italienern. Jepp, ich war tatsächlich von den Iren direkt zu den Italienern gewechselt, wenn man das so sehen wollte. Und er war nicht irgendein dämlicher Lakai, der die Drecksarbeit erledigte. Seit Rave die Italiener anführte, war Philippe sein Stellvertreter.

Ein verdammtes Déjà-vu.

Die Türglocke ertönte.

»Einen wunderschönen guten Morgen, Bella.«

Und dieser Akzent.

Wäre ich nicht die, die ich war, würde ich ihn vielleicht charmant finden. Aber ich war nun mal ich.

Er lehnte sich gegen den Kassentresen und musterte mich schmunzelnd. Das tat er jedes verdammte Mal.

Philippe sah aus wie der typische Italiener. Dunkelhaarig, kantig, gutaussehend und trug ständig geleckte Schuhe und italienische Anzüge. Das Beste vom Besten, so sagte er immer.

Einzig sein Humor war mal etwas Erfrischendes. In einer Welt, in der man entweder selbst tötete oder getötet wurde, war ein lachendes Gesicht wie ein Sonnenschein, den man nicht erwartete.

Woher Philippe so viel Humor nahm, wusste ich nicht. Danach fragen würde ich allerdings auch nicht.

Seit ich mich in feindliches Gebiet getraut hatte, musste ich vorsichtig sein.

New York war in vier Bereiche aufgeteilt. Selbst die Cops wussten das.

Den Russen gehörte der Norden, im Westen befanden sich die Kolumbianer, die Italiener hatten sich im Süden, Brooklyn, breitgemacht und Sloan führte Manhattan und halb Jersey an. Zumindest hatte ich das die Italiener sagen hören.

Er hatte sich die Macht des Clans gegriffen. Meines Clans.

Und ich konnte rein gar nichts tun.

»So nachdenklich heute?«

Philippes Stimme riss mich aus meinen Gedanken heraus, die ich immer noch, nach so vielen Monaten, tagtäglich viel zu oft hatte.

»Ich hab nicht gut geschlafen.«

»Deswegen der Versuch, aus der Bruchbude bei euch ein heimisches Etwas zu machen?«

Also hatte er Prue getroffen, die ihm mitgeteilt hatte, was ich versucht hatte.

»Meine Güte, was stellt ihr euch nur so an? Es ist nur ein Vorgarten.«

»Bella, es ist nicht einfach nur ein Vorgarten. Das ist so, als würdest du aus einer Müllverbrennungsdeponie ein neues Ritz bauen.«

»Das Ritz ist gar nicht mal so …«

Ich hatte gar nicht überlegt, als ich kontern wollte. Aber als ich Philippes Stirnrunzeln registrierte, weil ich gerade von den schönen Suiten im Ritz reden wollte, obwohl Stephanie Martin mit ihren kaputten Klamotten gar nicht wissen konnte, wie es dort von innen ausschaute, stockte ich.

»Ich liebe Blumen.« Kurze und knappe Antworten waren immer noch das Beste.

»Du musst nur fragen, dann bekommst du ganz viele Blumen, wenn du möchtest.« Philippes Grinsen wäre ansteckend, würde ich diesen Typ Mann nicht kennen.

»Ja, das wird nie passieren. Also, brauchst du etwas?«

Jedes Mal ließ er von seinem Mafia-Kollegen, der mitkam, den Wagen auftanken, während er mit mir hier drinnen flirtete. Also einseitig flirtete.

Ich war ganz sicher nicht hierhergekommen, um mich in den nächsten Mafiakerl zu verlieben.

Ganz sicher nicht!

»Deine Aufmerksamkeit. Aber ich sehe schon, heute wird dieser Tag nicht sein.«

Sein leicht italienischer Akzent hatte etwas sehr Anziehendes.

Nur nicht für dich, Leah! Merk dir das.

»Ist sonst alles in Ordnung? Gab es Zwischenfälle?«

Wie hundert andere Läden stand auch die Tankstelle unter dem Schutz der Italiener. Ganz Brooklyn musste sich keine Sorgen machen, solange jeder seinen Beitrag leistete. Das hieß Schutzgelderpressung. Und jeder war sich bewusst, dass eine Weigerung keine Option war. Also zahlte Bob, dem die Tankstelle gehörte, brav seinen monatlichen Anteil.

»Alles wie immer.«

»Gut.« Philippe schaute auf seine Armbanduhr und seufzte. »Die Pflicht ruft, Bella. Träum nicht so oft von mir. Unsere Zeit kommt.«

Ich verdrehte die Augen, während er endlich die Tankstelle verließ.

Es war nur so daher gesagt von Philippe, aber der letzte Satz machte mich leicht melancholisch.

Colin hatte mal etwas Ähnliches zu mir gesagt, kurz nachdem Dad gestorben war.

»Deine Zeit wird auch noch kommen, Leah. Irgendwann ist es nicht mehr wichtig, wer du bist. Irgendwann bist du einfach wer.«

Und wer war ich nun?

Eine Heimatlose.

Eine Schwester, die ihren Bruder nicht mehr retten konnte.

KAPITEL 4

Sloan

Andrew stellte die Kiste mit Waffen direkt in die Mitte und zog sich dann auf unsere Seite zurück. Meine Männer wiederum griffen sich den Aktenkoffer und gaben das Okay, dass die volle Summe bezahlt worden war.

Die Russen auf der gegenüberliegenden Seite nahmen mit zwei Mann die Kiste und brachten sie direkt in einen der Geländewagen.

Wir hatten uns am Hafen, direkt am East River getroffen. Der direkten Grenze zwischen unserem Gebiet und dem der Russen.

Vitali, der Anführer der Russen, ließ sich von einem seiner Männer die Qualität der Ware bestätigen.

Dann scheuchte er ihn weg und blickte zu mir rüber.

»Spasiba. Es war mir ein Vergnügen, Geschäfte mit euch zu machen.«

Ich schnaubte.

Das nannte er Geschäfte machen? Der Deal war nur zustande gekommen, weil der Russe darum bettelte,

Geschäfte mit uns zu machen. Er hatte die Übergabe immer wieder verschoben, forderte immer wieder neues Zeug an.

»Der Rest befindet sich im Wagen. Deine Männer können ihn ausladen, sobald ich verschwunden bin.«

»So wenig Vertrauen, mein Freund?« Selbst Vitali klang zynisch, als er das sagte.

»Ich nenne es Selbsterhaltungstrieb.«

»Ein Jammer, das mit dem kleinen *Graham*. Aber ich denke, du wirst es noch besser machen. Euer Clan benötigt dringend eine feste Hand.«

Warum zum Teufel sprach er über Colin?

Was sollte das?

Ich wandte mich um, damit ich hier wegkam. Andrew befand sich direkt neben mir und begann bereits über die drahtlose Verbindung unseren Rückzug anzukündigen. Aber natürlich wollte Vitali noch etwas.

»Was ist mit seiner Schwester?«

Wegen seines starken russischen Akzents musste man meist zweimal hinhören, um ihn zu verstehen. Aber diesen Satz – den verstand ich sehr gut.

»Aye, wir verschwinden gleich«, hörte ich Andrew neben mir sagen. »Boss?«

»Es heißt, sie ist verschwunden.«

Woher hatte er diese Information?

»Wenn du das nächste Mal Waffen brauchst, kontaktiere nicht mich«, antwortete ich ihm stattdessen und machte mich auf, um hier wegzukommen.

Ich war gerade in den SUV eingestiegen und fluchte vor mich hin. Als Andrew endlich auf dem Beifahrersitz saß, fuhr der Fahrer los.

»Es war klar, dass er Fragen stellt, Boss.«

»Aye. Und ich habe ihm nur nicht eine Kugel in den Kopf geschossen, weil es sonst Krieg gibt, den niemand gebrauchen kann.«

Andrew kannte die Wahrheit. Zumindest den Teil, der weder mich noch Leah zum Mörder machte. Deswegen konnte ich mit ihm über die Sache – über Leah – reden. Auch wenn ich es seit Monaten vermied.

Nachdem sie den BMW genommen hatte und abgehauen war, hatte ich jeden verdammten Stein in der Stadt umgedreht, um sie zu finden. Jeder Flughafen, jeder Bahnhof, jede verdammte Bushaltestelle wurde überwacht. Und doch hatte sie es geschafft unterzutauchen.

Ich war so verzweifelt auf der Suche nach ihr gewesen, dass ich sogar ins *Heals* gegangen war – einen der letzten neutralen Clubs in der Stadt –, um mich dort nach Leah umzuhören. Nicht mal meinen Anzug trug ich, um weniger aufzufallen. Aber alles, was ich fand, war die Erkenntnis, dass die Italiener zurzeit mehr Scheiße am Stecken hatten als wir. Don Giovanni, ihr Anführer, hatte das Zepter abgegeben und somit fragte man sich, ob der Nachfolger genug Eier besaß, um sein Gebiet zu halten. Soweit mich meine Einschätzung nicht trog, konnte dieser Rave das. Ganz anders sah es bei mir aus. Seit fast einem Jahr führte ich den Clan an. Und seit fast einem Jahr fühlte ich mich, als stünde ich vor einem Abgrund, dem ich einfach nicht entkommen konnte.

Und mir war klar, woran das lag. Leah.

Ihren Gesichtsausdruck, als sie begriffen hatte, dass Colin tot war, würde ich mein Leben lang nicht vergessen. So viel Schmerz, so viel Wut und Hass, der in diesem Moment in ihrem Gesicht gestanden hatte, war etwas, womit ich nicht umgehen konnte. Dazu diese verdammte Narbe, die mich stets daran erinnerte, dass sie mich angeschossen hatte.

Leah hatte nicht gezögert abzudrücken. Für sie zählte nur, dass sie ihren Bruder rächte.

Wenn Leah mehr Übung mit der Waffe gehabt hätte, wäre ich vermutlich nicht mehr am Leben. *Teufel noch mal. Es ist reines Glück gewesen, dass sie damals den Chinesen tödlich verwundet hatte.*

»Wir sollten uns darum kümmern, dass auch unsere Nachbarn bemerken, dass der Russe langsam zum Problem werden kann«, erklärte ich Andrew, der mein Stellvertreter geworden war.

Andrew nickte. »Was soll ich tun?«

»Ich will kein geplantes Treffen. Aber sorg dafür, dass wir erfahren, wie wir Rave ohne großes Tamtam treffen können.«

»Aye. Ich kümmere mich drum.«

Mein Handy klingelte.

Es war Cook.

Ich sagte nichts und wartete, was er zu berichten hatte.

»Wir haben vorhin einen Chinesen in unserem Gebiet herumschnüffeln gesehen. Er wollte sich ein paar unserer Nutten schnappen.«

»Ach was?«

»Ja, er sitzt im Bunker, aber er erzählt auch, dass er wichtige Informationen für dich hat, Boss.«

»Haben sie das angeblich nicht immer? Er will nur Zeit schinden«, antwortete ich und sah dabei zu, wie sich die Tore zu unserem Anwesen öffneten.

»Aye, dachte ich auch«, gab Cook zögerlich von sich. Cook zögerte nie.

»Er sagt, er wüsste etwas über Leah.«

Mir stockte der Atem.

»Ich bin gleich da.«

Sobald der Wagen stoppte, sprang ich hinaus und ging schnellen Schrittes zum Haus.

Andrew folgte mir, ohne zu zögern.

Der »Bunker« befand sich im Kellergeschoß. Dort hatten wir mehrere versteckte Wände, hinter denen sich ein paar Zellen verbargen. Gerade deshalb schenkten wir unseren Feinden noch etwas mehr Aufmerksamkeit als sonst schon.

Ich lief die Treppe hinunter, vorbei an den Waschmaschinen und Trocknern. Mark stand direkt vor dem Regal, das mit alten Eimern und Krimskrams vollgestellt wurde, und öffnete eben diese Wand, in dem er es zur Seite schob. Da hinter verbargen sich zusätzliche hundert Quadratmeter Zellen – und Folterräume.

Der Chinese saß mit den Händen am Rücken gefesselt auf einem Stuhl. Über ihm hing eine kleine Glühbirne, die für etwas Licht sorgte. Sonst war es stockfinster hier drin.

Cook stand vor ihm und aß gerade ein Sandwich, er war gefühlt ständig und überall am Essen.

»Hat er bereits etwas erzählt?«, fragte ich kurz.

Cook bemerkte mich. »Nein. Er wollte unbedingt auf dich warten.«

Ich betrachtete den kleinen Kerl vor mir. Seinen Kopf hielt er gesenkt, Blut tropfte immer wieder auf dem Boden. Cook hatte ihn schon ein bisschen bearbeitet.

»War er allein?«

»Aye. Nicht nur ein Trottel, weil er gedacht hat, wir würden ihn hier nicht bemerken, sondern noch ein strohdummer Trottel dazu«, antwortete Cook.

Stimmt.

Der Chinese trug nichts weiter als seine Unterhose. Ein paar blaue Flecke bildeten sich bereits auf seiner Haut. Cook war allerdings noch nicht dazu übergegangen zu schneiden.

»Ich bin Sloan. Der Anführer der *Grahams*«, sagte ich, auch wenn es sich jedes Mal nicht richtig anfühlte. Die *Grahams*, das waren Colin und Leah gewesen. Colin war nicht mehr am Leben und Leah war ...

Der Chinese hob den Kopf. Eines seiner Augen war bereits zugeschwollen. Er blutete aus dem Mund. Vor ihm verteilt lagen bereits Zähne, die er verloren hatte.

Und trotzdem konnte der kleine Pisser immer noch grinsen.

»Was willst du mir mitteilen?«

»Wir ficken sie«, nuschelte er mit fast undeutlichem Akzent. Aber ich verstand trotzdem. »Wir ficken sie. Wir ficken …«

Ich blickte zu Cook, der aufgehört hatte zu essen und den Chinesen wütend anstarrte.

Drei Sekunden brauchte ich, um meine Faust gegen seinen Kopf krachen zu lassen. Die Wucht meines Schlages war so stark, dass sein Stuhl umkippte und er auf dem Rücken landete.

Ich biss mir auf die Zunge, um mich zu beruhigen.

»Vierteilen und zurückschicken«, befahl ich und ging wieder hinaus.

Jeden Mann, der mir entgegen kam, ignorierte ich.

»Meinst du, dass das eine gute Idee ist, Boss? Wenn sie Leah haben …« Andrew redete auf mich ein, während ich Richtung Arbeitszimmer ging.

»Sie haben sie nicht. Sonst hätten sie längst mehr gefordert. Der Typ da drin war eine Botschaft.«

Ich riss die Tür zum Arbeitszimmer auf und ging zur Minibar, um mir einen Drink zu genehmigen. Aber es half nicht mal ansatzweise, meine Wut und auch die Verzweiflung über Leahs Verschwinden zu vergessen.

»Die Chinesen suchen sie auch«, sagte Andrew und setzte sich auf den Stuhl vor dem Schreibtisch. »Nichts, was wir nicht schon wüssten. Nur dass der Kerl da unten es realer macht.«

Er traf es auf den Punkt.

»Ich habe gehört, wir haben Besuch.« Bree betrat das Arbeitszimmer und kam auf mich zu. Andrews Blick lag konzentriert auf mir, als sie meine Hand nahm und sich die Schrammen auf den Fingerknöcheln anschaute.

»Wir hatten Besuch«, antwortete ich ihr und kippte noch einen Drink hinunter.

Der Whiskey brachte schon länger keine Linderung mehr. Es war nur ein weiteres Übel geworden, das ich kaum zu bändigen wusste, seit Leah weg war.

»Ach herrje. Das sieht schmerzhaft aus.« Bree strich leicht mit dem Finger darüber. Ich biss den Kiefer zusammen, weil sie ganz genau wusste, dass das schmerzen würde. Sie blickte hoch in mein Gesicht.

»Soll ich für Linderung sorgen?«

Die versteckte Frage dahinter war eher: Soll ich mich von dir ficken lassen, damit du wieder etwas klarer im Kopf bist?

Dasselbe Angebot wie fast jeden Tag. Jedes Mal hatte ich bisher abgelehnt. Ihr und auch mir war klar, dass ich es bald nicht mehr ablehnen würde.

Zu groß wurde der Frust. Zu groß die eigene Enttäuschung, dass ich die Chinesen nicht aufhalten konnte, nach Leah zu suchen.

Nutten hatten mir schon seit vielen Jahren keine Befriedigung mehr verschafft, die ein Clan-Mitglied für selbstverständlich erachten sollte. Jetzt war ich ihr Anführer und fühlte mich für jeden von ihnen verantwortlich. Deswegen sah ich kaum noch eine andere Frau an, bis auf Bree. Die kleine Schlampe wusste ganz genau, was sie hier tat. Jeder besaß sie schon. Selbst Colin hatte sie für ein paar Monate in ihrem Bett gehabt. Aber sie war manipulativ und setzte diese gefährliche Eigenschaft verdammt geschickt in. Ein kleiner Teil von mir zollte ihr deswegen Respekt. Der größere Teil jedoch ... Der wusste, dass es gefährlich war, sie näher an sich ranzulassen.

Nur weil Colins Dad mal etwas mit Brees Mom am Laufen hatte, war sie überhaupt so lang bei uns geblieben. Seit Leah weg war, versuchte sie sich einen sicheren Platz bei uns zu bunkern.

»Kümmer dich lieber um die neue Lieferung von Frauen, die heute Abend am Hafen ankommt«, redete Andrew mit ihr, damit ich nicht so dumm war, ihr Angebot anzunehmen.

»Kann das nicht Mark erledigen? Oder Cook? Oder vielleicht du selbst, Andrew?« Bree grinste ihn an, als würde es tatsächlich eine gewisse Wirkung auf ihn haben. Aber sie kannte Andrew nicht so, wie wir ihn kannten.

»Beweg deinen dürren Arsch zum Hafen oder du lernst mich kennen!«, fuhr er sie an.

»Aye. Ist ja schon gut!«

Sie drehte sich um und wackelte noch etwas mit ihrem Arsch, der fast schon unter diesem kurzen Kleid zu sehen war, um dann endlich das Arbeitszimmer zu verlassen.

»Schlag dir ihren Arsch aus dem Kopf, Sloan.«

»Ach? Ist das so was wie ein Tipp von dir?«, fragte ich ihn belustigt.

Andrew kam auf mich zu.

»Ich glaube nicht, dass du einen Tipp nötig hast. Das, was du brauchst, müssen wir erst noch finden.«

War das jetzt eine Metapher oder meinte er eine ganz bestimmte Person damit?

Leah/Stephanie

Meine Schicht begann heute um acht. Eine Nachtschicht. Normalerweise wäre ich dumm, nachts in Brooklyn an der Tankstelle zu arbeiten. Aber das Extrageld lockte, denn mein Erspartes war fast aufgebraucht. Es war wichtig, dass ich Geld verdiente.

Ich hatte mir gerade meine Übergangsjacke angezogen und die Tür hinter mir geschlossen, als ich es nebenan rumpeln hörte.

Das Geräusch kam aus Prues Apartment. Prue lebte seit ein paar Wochen mit ihrem italienischen König zusammen. Sie war es also nicht, die dort Geräusche machte.

Ich schlich mich langsam an die Tür, nur um sofort wieder etwas laut scheppern zu hören.

»Merda!«, brüllte eine männliche Stimme auf Italienisch.

Als erstes setzte mein Herz vor Schock aus. Dann fiel mir aber wieder ein, dass in diesem Teil der Stadt die Italiener herrschten.

Also klopfte ich zweimal an die Tür und wartete ab.

»Wer ist da?« Die Entsicherung einer Waffe war zu hören. Aber da ich die Stimme erkannte, verdrehte ich nur die Augen.

»Na, wer wohl. Der böse, fiese Wolf, der dein Haus gleich wegpustet, wenn du nicht aufmachst«, antwortete ich.

Wenige Sekunden später wurde die Tür von Philippe geöffnet. Er musterte mich und hatte die Waffe wieder weggesteckt.

»Ne, du siehst ganz sicher nicht wie der böse, fiese Wolf aus.«

Ich schob meine Brille auf den Nasenrücken zurecht und bemerkte seine Schramme auf der Stirn.

»Du bist verletzt.«

Philippe wedelte mit der Hand herum und ließ mich dann an der Tür stehen.

»Halb so wild.«

»Na, wenn das halb so wild ist«, antwortete ich trocken und trat ein. In dem Apartment standen noch all die Möbel, die Prue zurückgelassen hatte. Außer ihre Couch, die ihr einzig wahres Lieblingsstück war. »Dann würde ich gern wissen, was du in Prues Apartment verloren hast.«

Philippe war wie selbstverständlich in die kleine Küchenzeile gegangen und hatte sich einen Drink gemacht.

»Prue lässt immer noch das Fenster auf. Ich bin darüber reingekommen.«

»Jaaa«, dehnte ich das Wort. »Das kann ich sehen. Aber warum?«

»Ach, ein paar Chinesen sind im Viertel aufgetaucht,

es gab eine Schießerei und ich musste einen guten Unterschlupf finden«, antwortete er beiläufig und kippte sich noch einen Drink rein.

»Gab es Verletzte?«, fragte ich schnell nach.

»Ne, Davide, unser großer Bulle, hat sie abgelenkt. Vermutlich hat er sie längst in zwei Stücke geteilt oder so etwas. Ich warte auf seinen Anruf.«

»Aha«, kommentierte ich kurz und knapp.

Dabei bemerkte ich Philippes Musterung.

»Was?«

»Du bist echt komisch, weißt du das? Ich rede von der Zerteilung des menschlichen Körpers und du zuckst nicht mal mit der Wimper.«

Ich zuckte unbekümmert mit der Schulter.

»Wenn du erwartest, dass ich dir heulend in die Arme falle, irrst du dich.«

Er lächelte. »Ich erwarte vieles, aber nicht, dass es leicht wird mit dir.«

»Und wie oft habe ich dir jetzt gesagt, dass das nicht passieren wird?« Automatisch lief ich zur Küchenzeile und durchsuchte die Schränke nach Jodtinktur. Beim zweiten Schrank wurde ich fündig, griff mir ein Küchentuch und tränkte es mit dem Mittel.

Mit der Hand machte ich ihm klar herzukommen und dann begann ich, die Wunde an seiner Stirn zu säubern.

Er stand mir ziemlich nah. So nah, dass es mich eigentlich kümmern müsste, da Philippe mich genauestens musterte.

»Hast du die Blumen vor dem Haus gepflanzt?«

»Kann schon sein«, antwortete ich und bemühte mich, die Wunde vernünftig zu säubern. Sie war nicht sonderlich tief, allerdings hatte ich schon einige Wunden gesehen, die ähnlich ausschauten und schlimmer geworden waren, weil man sich nicht darum gekümmert hatte.

Die Erinnerung an meinen Clan wollte ich nicht zulassen. Allerdings erinnerte mich das auch daran, mit wem ich mich gerade allein in Prues Wohnung befand. Und zwar mit der Nummer zwei der italienischen Mafia. Normalerweise wäre er jetzt mein Feind.

»Du bist wirklich die einzige Frau, die einen ganzen Vorgarten mitten in einem herunterkommenden Viertel in Brooklyn bepflanzt.«

»Tja, nenn mich dumm. Prue hält mich schon für verrückt genug.«

Mir war klar, dass ich es vollkommen übertrieb. Um nicht aufzufallen, verhielt ich mich überkorrekt. Ich putzte den Hausflur, pflanzte einen Vorgarten und backte ständig irgendwelches Gebäck, damit die Nachbarn mich für »nett« hielten. Denn »nette« Menschen verriet man nicht, oder? Zumindest war das meine Ansicht gewesen. Stattdessen sorgte ich nur für Unverständnis und Unglaube. Denn solche Dinge machte man vielleicht in der Vorstadt, aber nicht hier. Wobei ich Blumen liebte. Zumindest dieser Teil war nicht gelogen.

»Es ist nichts Schlechtes. Die Leute hier können schöne Dinge gebrauchen. Wenn deine Blumen helfen, damit die Leute sich wohler fühlen, dann bepflanz von mir aus ganz Brooklyn.«

Ich grinste und war schon fertig mit meiner guten Tat. Als ich ein Pflaster auf die Wunde klebte, nickte ich zufrieden.

»So, dein hübsches Gesicht ist verarztet.« Ich grinste und blickte Philippe in die Augen.

Er wirkte in keiner Weise belustigt, sondern sah mich nur an.

»Und du versuchst, deines zu verstecken.«

»Mh?« Nervös drückte ich meine Brille in die richtige Position. Sie war mir viel zu groß, sorgte aber für das, was ich wollte. *Schutz vor Männern.*

Aber irgendwie half die nicht, Philippe auf Abstand zu halten.

»Hast du es mal mit Kontaktlinsen versucht?«

»Kontaktlinsen? Wieso? Stehst du etwa nicht auf meine Brille?«, fragte ich kokett zurück. Ich versuchte das Thema etwas aufzulockern.

»Na ja. Sie hilft dir anscheinend beim Lesen und so«, kam seine zögerliche Antwort. Man merkte ihm an, dass er nichts Falsches über dieses hässliche Brillengestell sagen wollte. Am liebsten hätte ich jetzt gelacht, weil sein Versuch auch irgendwie total niedlich war. »Aber Kontaktlinsen haben auch so ihre Vorteile.«

»Dann muss ich dich leider enttäuschen«, sagte ich,

warf das Tuch in die nächste Ecke und schraubte die Flasche mit der Jodtinktur zu. »Ich liebe meine Brille.«

Wer's glaubt!

Grinsend ging ich zur Haustür, weil ich Philippes Blick auf mir ruhen spürte. Es war ein tolles Gefühl zu wissen, dass er mich trotz Brille, Nest auf dem Kopf und alten, zerschlissenen Klamotten attraktiv fand. Aber mehr würde es nie werden. Dazu war Philippe zu viel Mafia und zu italienisch.

Ich mochte mich vor meinen eigenen Männern verstecken, aber ich war noch immer Irin. Und somit seine Todfeindin.

KAPITEL 5

Sloan

Es war weit nach Mitternacht und ich saß noch immer im Arbeitszimmer. Dabei blickte ich auf neue Frachtpapiere, die ein paar unserer Lieferungen dokumentierten. Selbstverständlich tarnten wir unsere Waffenlieferungen als Lebensmittel, die irgendeine große Warenkette bestellt hatte. Drogen wurden meist auch darunter gelistet. Sie waren in Cornflakespackungen gebunkert.

Ich kippte mir gerade den letzten Rest Whiskey runter und stellte das Glas ab, als die Tür sich öffnete und Bree hereinkam.

Mit nichts weiter an als einem kurzen Seidenmantel.

»Du arbeitest immer noch?«

Ich hatte die Papiere überall auf dem Ledersofa verteilt. Den Schreibtisch nutzte ich noch immer nicht. Den hatte Colin damals in Auftrag gegeben, es war seiner und würde es wohl immer bleiben. Es fühlte sich nicht richtig an, mich daran zu setzen und so zu tun, als hätte ich ...

Bree schob mein leeres Glas zur Seite und setzte

sich frivol auf den Mahagonitisch, der vor mir stand. Sie schlug die Beine übereinander und blickte mich amüsiert an.

»Du brauchst eine Pause, Boss.«

»Ach ja?«, fragte ich so unbeteiligt wie möglich und las die weiteren Papiere durch.

Eine ganze Weile sagte sie nichts, dann wurde es ihr aber anscheinend doch zu bunt.

»Ach, komm schon, Sloan. Es wäre nichts, was wir nicht bereits getan hätten.« Sie fuhr mit den Händen über den Stoff meiner Hose, als gehörten ihr meine Oberschenkel.

Mit hochgezogener Braue sah ich von den Papieren hoch und beobachtete sie. Bree grinste amüsiert.

»Du weißt, wie gut es mit uns war.«

Ach ja?

»Du weißt, wie es dir gefallen hat.«

Sie beugte sich vor, sodass der Seidenmantel sich öffnete und ihre nackten Titten zeigte. Sie war darunter vollkommen nackt.

»Du weißt, wie tief du in mir warst, Sloan.« Ihre Hände schoben sich auf meine Brust, dann drückte sie mich nach hinten an die Rückenlehne. Mit geschickten Fingern öffnete sie einen Hemdknopf nach dem anderen. Ihr machte es überhaupt nichts aus, dass eine Titte aus ihrem Mantel hing. Wohlgeformte Titten. Ihre Brustwarze ragte hart und bereit vor meinem Mund auf. Aber ich regte mich nicht.

»Komm schon«, flüsterte sie und biss mir dann in

das Ohrläppchen, um ihren Standpunkt noch einmal klarzumachen. »Wir beide müssen dringend ein bisschen Stress abbauen. Seit Monaten arbeitest du wie ein Tier.« Ungeniert fasste sie mir in den Schritt und massierte meinen harten Schwanz. Ich biss die Kiefer zusammen, während sie weiter und weiter rieb.

»Wir beide passen perfekt zusammen, Sloan. Du bist die Nummer eins und ich ...«

Mit einem Griff hatte ich mir ihr langes, rotes Haar geschnappt und ihren Kopf gestreckt. Sie verharrte reglos. Bree wirkte überrascht, aber nicht verängstigt. Diese kleine Schlampe wollte es nicht anders.

Ich riss sie näher zu mir.

»Du glaubst also, wir würden gut zusammenpassen, ja?«

Ein siegessicheres Lächeln lag auf ihren Lippen.

»Und ob.«

Mein Griff in ihr Haar wurde noch fester. Sie versuchte, sich zusammenzureißen. Bree konnte schon immer gut schauspielern.

»Lass mich dir eines sagen«, flüsterte ich ihr jetzt zu und sie erschauderte. »Bevor ich so dumm wäre, dich als *Meine Frau* zu bezeichnen, würde ich mir lieber in den Rücken schießen lassen. Denn du ...« Ich zog noch kräftiger an ihren Haaren und sie schrie vor Schmerz auf.

Da habe ich wohl ihre kleine Schmerzgrenze erreicht.

»... bist nicht vertrauenswürdig, Bree. Du fickst jeden. Hauptsache, er besitzt Macht. Erst mich, dann hast du dir Colin vorgenommen und als der auch begriffen hat, dass du bist, wie du bist, warst du bereits abgelegt worden.«

Jetzt begann sie wie wild mit den Händen zu kämpfen, um von mir loszukommen.

»Lass mich los!«

Ich ließ sie nicht los.

»Wieso? Du wolltest mich doch gerade noch ficken oder habe ich das falsch verstanden?«, fragte ich lachend nach und sie schlug erneut um sich.

Aber jedes Mal wehrte ich sie ab und dann ließ ich sie so schnell los, dass sie auf allen Vieren direkt vor mir auf den Boden fiel.

Ihr Seidenmantel war so verrutscht, dass auch ihre zweite Titte herausfiel.

»Du bist ein verdammter Bastard! Kein Wunder, dass Leah …«

Bree hatte nur ihren Namen sagen müssen und mein Lachen erstarb augenblicklich. Sie bemerkte es und zog sich schnell den Seidenmantel über die Schulter.

Oh nein. So schnell kommt sie mir nicht davon.

»Runter mit dem Stoff!«

Sie zuckte aufgrund meines Tons zusammen, tat aber das, was ich von ihr wollte und schob den Mantel bis zum Bauchnabel herunter.

Ich öffnete meinen Reißverschluss und holte meinen Schwanz heraus.

»Lutsch ihn.«

Erst sah ich echten Widerwillen in ihrem Blick. Sie verteufelte mich auf zig verschiedene Arten. Aber als sie auf meinen Schwanz blickte, leckte sie sich erwartungsvoll die Lippen, kniete sich vor mich und nahm meinen Schwanz in den Mund.

Ich hatte mich zurückgelehnt und genoss ihre Zunge. Bree hatte es immer schon gut draufgehabt, mir ordentlich einen zu blasen.

Es dauerte genau zehn Sekunden und mir wurde klar, dass diese kleine Schlampe vor mir von Leah gesprochen hatte.

Leah.

Meinem Kopf war klar, dass nicht Leah gerade meinen Schwanz lutschte. Meinem Organ in der Brust hingegen nicht. Das Blut in meinem Körper stockte vor Verlangen. Mein Schwanz war so hart, dass ich erzitterte. Instinktiv griff ich mir ihre Haare und drückte sie noch tiefer auf meinen Schwanz.

»Fester! Los!«

Wie würde es sich anfühlen, wenn Leah meinen Schwanz in ihrem Mund haben würde?

Ich musste nicht lang darüber nachdenken. Es wäre phänomenal. Sie wäre phänomenal.

Leah.

Ich dachte an ihr kupferrotes, langes und weiches Haar zurück. Sie roch immer so verdammt exquisit. Nach teurem Wein und Nächten, die vollkommen wären, würde sie in meinem Armen liegen.

Leah.

Stöhnend spritzte ich meine Ladung in Brees Mund und hielt sie so fest an mich gepresst, dass sie alles schlucken musste.

So schnell, wie ich mir die kleine Schlampe gegriffen hatte, so schnell ließ ich sie auch wieder los.

Ich rieb mir müde über das Gesicht und steckte meinen Schwanz schnell wieder in die Hose.

»Und ich?«

Ihre Frage entlockte mir ein ungläubiges Lachen.

»Sei froh, dass du überhaupt helfen konntest. Und jetzt verschwinde.«

Bree war stinksauer. Das war Bree. Sie wusste, ihr Körper war ihr Kapital. Mehr besaß diese kleine Schlampe einfach nicht. Gut, sie konnte mit Zahlen umgehen. Und genau das war ihre Aufgabe, mehr nicht. Als Bonus wünschte sie sich einen großen Kerl, der genug Macht und Kohle besaß, um ihr die Welt zu Füßen zu legen. Aber dieser Kerl war nicht ich und wenn sie nicht aufpasste, würde sie diesen auch nie finden.

Mein Handy in der Hose vibrierte. Ich holte es heraus und sah mir das Foto an, das Andrew mir geschickt hatte.

Darauf waren drei Personen zu entdecken. Rave, der Anführer der Italiener, fiel mir sofort ins Auge. Ich hatte ihn und die Frau, die neben ihm stand, schon einmal im *Heals* gesehen. Dort hatte ich den Barbesitzer

Johnny vor ein paar Monaten nach Leah befragt. Aber auch dort war sie nie aufgetaucht.

Ich blickte auf die in sich verschränkten Hände der beiden. Rave und diese Frau waren also ein Paar. Diese Information würde mir womöglich irgendwann zugutekommen.

Dann fiel mir auf, was Andrew geschrieben hatte.

Rave holt seine Frau immer gegen Abend ab, um sie zu ihrem Job zu begleiten.

Eine neue Information, die uns weiterbrachte. So könnten wir in Kontakt treten, ohne zig Anrufe oder E-Mails auszutauschen.

Ich konzentrierte mich auf die dritte Person auf dem Bild. Eine dunkelhaarige Frau mit einer Brille. Sie saß kniend im Dreck oder so etwas und hörte Rave und seiner Partnerin gerade zu. Irgendetwas war besonders an ihr, aber was?

Und dann schlug mein Herz urplötzlich schneller in der Brust. Diese Augen ... Diese Augen waren mir bekannt. Und zwar sehr bekannt.

»Leah«, murmelte ich automatisch.

Die Frau mit der großen Brille und dem unordentlichen Haar war Leah!

Und sie hatte Kontakt mit unserem Feind!

Ich ignorierte Bree, die noch immer an ihrem Seidenmantel zog, um ihre Titten zu verdecken und wählte Andrews Nummer an.

Er ging beim zweiten Läuten ran.

»Boss?«

»Es ist Leah!«, brüllte ich fast ins Handy.

Bree hörte auf, an ihrem Mantel zu hantieren und starrte mich überrascht an. Ich ignorierte sie, stand auf und lief durch das Arbeitszimmer.

»Was? Ich habe dir ein Bild von Rave und seiner ...«

»Ich rede von der dritten Person auf dem Bild. Das ist Leah!«

»Wie bitte? Moment. Ich würde doch erkennen, wenn das ...« Ich hörte, wie er auf Lautsprecher umstellte, sich das Bild genauer ansah und dann ein lautes *Fick die Wand an!* von sich gab.

»Aber das würde heißen ...«

Ich fuhr mir mit zitternden Händen durch das Haar.

»Sie ist in Brooklyn«, fuhr ich dazwischen.

»Aber Boss, sie ist bei den ...«

»Was hast du nicht verstanden? Wir haben sie gefunden und das ist alles, was wir wissen müssen.«

Mussten wir nicht. Aber darüber würde ich mir Gedanken machen, wenn sie wieder hier war. Bei uns. Bei mir.

Einen langen Moment blieb es still auf der anderen Seite der Leitung.

»Aye, nur das zählt. Ohne Uzis sollten wir Brooklyn nicht betreten.«

»Sorg dafür, dass ich alle Informationen über Rave und seine Frau und ... Leah bekomme, die wir benötigen. Um sechs Uhr will ich wissen, wo sie genau zu finden ist.«

Ich legte auf und blickte auf die zweihundert Jahre alte Wanduhr, die direkt neben dem Schreibtisch hing.

Noch knapp fünf Stunden. Fünf Stunden kann ich aushalten.

KAPITEL 6
Leah/Stephanie

»Einen Whopper bitte.«

Ich legte den Whopper in die Mikrowelle und stellte die Zeit ein. Dann drückte ich auf »Start« und wartete, dass der Teller sich drehte und drehte, damit der Whopper heiß genug wurde.

Es war bereits fast sieben Uhr – Schichtwechsel – und ich zählte bereits die Minuten. So lang ich schon die Nachtschichten übernahm, so wenig würde ich mich daran gewöhnen können. Dann zu arbeiten, wenn andere schliefen – wenn ich normalerweise schlafen würde –, war einfach nichts für mich. Und da es nichts für Leah *Graham*, die Mafia-Prinzessin war, so war es etwas für Stephanie Martin. Denn sie scheute sich nicht vor harter Arbeit, weil sie jeden Cent gut gebrauchen konnte. Sie war nicht die kleine verwöhnte Prinzessin, die sie fast 23 Jahre lang gewesen war.

Mein Blick fiel auf den befleckten Kalender neben mir an der Wand. Heute war der 23.

Heute vor zehn Monaten starb Colin.

Ich blinzelte gegen die Tränen an, die aufsteigen und mir den Tag vermiesen würden. Dass konnte ich nicht gebrauchen.

Aus der Zeitung hatte ich erfahren, dass es zu einem Begräbnis gekommen war. Etwas anderes hätte vermutlich noch viel mehr Aufmerksamkeit auf sich gezogen. Sloan hatte es so gedreht, als wäre Colin eines natürlichen Todes gestorben. Natürlich. Die Wahrheit hätte ihn den Kopf gekostet.

Mein Wille, ihm irgendwann in die Eier zu treten und ihm den Kopf vom Hals zu schneiden, war noch immer da. Irgendwann würde meine Zeit kommen und dann hätte er sich vermutlich gewünscht, mich damals einfach abgeknallt zu haben, statt mich laufen zu lassen.

Tja, wir hatten alle so unsere naiven Momente.

Die Mikrowelle meldete sich lautstark, der Burger war fertig. Ich nahm den Whopper heraus, kassierte die Ware ab und sah zu, wie der Kunde den Verkaufsraum verließ.

Plötzlich hörte ich Autoreifen quietschen. Jemand fuhr mit einer Höllengeschwindigkeit auf das Tankstellengelände. Da ich von hier aus nichts erkennen konnte, blickte ich auf den Monitor der Überwachungskamera. Mein Herz in der Brust hörte augenblicklich auf zu schlagen.

Ich kannte diese Wagen. Es waren zwei dunkle Geländewagen.

Gut, vielleicht sind sie es auch nicht.

Aber es stieg niemand aus. Es stieg einfach niemand aus.

Sie schauen sich um.

Instinktiv drückte ich den Panikknopf unter meiner Theke und hoffte, dass die Cops schnell hier sein würden. Ich schluckte mehrmals, weil mein Hals sich so verdammt trocken anfühlte.

Da immer noch niemand ausstieg, lief ich schnell nach hinten. Aus einer Schublade griff ich mir das Gewehr, das Bob, der Besitzer für eventuelle Überfälle, dort deponiert hatte.

Mit schnellen Schritten ging ich zurück zur Kasse und entsicherte das Gewehr.

Ich würde mich wehren. Egal, wer da jetzt heraus kommt.

Als hätten die Typen mich gehört, stiegen sie nacheinander aus und mein Herz hörte jetzt definitiv auf zu schlagen.

Es waren Cook und Andrew. Instinktiv senkte ich das Gewehr in meiner Hand.

Sie sprachen miteinander, indem sie sich Handzeichen gaben. Und dann öffnete sich der zweite Wagen und ich erstarrte.

Die Lederjacke und die Jeans waren neu, aber nicht sein Gesicht. Dieses attraktive Gesicht, das ohne zu zögern töten konnte. Selbst seinen besten Freund.

Der Griff um mein Gewehr wurde wieder fester.

Er hat mich also gefunden.

»Denk nach, Leah. Denk nach«, sprach ich mit mir selbst und überschlug im Kopf meine Optionen.

Entweder ich stellte mich ihnen oder aber ich wartete darauf, dass …

Auf einmal begann ein Schusswechsel, instinktiv kniete ich mich hin.

Was war los?

Ich sah zum Monitor. Man konnte nur die Männer sehen, die sich hinter ihren Wagen verschanzt hatten und dahinter Deckung suchten.

Also beschloss ich näher zur Tür zu gehen.

Vor den zwei Geländewagen hatten sich mehrere Wagen gestellt.

»Scheiße«, fluchte ich, als mir klar wurde, dass es weder die Cops noch die Italiener waren. Es waren die Chinesen.

Was zum Teufel machten sie hier?

Wie zum Teufel konnten sie Sloan und die Jungs finden?

Wie konnten sie mich finden?

Bevor ich mir einen wirklichen Plan zurechtlegen konnte, tauchte Philippe von hinten auf.

»Ich denke, du solltest dir einen Platz in den hinteren Reihen suchen, Stephanie.«

Er zog mich so abrupt mit sich, dass ich kaum Widerworte geben konnte.

»Warte. Philippe, warte!«

Die Hintertür stand offen, dahinter befand sich ein Wagen, der uns anscheinend wegbringen sollte.

»Merda«, fluchte er und drehte sich zu mir um. »Was ist denn noch?«

»Die Cops werden gleich auftauchen, dann ist dieses Geballere eh vorbei.«

Amüsiert blickte er mich an. »Hat dir Bob das erzählt? Bella, der Knopf ist für uns gedacht. Wir kommen, wenn er betätigt wird.«

»Oh.«

»Komm jetzt. Bei uns bist du sicher.«

Philippe hielt mir erneut seine Hand hin.

Ihm war gar nicht bewusst, wem er da gerade half und dennoch ergriff ich seine Hand.

***

Die Fahrt dauerte nicht lang. Auf einem Grundstück, das unserem nicht unähnlich war – lag das Domizil der Italiener.

»Ihr bringt mich zu eurem Hauptsitz?«, fragte ich so ruhig wie irgend möglich.

»Es ist momentan der sicherste Ort in Brooklyn«, antwortete Philippe, der neben dem Beifahrer saß und mich hinten kurz musterte.

Wir stiegen aus und ich blickte mich um. Überall standen Wachen. Das Grundstück war gut ausgeleuchtet und Kameras sorgten für zusätzliche Augen. Früher dachte ich mal, wir Iren standen über allem und jedem. Mittlerweile wusste ich, dass auch die Italiener gut darauf vorbereitet waren, sich und ihre Leute zu beschützen.

»Steph!«

Prue kam regelrecht aus dem Haus gerannt und umarmte mich stürmisch.

»Bist du auch nicht verletzt oder so etwas?«, fragte sie und musterte mich genau.

»Verletzt oder so etwas? Also bitte, Bella. Ein bisschen mehr könntest du mir schon zutrauen«, mischte Philippe sich ein.

Prue blickte ihn säuerlich an. »Und genau wegen so eines Spruchs, sehe ich sie mir *genauer* an.«

Philippe verdrehte die Augen, während Rave aus dem Haus kam.

Selbstbewusst, wie ich ihn kennengelernt hatte, schritt er den Weg entlang. Bevor ich hierhergekommen war, dachte ich, es gäbe nur wenige Männer wie Sloan. Aber Rave besaß auch diese Dunkelheit in seinen Augen. Es war unheimlich, wenn man dieses – unser – Leben nicht kannte. Mir machte es keine Angst. Ich fragte mich nur, wie man mit diesem ständigen Gefühl in den Augen leben konnte.

»Gab es Probleme?«, fragte Rave seine Nummer Zwei.

»Nein. Rein und raus.« Philippe zwinkerte mir bei dieser Zweideutigkeit kurz zu und blickte dann wieder zu seinem Anführer. »Die Chinesen müssen gleichzeitig erfahren haben, dass wir Besuch bekommen.«

Prue legte ihre Hände um Raves Mitte und kuschelte sich an ihn. Er erwiderte ihre Umarmung.

Sie ist wohl der Grund, warum er es aushält.

Jetzt sah Rave mich mit seinen kühlen, fast toten Augen an.

»Du bist hier sicher.«

War ich das?

Wenn sie erfuhren, was die Iren wirklich gesucht hatten – nämlich mich! –, dann würde er das bestimmt nicht mehr sagen.

Wie so oft in den letzten Monaten wirkte es fast so, als könnte Rave tief in meine Seele hineinschauen. Aber dann wandte er den Blick wieder ab, bellte ein paar Befehle und ging zusammen mit Prue zurück zum Haus.

»Komm, schöne Frau. Drinnen kannst du dich aufwärmen und einen leckeren Cappuccino genießen.«

Erst jetzt wurde mir klar, dass es ziemlich kühl war. Die Sonne war noch nicht ganz aufgegangen.

Deswegen folgte ich Philippe und den anderen rein.

Das Haus war edel eingerichtet, was mich nicht wirklich wunderte. Wie jeder in Brooklyn wusste ich, dass Rave die Führung von Don übernommen hatte. Der lebte seit Jahrzehnten in Saus und Braus. Auf dem Boden war edelstes italienisches Holz verlegt, mit dem auch die Decke vertäfelt worden war. Die Teppiche waren bestimmt handgewebt.

Rave, Prue und Philippe führten mich ins

Wohnzimmer des Hauses. Es war groß und könnte sicherlich dreißig Menschen oder mehr Platz bieten.

Prue setzte sich seufzend auf die schwarze Ledercouch und winkte mich zu sich.

»Komm, setz dich. Muss ganz schön viel für dich heute Morgen gewesen sein, oder? Rave und ich sind gar nicht erst ins Bett gegangen.«

»Das liegt daran, weil du noch immer in dieser verfluchten Bar arbeiten willst«, antwortete Rave von der anderen Seite des Raumes. Er goss gerade ein paar Drinks in Gläser.

»Gott, Rave. Sei nicht immer dieser Snob, den ich nicht leiden kann. Ich liebe meinen Job«, sagte Prue und schickte ihm einen Luftkuss zu.

»Was ist mit den Männern vor dem Laden passiert?«, stellte ich die Frage, die mir die ganze Zeit über auf den Lippen lag.

Philippe setzte sich uns gegenüber, stellte mir einen Cappuccino hin – Woher zum Teufel hatte er den denn jetzt? –, zwinkerte mir nonchalant zu und nippte dann an seinem eigenen Drink.

»Warum willst du das wissen? Nach meinen Informationen waren es nicht meine Männer«, beantwortete Rave meine Frage, die ich schon fast wieder vergessen hatte. Es schien, als wartete er gespannt darauf, was ich jetzt antworten würde; ob meine Antwort ihn zufriedenstellen würde.

»Ich frage mich nur, ob es Zufall war, dass sie

vor der Tankstelle stehen, dann urplötzlich diese verfluchten Schlitzaugen auftauchen und anfangen herumzuballern!«, fuhr ich ihn ungehalten an.

»Schlitzaugen«, wiederholte Prue zufrieden meine Bezeichnung für diese Bastarde. »In dir steckt Feuer, Steph.«

»Si. Das hat sie«, bestätigte Philippe, als wüsste er ganz genau, wo meine Qualitäten lagen.

Ich verdrehte die Augen. Er konnte es einfach nicht lassen.

»Die Chinesen tauchen mittlerweile nicht einfach so auf und ballern herum, wie du sagst«, erklärte Rave und blieb an der Minibar stehen, um mich anzublicken. »Sie tun nichts Unüberlegtes. Nicht, seit sie versuchen, die Stadt an sich zu reißen. Selbst der Versuch, ein paar unserer Geschäfte zu sabotieren, besitzt seine Logik. Aber ich gebe dir recht. Was sollten sie an einer Tankstelle wollen?«

Einen langen Augenblick blieben wir alle stumm. Rave beobachtete mich mit Argusaugen, als wüsste er ganz genau, dass ich die Antwort auf diese Frage wäre. Ich würde lügen, wenn ich sagte, dass ich nicht langsam nervös wurde.

Was, wenn er es bereits wusste? Was würde er tun? Mich töten? Mich zurückbringen? Beides Optionen, die ich niemals zulassen würde.

Philippe hatte mir im Auto das Gewehr abgenommen. Ich war völlig schutzlos. Ein Gefühl, das ich nie wieder spüren wollte.

Und jetzt saß ich im Käfig eines der größten Löwen New Yorks und versteckte mich vor einem weiteren.

»Hörst du bitte auf, den bösen, großen Anführer Rave heraushängen zu lassen?«, schimpfte Prue, ohne großartig von ihm beeindruckt zu sein. »Steph ist schon nervös genug. Immerhin wissen wir alle, dass die Chinesen gerne mal Schweizer Käse aus gewissen Läden machen.« Jetzt wirkte sie doch leicht verängstigt. »Seien wir einfach froh, dass Philippe rechtzeitig gekommen ist.«

Rave sah seine Freundin an und lächelte leicht. Es war aber kein offenes Lächeln und wirkte auf mich trotzdem unheimlich, aber es war immerhin ein Anfang.

»Die Frage ist eher, wer waren die ersten Besucher? Ich konnte nicht genauer hinschauen. Bella hat mich abgelenkt.« Philippe grinste mich an, aber ich ignorierte ihn einfach. Irgendwann musste er mit diesen Blicken und Sprüchen aufhören.

Raves Handy klingelte. Er nahm ab und sah zu mir. Eine ganze Weile sagte er nichts.

»Si. Das geht in Ordnung. Bring ihn her«, befahl er und legte auf.

Prue neben mir schien völlig zufrieden, während sie sich die Olive ihres Martinis in den Mund steckte. Philippe hatte sich zu Rave umgedrehte.

»Haben wir einen der Chinesen schnappen können?«, fragte Philippe.

Rave riss seinen Blick von mir los und schaute jetzt zu seiner Nummer Zwei.

»Nicht direkt«, antwortete er kryptisch und schon öffneten sich die großen Türen.

Auch wenn meine Ahnung mich fast noch nie betrogen hatte, so wünschte ich dieses Mal, sie würde mich trügen.

»Was zum ...?«

Philippe war aufgestanden, weil ihn nichts mehr hielt. Immerhin kam gerade der Anführer eines verfeindeten Clans in sein Haus spaziert.

Und zwar nicht irgendeiner. Es war der Mörder meines Bruders.

KAPITEL 7

Vitali

»Willst du mich verarschen?«, brüllte ich und trat diesem Stück Dreck vor mir mehrmals in den Magen. »Du hattest nur eine Aufgabe. Eine verschissene Aufgabe!«

Andrej war allein und verwundet zurückgekommen. Ohne das bestellte Paket.

»Es tut mir leid.«

Andrej stand vor mir und bat um Verzeihung. Heulte er etwa?

Ich riss mich am Riemen, zog meinen weißen Anzug wieder gerade und holte mehrmals tief Luft.

»Erkläre dein Versagen.«

»Sie wussten Bescheid oder waren einfach am richtigen Ort. Wir sind nicht mal in die Tankstelle reingekommen, sie waren in der Überzahl.«

Ich schnaubte und starrte auf den halben Mann, der er nur noch war.

Andrejs linkes Auge war nicht mehr zu erkennen, er blinzelte mehr, als dass er noch sehen konnte. Außerdem stank er nach Dreck und Versagen.

»Und jetzt haben sie das Mädchen.«

Andrej senkte den Kopf noch tiefer.

»Ich werde es wiedergutmachen.«

Ich schnaubte, zog meine Waffe und zielte. »Dann stirb wenigstens gut.«

Die Kugel durchbohrte seinen Schädel und er fiel tot um.

Andrej war sofort nach seinem verpatzten Einsatz zu mir gekommen. Es war noch nicht alles verloren.

»Hol Wischakow!«, befahl ich Jugo, der nicht mit der Wimper zuckte, obwohl Andrejs Blut gerade seine Schuhe benetzt hatte.

Wenige Minuten später trat Wischakow ein. Er war schnell mit der Waffe und führte Aufträge genauso schnell aus. Andrejs Leiche schenkte er keinen einzigen Blick.

»*Da*? Du hast gerufen, Boss?« Sein Englisch war nicht das Beste, was mir vermutlich in die Karten spielte, wenn er geschnappt werden würde.

»Ich will, dass du ein paar Wände zum Schaukeln bringst. Sie sollen wissen, dass wir nur darauf warten, dass sie anfangen, Fehler zu machen.«

Mir war bewusst, dass ich einfach abwarten musste. Das Kartenhaus rund um die *Grahams* und diesen ganzen restlichen scheiß Haufen würde schneller zusammenbrechen, als sie sich das jemals vorstellen konnten. Aber ich war kein geduldiger Mann.

Viel zu viele Jahre hatte man uns belächelt. Uns nicht ernst genommen.

Ihr habt falsch gedacht.

Wischakow lächelte, weil er wusste, dass er jetzt wieder mit seinen Waffen spielen durfte.

Ich wedelte ihn mit einer Handbewegung hinaus und nahm mein Handy.

Wollen wir doch mal sehen, was wir sonst noch so tun können.

KAPITEL 8

Sloan

Andrew war stocksauer, weil ich unbewaffnet zu den Italienern ging. Aber welche Optionen gab es sonst? Leah war bei ihnen. Und so wie ich es einschätzte, war sie dort freiwillig.

Cook war als erstes bei der Tankstelle angekommen und hatte mitangesehen, wie die Chinesen versucht hatten, den Laden zu stürmen. Und die Italiener nahmen Leah mit, um sie zu schützen. Wären die Spaghettifresser nicht dort gewesen, dann wäre sie vermutlich in die Hände der Chinesen gefallen oder direkt abgeknallt worden.

Wir mischten uns ein, töteten alle Chinesen, weil sie als erstes das Feuer gegen uns begannen und nahmen Kontakt mit den Italienern auf. Rave war nicht überrascht und schon wurden wir hierher verfrachtet. Meine Jungs mussten draußen warten.

»Rave, ist das dein Ernst?«, war die erste Frage seiner Nummer Zwei. Wir alle hatten uns untereinander bereits Informationen über den jeweils anderen besorgt.

Da war ich mir sicher. Er hieß Philippe und war – wie auch sein Anführer – von Kindesbeinen an in die Mafia integriert worden.

Rave ignorierte ihn. Er stand an der Bar, seine Lebensgefährtin wirkte auf dem Sofa auch nicht gerade zufrieden mit meinem Besuch und Leah ... Leah stand vor dem Sofa und war völlig überrumpelt. Obwohl sie äußerlich völlig anders aussah, erkannte ich sie sofort wieder. Sie schien unverletzt. Man hatte ihr nichts getan. Körperlich. Ansonsten befand sich niemand weiteres im Raum. Die Türen wurden hinter mir bereits geschlossen.

Dieses gesamte Gelände erinnerte an unser Zuhause.

Wir vertrauten niemandem, legten allerdings viel Vertrauen in unsere eigenen Fähigkeiten, jemanden zu beschützen.

Und Rave tat alles, um seine Frau zu schützen. Der kurze Blick zu ihr bestätigte dies. Dann sah er wieder zu mir.

»Ich hätte nicht gedacht, dass du tatsächlich auftauchst, *Graham*.«

Er kannte mich nicht, deswegen wunderte es mich nicht, dass er mich völlig unterschätzte.

»O mein Gott. Ich kenne dich«, redete plötzlich seine Frau drauf los. »Wir haben uns mal im *Heals* getroffen. Rave und du, ihr habt Alpha-Blicke ausgetauscht.«

Alpha-was?

Ich sah zu Rave, der sich seufzend durch die Haare fuhr. Seine Frau schien ihn auf Trapp zu halten.

Deswegen beschloss ich, auf den Punkt zu kommen.

»Ihr habt etwas, das mir gehört.«

Andrew hatte mich vorgewarnt, mir meine ersten Worte sorgfältig abzuwägen. Aber die Wut über Leahs Entscheidung war zu groß. Sie hatte sich ausgerechnet beim Feind versteckt. Zuflucht bei denen gesucht, die mir, die uns schaden würden, wenn sie es konnten.

»Dir?«, fragte Raves Frau nachdenklich.

»Was denn?«, fragte dieser Philippe und sah sich um. Er hielt eine Hand vorsichtshalber an seiner Waffe. Ich musste meine vorne abgeben. Dumm für mich, aber als Herr des Hauses würde ich nichts anderes wollen.

Leah blieb mucksmäuschenstill. Einzig die geballten Fäuste waren ein Indiz dafür, dass die Worte sie persönlich trafen. Aber ich log nicht mehr. Lügen hatten uns erst in diese Situation gebracht.

Und anscheinend hatte niemand im Raum eine Ahnung, wer Leah in Wirklichkeit war.

Jetzt schenkte ich ihr meine volle Aufmerksamkeit.

»Du hast ihnen nicht gesagt, wer du bist.«

Stille. Niemand sagte mehr etwas. Alle Blicke waren auf mich und sie gerichtet.

»Steph?« Prues leise Stimme durchbrach die Stille.

Leahs hasserfüllter Blick galt mir. Selbst diese komische Brille verbarg ihn nicht vor mir.

»Das ist doch ein schlechter Scherz«, schnaubte Raves Nummer Zwei.

»Er scherzt nicht«, antwortete Leah. »Oder Sloan?«

»Sie gehört also zu dir«, mischte Rave sich ein und wirkte nicht mal überrascht von dieser Neuigkeit. Vermutlich hatte er bereits etwas geahnt. Rave wäre nicht ihr Anführer, wenn er nicht die Eigenschaften eines Killers, Vollstreckers und Genies innehatte. »Eine Spionin?«

Leah schnaubte. »So gut wie ihr versteckt, dass du dein Herz an Prue verloren hast und Philippe der Loyalste von euch allen ist? Glaubt mir, da muss niemand Fremdes kommen, um das zu begreifen.«

»Ist das eine Drohung?« Rave wirkte angespannt und in mir begann es auch zu brodeln. Wehe, er rührte sie an.

»Nein, es ist ein Kompliment«, erklärte sie aufrichtig. »Ihr seid nicht nur ein Clan, weil es einfach immer schon so war. Ihr liebt einander. Aufrichtig.«

Rave blieb stumm und ich wurde immer wütender, weil klar war, was sie damit sagen wollte. Bei uns war es nicht so.

Philippe hob die Hand. »Können wir bitte mal darauf zurückkommen, dass Steph anscheinend nicht Steph ist.«

»Na, das würde mich auch mal interessieren.« Raves Freundin verschränkte genervt die Hände vor der Brust und wartete auf Leahs Antwort.

Bevor sie etwas sagen konnte, tat ich es.

»Sie ist Leah *Graham*.«

Hätten Blicke töten können, wäre ich dank Leahs Blick direkt in den Hades gefahren. Ohne Chance auf Wiederkehr.

»Sie ist wer?«

Raves Freundin stand auf und Philippe bekam tellergroße Augen. Rave hingegen blieb weiterhin still.

»Eine *Graham*? Eine echte *Graham*?«, murmelte Philippe geschockt. So intensiv, wie er sie musterte, so intensiv hätte ich ihm gerne die Eier abgeschnitten.

Aber ruhig, Sloan. Sonst zettele ich einen Krieg an, den zurzeit niemand gebrauchen kann.

»Das raff ich nicht. Du gehörst zu den Iren und lebst neben mir?«

»Prue ... es ist ...« Leah blickte kurz zu mir, dann wieder Raves Frau an. »... kompliziert.«

Sie hätte sagen können, dass sie vor mir geflohen war. Tat sie aber nicht.

Das war ehrlich gesagt ... interessant. Sehr interessant.

Die Türen wurden urplötzlich geöffnet.

»Capo, abbiamo un problema.« Was so viel hieß wie: Boss, wir haben ein Problem.

Rave runzelte dir Stirn.

»Che cosa?«, fragte er schnell nach. Was denn?

»Abbiamo trovato due sconosciuto Sgattaiolare davanti al Cancello. Non sono Asiatici!«

Sie hatten zwei Fremde vor den Toren herumschleichen sehen. Es waren keine Asiaten, hatte er geantwortet.

»Sie sind nicht von mir«, antwortete ich rasch. Rave wirkte überrascht, dass ich sie verstanden hatte. Ich hatte schon vor langer Zeit begriffen, dass man seinen Arsch nicht nur mit Englisch retten konnte, wenn man in New York überleben wollte.

»Sprich weiter«, sagte Rave jetzt auf Englisch.

Der Mann, der so groß wie ein verdammter Ochse war, funkelte mich zornig an, sprach dann aber weiter. »Ich denke auch, dass sie zu den Russen gehören. Zumindest glaubt Lui das.«

Keine Ahnung, wer Lui war, aber wundern würde es mich nicht.

»Die Russen«, mischte ich mich ein.

Raves Kiefer mahlte.

»Nimm dir die Männer und bring sie her. Lebend.«

Sein Mann verschwand wieder und ich runzelte die Stirn.

»Habt ihr Probleme mit ihnen?«

Rave schüttelte auf meine Frage hin den Kopf. »Ich mache keine Geschäfte mehr mit ihnen. Sie mischen sich zu viel ein.«

»Du meinst, weil sie es darauf anlegen, abgeknallt zu werden?« Ich lachte humorlos auf, weil Rave und ich eine ähnliche Meinung über sie hatten.

Rave kam von der Bar hervor.

»Sie sind deinetwegen hier?«

Er hatte meinen Satz richtig verstanden. Nur den falschen Verdacht gehegt.

Wenn ich den Überfall bei der Tankstelle, das Herumschleichen auf Feindesgebiet und die Bemerkung von ihrem Anführer bei der Waffenlieferung richtig deutete, waren sie auf etwas anderes aus.

Mein Blick glitt zu Leah, die noch immer an Ort und Stelle stand und auf 180 war.

»Nein.«

»Das ist doch absoluter Blödsinn!«, behauptete Leah.

»Und seit wann denkst du, dass du, die einzige *Graham*, die noch übrig ist, urplötzlich auf der Feindesliste nicht ganz oben steht?«, fragte ich sie herausfordernd und kam auf sie zu.

»Seitdem ich keine *Graham* mehr bin!«, fauchte sie zurück.

»Du kannst nicht einfach die Regeln ändern, weil du dir einen neuen Namen, unscheinbare Sachen, dir diese hässliche Brille besorgt und die Haare gefärbt hast«, fuhr ich sie wütend an, ohne sie aus den Augen zu lassen.

»Ich halte von dieser Brille auch überhaupt nichts«, plapperte Prue beiläufig dazwischen.

»Ich scheiß auf die Regeln«, spuckte Leah mir wortwörtlich ins Gesicht.

Jeder Mann bei uns im Clan konnte ehrlich behaupten,

dass ich ein Mann war, der in den schlimmsten und schwierigsten Momenten absolute Ruhe bewahren konnte. Es gab Situationen, da wusste niemand von uns, ob wir es überleben würden. Und doch bewahrte ich die Ruhe, weil das alles war, was mich aufrecht hielt, um jeden Scheiß zu überstehen. Mir war bewusst, dass ich nicht alt werden würde, wenn ich jeden Tag aufs Neue mit einer Waffe unter dem Kissen schlafen musste, um zu überleben. Die Ruhe war mein einziges Werkzeug, um mit diesem Schicksal klarzukommen. Tag für Tag.

Aber Leah nahm mir diese Ruhe, warf sie mir vor die Füße in den Dreck und spuckte noch einmal darauf, weil sie darauf schiss, ob ich diese Selbstkontrolle besaß oder nicht.

Sie nahm mir nicht nur die Ruhe, sondern auch meine Regeln. Die Regeln des Clans. Die Regeln der *Grahams*.

Kein Graham. Kein Clan.

Das war schon immer unser Leitsatz gewesen. Und sie spuckte darauf.

Wer behielt da noch Ruhe?

Genau. Niemand. Nicht mal ich.

»Deswegen bin ich ja hier«, murmelte ich ihr fast ins Ohr, als ich mir ihren Ellbogen griff und sie zu mir zog. Sie war gerade dabei, sich zu wehren und mir Verwünschungen zu zubrüllen, doch sie erstarrte, als sie meinen nächsten Satz hörte. »Damit du zurück zu den Regeln findest.«

Doch die Starre hielt nicht lang an. Denn Leah war nicht wie die anderen Frauen, die Angst vor mir und meiner Stellung hatten. Nein. Sie besaß so viel Rückgrat, dass sie mir mit voller Kraft die Faust in den Bauch rammte. Ich keuchte auf, ließ sie aber nicht los.

»Was zum ...?«, hörte ich Philippe sagen.

Der Boden begann zu vibrieren. Blumenvasen, Gläser, Gemälde, einfach alles, was sich auf den Tischen und an den Wänden befand, vibrierte.

»In Deckung!«, brüllte Rave und zog seine Frau zu sich.

Automatisch drückte ich Leah an meine Brust und schmiss mich mit ihr in die nächste Ecke, dann rollte ich sie auf den Rücken, damit ich sie mit meinem Körper schützen konnte.

Eine Explosion, so laut, wie ich es nur selten gehört hatte, ertönte über unsere Köpfe. Die Wand vor uns explodierte. Die Wucht der Explosion schleuderte uns mehrere Fuß weit, sodass ich gegen die nächstgelegene Wand prallte. Ich hörte Leah kreischen, instinktiv krallte sie sich fester an mich. Sie fiel auf mich und Putz und Asche rieselte auf uns herab.

Sie begann zu husten, während ich mich langsam drehte, damit ich sie wieder vor allem, was herunterfallen würde, schützen konnte.

Ich sah mich um und blickte in den Sonnenaufgang. Die gesamte Wand war weggesprengt worden. Neben uns befanden sich ein paar Glutnester, überall lagen Steine von der Außenfassade und Schutt herum. Die wenigen Möbel, die noch übrig geblieben waren, lagen überall verstreut.

»Was zum Teufel war das?«, fragte Leah mit rauer Stimme.

»Halt deinen Mund geschlossen. Du atmest sonst zu viel Rauch ein«, erklärte ich und blickte mich um. Wo waren die anderen? War überhaupt noch etwas von ihnen übrig?

»Geh runter von mir!«

Sie boxte fast spielerisch auf meiner Brust herum. Seufzend stand ich auf und hielt ihr meine Hand helfend hin. Selbstverständlich ergriff sie die Hand nicht und stand von selbst auf.

»Bist du verletzt?« Ihr halbes Gesicht war mit Ruß bedeckt, aber sonst wirkte sie unverletzt.

Sie schüttelte den Kopf und musterte dann mich. »Du?«

Mich sollte es freuen, dass sie sich tatsächlich Gedanken machte, ob mir etwas fehlte, aber die Ungewissheit, wo die anderen sich befanden, war größer.

»Rave?«, brüllte ich.

»Hier«, rief jemand angestrengt.

Ich lief in die Richtung, aus der die Stimme gekommen war.

Ein Möbelstück, das aussah wie ein Teil der Couch, flog in die nächste Ecke und Rave stand wieder auf seinen zwei Beinen. Die bewusstlose Prue hielt er in seinen Armen.

»Prue!« Leah lief zu ihr hin und musterte das blasse Gesicht.

»Sie lebt«, antwortete Rave so schroff, dass klar war, dass diejenigen, die hierfür verantwortlich waren, es bald nicht mehr würden.

»Grazie, ich lebe auch noch.« Zwischen einem großen Schrank und einem Stuhl quetschte sich Philippes zweite Hand heraus. »Falls es jemanden interessiert.« Er klopfte sich den Ruß von seinem Sakko, was vergebene Liebesmüh war. Dann blickte er zu Leah rüber. »Alles okay?«

Was zum Teufel lief zwischen den beiden?

»Boss?!«

Mit Karacho liefen sowohl Raves als auch meine Männer durch die halbzerstörte Tür und wirkten geschockt aufgrund der Schwere der Zerstörung.

»Heilige Mutter ...« Andrew starrte das große Loch an und bekreuzigte sich.

Rave begann irgendwelche Befehle zu brüllen, was mich endlich aus der Starre riss.

»Wenn du glaubst, dass das von uns kam, dann ...«

»Ich denke nicht, dass ihr das Risiko eingeht, noch einmal euren Anführer zu verlieren.«

Er spielte auf Colins Tod an. Was wusste er?

»Nur damit sie mich erwischen? Nein, *Graham*. Ich glaube nicht, dass ihr so dumm seid, mir in dem Ausmaß schaden zu wollen.« Sein Blick glitt über das bewusstlose Gesicht seiner Frau. »Du bist wegen etwas hergekommen. Wir werden unser Treffen verkürzen müssen. Prue braucht einen Arzt. Philippe?«

»Si?«

»Sorg dafür, dass der Arzt hier auftaucht. Aber dalli!«

Dieser Philippe zögerte und blickte zu Leah, die sich immer wieder nervös durch die Haare fuhr. Aber irgendwann gab er nach. Denn was das Clanoberhaupt sagte, tat man auch.

Ich ignorierte die kleine fiese Stimme in meinem Kopf, die mir leise, fast schon ehrfürchtig zuflüsterte:

Ja, außer Leah. Sie hört nie auf dich!

Rave sah jetzt zu mir.

»Ich denke, wir haben denselben Feind. Die Chinesen sind auf dem Vormarsch. Wir hatten vor ein paar Monaten das Problem, dass jemand aus den engsten Reihen dachte, die Chinesen würden helfen, wenn es untereinander zum Zerwürfnis kommen würde.«

Ich kannte die Geschichte rund um Matteo, diesen Bastard, der sich die Krone greifen wollte, obwohl sein Vater Don jemand anderen im Sinn gehabt hatte. Und Rave bekam den Thron und die Macht. Aber vorher war es fast zum Krieg gekommen, wenn die Gerüchte stimmten. Und Grund war diese Frau in seinen Armen.

»Selbst in Zeiten des Bandenkrieges hat sich niemand getraut, das Wohnzimmer eines Feindes niederzubomben. Ganz zu schweigen davon, eine Tankstelle, die im Grunde nicht mehr als ein paar hundert Dollar in den Kassen hat, zu überfallen«, redete Rave weiter und sah zu Leah, die völlig verloren aussah, aber tatsächlich mithalf, Möbel zur Seite zu schieben. Ein paar von Raves Männern begannen schon aufzuräumen. Andrew befand sich hinter mir. Er würde mich jetzt nicht mehr allein lassen.

»Ich denke, du hast ein Problem, Sloan.«

Automatisch glitt mein Blick zu Leah, die uns beide kaum registrierte. Sie half den Männern weiter beim Aufräumen.

»Andrew?«, rief ich, ohne sie aus den Augen zu lassen.

»Boss?«

»Sorg dafür, dass sie keinen Ärger macht, wenn wir fahren.«

Ich hörte Andrew schnauben, weil klar war, dass sie genau das tun würde. Aber natürlich siegte seine Loyalität mir gegenüber.

»Aye.«

»Ich danke dir, Rave. Und ich hoffe, deiner Frau geht es schnell wieder gut«, sagte ich ehrlich und hielt den Blickkontakt mit ihm aufrecht.

Mehr als ein festes Nicken bekam ich nicht, da fing Leah neben uns schon zu schreien.

KAPITEL 9

Leah

Ein schmerzhaftes Stöhnen war das erste Geräusch, was mir über die Lippen kam. Mein Nacken schmerzte fürchterlich, als ich langsam die Lider öffnete. Die Decke, an die ich starrte, kam mir bekannt vor.

»Verflucht!«

Es war meine Decke. Die Decke, an die ich so unzählige Stunden gestarrt hatte, wenn ich mal wieder auf Dad oder Colin sauer gewesen war.

Mühsam erhob ich mich und blickte in mein Zimmer. Oder das, was mal mein Zimmer gewesen war.

Der alte Schreibtisch im Vintage-Stil war noch immer mit zig Klamotten von mir vollgemüllt und selbst die letzten Sachen, die ich vor meinem Aufbruch angehabt hatte, lagen noch auf einem Stuhl.

Ich war völlig allein.

Und diese Stille machte mich fertig.

Vielleicht auch der Gedanke, dass meine letzte Erinnerung die war, dass sich jemand hinter mich gestellt und mir eine Spritze in den Arm gesteckt hatte. Ich vermutete, es war Andrew.

»Oh, dieser Mistkerl!«

Instinktiv rieb ich die Stelle auf meinem Oberarm. Dort hatte er die Spritze einfach in meinen Körper gerammt, ab dem Moment wusste ich nichts mehr.

Er hatte mich betäubt.

Nein, falsch!

Ihm war es befohlen worden. Von Sloan.

Mir stieg der Geruch von Rauch in die Nase. Meine Hände waren noch immer pechschwarz. So wie mein restlicher Körper, dazu benötigte ich nicht mal einen Spiegel.

Nicht nur, dass ich wieder hier war. Nein, vor ein paar Stunden war uns fast der Kopf weggeschoßen worden. Die halbe Villa von Rave war nur noch Schutt und Asche gewesen.

Plötzlich öffnete sich die Zimmertür.

Andrew kam mit einem leicht nervösen Ausdruck in seinem Gesicht herein. Andrew, der nur wenige Jahre jünger als Colin gewesen war und mit dem ich als Kind immer Blinde Kuh gespielt hatte, bis ich irgendwann gemerkt hatte, dass die Jungs mir lieber Kaugummi in mein Haar schmierten oder mir Beinchen stellten. Sie alle. Sloan, Cook und Andrew gehörten von klein auf zu uns. Und jetzt befanden wir uns doch so weit voneinander entfernt, wie man es sich nur eben vorstellen konnte.

»Du bist wach.«

»Offensichtlich.« Trotzig verschränkte ich die Arme vor der Brust.

Seufzend entspannte er sich etwas.

»Mach es uns bitte nicht schwerer als es schon ist, Leah.«

»Schwerer? Schwerer?«, fragte ich fassungslos nach, stellte mich hin und musste mich aufgrund des überraschenden Schwindels erst mal am Bettpfosten festhalten.

»Das ist das Beruhigungsmittel, das ich dir ...«

Als ich wütend zu ihm aufblickte, verstummte er abrupt.

»Glaubst du wirklich, dass eine Spritze mich dazu bringt, hier sein zu wollen, Andrew? Glaubst du das wirklich?«

»Leah ...« Er trat ins Zimmer.

»Er ist ein Mörder, Andrew!«

»Das sind wir alle«, antwortete er, ohne mich aus den Augen zu lassen.

»Nein, du hast Colin nicht getötet. Sloan war es.«

Andrew schien nicht mal schockiert, als ich ihm diese Tatsache vor die Füße warf.

»Was hat er dir erzählt? Dass es jemand anderes war? Ich? War ich es?«

Vermutlich hatte er genau diese Lüge erzählt.

»Das ist doch totaler Quatsch, Leah.«

»Natürlich ist es Quatsch. Das alles ist Quatsch!«

Mit einer ausladenden Bewegung zeigte ich durch mein Zimmer. »Das hier ist nicht mehr mein Leben.«

Andrews Züge verhärteten sich augenblicklich. »Lass das Sloan nicht hören.«

»Ich scheiß auf diesen Bastard!«, brüllte ich so laut, dass meine Worte im ganzen Haus zu hören waren. Das sollten sie auch!

Andrew meinte tatsächlich, dass ich hierhergehörte? Wie er sich irrte. Das würde er schon schnell begreifen.

Als ich schwieg, dachte er womöglich, ich hätte jetzt aufgegeben, gegen ihn zu wettern.

»Geh duschen, Leah. Dann bring ich dich zu ...« Er wandte sich schon um, um das Zimmer zu verlassen. So unvorsichtig wie er sich verhielt, musste ich es zumindest versuchen. Mit einem Kampfschrei, der seinesgleichen suchte, schmiss ich mich auf seinen Rücken und zeigte ihm, wie viel ich von ihm und allen anderen hielt.

Sloan

Ich zog mir gerade ein frisches Hemd an – die Dusche hatte verdammt gutgetan –, als die Tür zu meinem Schlafzimmer geöffnet wurde.

»Du bist mir was schuldig.«

Andrews erste Worte brachten mich nicht dazu, die Kopfwunde zu ignorieren, die er provisorisch mit einem Taschentuch abdeckte.

»So schlimm?«, fragte ich amüsiert nach, weil ich Leah wieder einmal nicht unterschätzt hatte.

»Sie ist auf mich gesprungen und hat mir die Augen auskratzen wollen.«

»Ich sehe keine Kratzspuren.«

»Ja, weil sie an eine Lampe gekommen ist, die ihr mehr genutzt hat.« Mit einer Handbewegung zeigte er auf seine Platzwunde und blickte mich dann an.

Er beobachtete mich mit Argusaugen.

»Was?«, fragte ich ungeduldig nach, bevor ich mir das Sakko überwarf.

»Du hast die letzten Monaten jeden Stein gehoben, um sie zu finden. Jetzt sitzt sie drüben in ihrem Zimmer und den Ersten, den du hinschickst, bin ich.«

»Du verhandelst immer als erstes«, stellte ich klar.

»Ja, mit dem Feind.«

»Ich sehe da momentan keinen Unterschied«, behauptete ich und zeigte mit der Hand auf seine Wunde an der Stirn und legte dann meine Uhr an das Handgelenk.

»Weißt du ...«, Andrew schmiss das Taschentuch in meinen kleinen Mülleimer, den ich unter meinem Schreibtisch stehen hatte, »Leah ist schon immer stürmisch gewesen.«

Ich schnaubte. Das war gewissermaßen eine *nette* Umschreibung.

»Das hat sie von Colin«, redete Andrew weiter. »Aber ich schwöre dir, den Dickkopf hat sie sich von dir abgeschaut.«

Eigentlich wollte ich ihm sagen, dass er vollkommene Scheiße von sich gab, aber mir blieben die passenden Worte im Halse stecken. Stattdessen kam irgend so ein Würgelaut über meine Lippen.

»Ganz genau«, sagte er. »Ihr beide seid vollkommene Idioten. Und jetzt entschuldige mich, ich blute immer noch den Teppich voll!« Er lief an Cook vorbei, der anscheinend die ganze Zeit mit einem Keks in der Hand im Türrahmen gestanden hatte und nun seinem Freund kauend hinterher sah.

»Was?«, fragte ich gereizt nach, weil Cook sich mit einem so gelassenen Ausdruck im Gesicht zu mir drehte, dass mich das – warum auch immer – provozierte, und legte mir den Waffenhalter samt Waffe um.

»Er war ja immer schon eine kleine Diva«, beschrieb er Andrew. »Aber ganz im Ernst, Boss. Du solltest das schnell mit ihr klären.«

»Und du glaubst, das ginge schnell, ja? Sie glaubt immer noch, das ... was sie halt denkt!«, fuhr ich ihn wütend an.

Cook biss wieder mein Stück von seinem Keks ab und zuckte mit der Schulter.

»Entweder du redest mit ihr oder du schließt sie weiter in ihrem Zimmer ein und ...«

Urplötzlich begannen die Männer herumzubrüllen.

Cook und ich blickten Theo an, der schweratmend ins Zimmer gerannt kam.

»Boss, wir haben ein Problem.« Theo war fast zwei Meter groß und genauso breit, aber im Moment wirkte er gerade wie ein kleiner Junge, der nicht ganz wusste, wo sich seine Mom befand. So hatte ich ihn noch nie gesehen, es sei denn ...

»Leah versucht zu fliehen.«

Ich brauchte gar nicht zu Cook sehen. Dass der Mistkerl schmunzelte, wusste ich auch so.

»Und warum stehst du dann noch hier herum, wenn sie fliehen will?«, fragte ich gereizt nach.

»Na ja ...« Theo blickte leicht verunsichert zu Cook, dann wieder zu mir. »Sie hängt noch am Fenster.«

Cook verschluckte sich an seinem letzten Bissen, weil er sich kaum noch einkriegte.

»Verdammt noch mal! Muss man hier alles selbst

machen?«, fragte ich wütend und marschierte aus meinem Schlafzimmer. Theo folgte mir schnellen Schrittes, während Cook fast entspannt hinter uns her schlenderte.

Jeder einzelne Mann lief wie verrückt durch das Haus. Draußen konzentrierte sich die Menge auf die linke Hausecke. Dort im ersten Stock befand sich Leahs Zimmer.

Ich stemmte meine Hände auf die Hüfte.

Was zum Teufel trieb sie da?

»Hat sie sich tatsächlich aus ihrer Bettwäsche ein Seil geknotet?«, fragte ich ungläubig nach.

»Jepp«, antwortete Cook und futterte jetzt eine Waffel. Woher hatte er die denn jetzt?

Leah hing tatsächlich unter ihrem Fenster und klammerte sich an eben genannte Bettwäsche. Anscheinend war ihr nicht bewusst, dass sie sich trotzdem noch gut drei Meter über der Erde befand.

Sie trug noch immer die rauchverschmierten Klamotten. Anscheinend hatte sie nicht mal daran gedacht, sich häuslich einzurichten. Auch wenn ich es mir einfacher vorgestellt hatte, mein Wunsch, dass sie kämpfte, war größer. Es wäre nicht Leah, wenn sie es nicht wenigstens versuchen würde.

»Verschwindet!«, brüllte sie plötzlich, ohne uns zu beachten. Sie kämpfte eher damit, nicht abzustürzen.

Ich würde mir ja Sorgen machen, wenn sie sich nicht selbst in diese Lage gebracht hätte.

»Boss, was sollen wir machen?«, fragte Theo jetzt und alle Augen der restlichen Männer blickten unschlüssig zu mir. Keiner würde in diesem Moment glauben, dass das alles Killer waren.

»Na ja, ihr könntet sie erschießen«, sagte ich so beiläufig wie möglich.

Leah erstarrte, weil sie meine Worte genau verstanden hatte.

Meine Männer reagierten alle genauso geschockt und ich verdrehte die Augen.

»Ja, was denkt ihr denn, was ihr machen sollt? Holt sie da runter!«, blaffte ich sie an und fragte mich nicht das erste Mal heute, ob diese ganze Bande nicht besser im Zirkus aufgehoben wäre.

»Wehe, ihr fasst mich an!«, schrie sie, an der Fassade baumelnd. »Ich bringe jeden einzelnen um, der mich anrührt. Ich breche jedem den Finger, wenn er nur ansatzweise mit mir in Berührung kommt! Ich schwöre, jeden einzelnen Finger!«

Jeder Mann stockte in seiner Bewegung.

»Was denn jetzt, Leah? Bringst du sie um oder brichst du ihre Finger?«, fragte ich schmunzelnd nach.

»Ach, halt die Klappe!«, fuhr sie mich an und versuchte, mich in der Menge auszumachen. Aber jedes Mal, wenn sie nach mir Ausschau hielt, schwang das provisorische Seil zur Seite. »Mit dir fange ich an!«

Ich grinste, als man plötzlich ein Reißen hörte.

Leah blickte nach oben und hauchte ein »O-oh«,

bevor das Seil plötzlich vollkommen nachließ, zerriss und Leah einen Schrei von sich gab. Ich handelte instinktiv und rannte die wenigen Schritte zur Fassade und fing sie auf. Der Aufprall war so stark, dass ich zu Boden fiel. Mit Leah auf meinem Schoß.

Der kurze Schmerz, der sich von meinem Hintern über den Rücken hochzog, verschwand auch genauso schnell wieder.

»Autsch«, murmelte sie auf meinem Schoß, öffnete die Augen und sah mich an. Sie erstarrte.

»Tja, ich würde sagen, dass das dein letzter Versuch war, auszubrechen«, stellte ich amüsiert fest.

Leahs Gesicht war noch immer rußverschmiert. Sie sah süß aus, obwohl sie nach Rauch stank und dreckig war. Ihre Augen, die funkelten wie Feuer, sorgten jedoch für den Kontrast. Sie war nicht süß. Sie war absolut heiß!

»Ist das ein Befehl?«, fragte sie herausfordernd.

Meine Hände lagen auf ihren Hüften. Bisher war ihr nicht mal aufgefallen, wie nah wir uns eigentlich waren.

»Nenn es wie du willst«, antwortete ich und ließ sie nicht aus den Augen. »Aber beim nächsten Versuch ...« Ich rümpfte die Nase. »... geh vorher duschen!«

Es dauerte gefühlt nur eine Millisekunde und sie verlor die Nerven. Nichts war geklärt. Das halbe Haus von Rave war weggesprengt worden, irgendjemand – seien es die Russen, die Chinesen oder sonst wer

– trachtete nach ihrem Leben, sie hielt mich für Colins Mörder und ich musste unsere Geschäfte am Laufen halten, bevor wir nicht mehr mithalten konnten und doch ... wollte ich nirgendwo lieber sein als hier auf dem Kies. Mit Leah auf meinem Schoß.

Leah

Ich handelte instinktiv, konnte nicht klar denken. Aber ich stürzte mich auf Sloan und versuchte, ihm die Augen auszukratzen. Mit einem verrückten Kampfschrei stieß ich ihn zu Boden. Aber Sloan reagierte automatisch und griff mein Handgelenk.

»Boss?«, rief irgendeiner von seinen Männern.

Ich sah weder auf noch reagierte ich darauf.

Es war einfach alles zu viel!

Die Flucht, das Verstecken, die plötzliche Entführung, diese Bombe und jetzt Sloan. Dieser verdammte Mistkerl dachte wirklich, ich müsste duschen, bevor ich noch mal versuchen sollte zu fliehen?

Fand der das hier witzig?

Wobei er ja genug zu lachen hatte.

Er war nicht der Gefangene. Das war ich!

Ich saß hier fest. Erneut!

Nur dass ich es dieses Mal alleine tat. Denn Colin war tot. Ihn gab es nicht mehr. Und das war allein Sloans Schuld.

Die rasende Wut, die in mir brodelte, ließ mich nicht los. Sloan hielt zwar mein rechtes Handgelenk fest, um sich vor einem Schlag zu schützen, aber meine linke Hand, die lag noch frei.

Ich packte mir die Waffe, die sich unter seinem Jackett versteckte und wollte sie aus den Waffengurt ziehen. Aber erneut bewies Sloan mir, warum er die Nummer eins war. Blitzschnell drehte er mich auf den Rücken und pinnte mich so auf den Boden. Seine Hand lag auf meiner, die die Waffe berührte.

»Denk nicht mal dran«, flüsterte er wütend.

»Denken? Ich werde es tun!«, spuckte ich ihm wortwörtlich ins Gesicht. »Du glaubst doch wohl nicht, dass ich mich hier einsperren lasse, die gehorsame Gefangene spiele und den Mörder meines Bruders ungeschoren davonkommen lassen werde. Sie alle mögen blind sein, ich bin es nicht!«

Es schien eine Ewigkeit zu dauern, bis er endlich von mir abließ. Die Waffe befand sich immer noch bei ihm und sein konzentrierter Blick war unlesbar.

War er sauer?

Wusste er, wie gern ich ihm die Hirnmasse weggepustet hätte?

»Geht zurück auf eure Posten!«, rief er, ohne mich aus den Augen zu lassen. Sloan war aufgestanden und überprüfte den sicheren Sitz seiner Waffe.

Die Männer um uns herum begannen bereits in verschiedene Richtungen zu gehen. Außer Cook. Der Idiot stand immer noch an Ort und Stelle wie vor fünf Minuten und kaute grinsend auf irgendetwas herum.

»Cook, bring sie wieder auf ihr Zimmer. Vergittere das Fenster, besorg ihr etwas zu essen und sorg dafür, dass sie endlich eine Dusche von innen sieht!«, bellte Sloan die Befehle nur so runter und ließ mich dann zurück, ohne mich noch eines weiteren Blickes zu würdigen.

Ich hatte ihm mehrmals mit dem Tod gedroht und er wollte, dass ich aß und duschte?

Das Herz in meiner Brust schlug ziemlich schnell. Vermutlich wegen des Sturzes, der mich vollkommen überrascht hatte.

Was für eine dämliche Aktion von mir! Ich würde es zwar niemals laut zugeben, aber es war nicht meine beste Idee gewesen, aus dem Fenster in die Freiheit zu klettern.

Eigentlich hätte ich es besser wissen müssen.

»Kommst du, Leah?« Cooks Frage riss mich aus meinen Grübeleien.

Seufzend ignorierte ich seine Hilfe und stand alleine auf. Der Kies hatte sich unangenehm in meine Haut gedrückt.

Vor Wut funkelnd blickte ich ihn an.

»Jetzt sieh mich nicht so an, als wäre ich der Teufel«, sagte er und verdrehte die Augen. Dann machte er eine Bewegung mit der Hand, um mir zu signalisieren, dass ich vorzugehen hatte.

»Nur sein Lakai«, giftete ich ihn an, aber Cook reagierte nicht auf meine Spitze. Das hatte er noch nie getan.

Cook war derjenige von uns, der sich nicht viel zu

Herzen nahm. Um keinen Witz war er verlegen und egal wie aussichtslos die Lage war, Cook konnte immer noch lächeln.

Es gab mal eine Zeit, da war er einer der wenigen gewesen, die mir noch Hoffnung auf ein schöneres Leben gegeben hatten. Doch die Zeiten waren schon lang vorbei, denn Dad, Mom und Colin lagen unter der Erde. Und nichts änderte sich daran.

Mir war bewusst, dass Cook mich zurück in mein Zimmer bringen sollte. Allerdings machte ich einen Bogen um den Eingang. Sein Räuspern, das mit einer Warnung versehen war, brachte mich allerdings wieder auf den richtigen Weg. Vor Cook wegzulaufen würde nichts bringen. Aber einen Versuch war es ja wert gewesen.

Ich stieg die Stufen hoch und ging durch den Eingang, als jemand gerade die Treppe herunterkam.

Bree.

Zähneknirschend versuchte ich erst gar nicht, meine Abneigung ihr gegenüber zu verstecken, und auch Cook, der genervt aufseufzte, gab mir die Bestätigung, dass diese Frau selbst nach so langer Zeit hier keine Freunde gefunden hatte.

»Na, wen haben wir denn da? Unsere Besucherin hat ihren Käfig verlassen.«

Bree grinste fies, als wäre sie im Vorteil. Warum? Weil sie ein knappes, tailliertes Kleidchen trug, das praktisch rief »Fick mich ruhig, ist auch umsonst«?

Da dieses Miststück die Treppe herunter kam, wartete ich, damit ich nicht in Versuchung kam, sie zum Stolpern zu bringen. Ich mochte sie zwar nicht, aber eine Mörderin war ich noch nicht.

Lügnerin!

Nur einen sehr kurzen Moment dachte ich an den Angreifer im Wald zurück, vor dem Sloan mich hatte beschützen wollen. Er war tot, weil ich ihn erschossen hatte.

»Oder sehe ich das falsch?« Bree blickte über meine Schulter zu Cook. »Geht sie in den Bunker?« Dann musterte sie mich und wirkte ziemlich angewidert.

Jepp, ich brauche dringend eine Dusche.

»So viele Fragen auf einmal, Bree. Ich bin überrascht. Hast du sie dir aufschreiben müssen, damit du dir auch ...« Ich betonte jetzt jedes Wort, als wäre sie schwachsinnig. »Alles. Gut. Merken. Kannst.«

Cook räusperte sich wieder. Aber ich könnte schwören, Belustigung in seiner Stimme zu hören.

»Meine Damen ... seid lieb zueinander.«

Jetzt drehte ich mich zu ihm um. »Aber, Cook, ich bin irritiert. Die Nutten dürfen doch sonst nicht ins Erdgeschoß, oder?« Dann blickte ich wieder zu ihr. »Sie wärmen die Decken.«

Einen kurzen Augenblick flackerte purer Hass in ihren geschminkten Augen auf. Für einen 0815-Nachmittag trug sie ein auffallend krasses Make-up. Ihr Lächeln, das sie mir plötzlich schenkte, irritierte mich.

»Ich wärme nur *ein* Bett, Leah. Merk dir das.«

Sie musste keine Namen kennen. Selbst Cook war klar, worauf diese Bitch hinauswollte. Und obwohl es mir scheißegal sein sollte, was Sloan trieb und mit wem er das machte, störte es mich ungemein.

Bree bemerkte, dass sie mich damit getroffen hatte, schmiss sich gönnerhaft die langen Haare hinter die Schulter und stolzierte auf ihren zwölf Zentimeter hohen Absätzen an uns vorbei.

»Leah, ich glaube nicht, dass ...«, begann Cook, aber ich drehte mich zu ihm um und hob warnend den Finger, damit er bloß seine Klappe hielt. Die Warnung kam an, er hob nur abwehrend die Hände und biss anschließend in einen Apfel. Woher zum Geier noch mal hatte er den denn jetzt her?

KAPITEL 10

Sloan

Es gab stapelweise Dokumente, die ich dringend durchgehen musste. Doch ich starrte seit Stunden auf die Karte, die unser Gebiet umschloss.

Sie lag ausgebreitet auf dem Tisch, die Dokumente befanden sich zu meinen Füßen. Damit musste ich mich eben später beschäftigen. Eine Lampe sorgte für genug Licht, um die Karte anzusehen.

»Ein paar unserer Augen haben uns mitgeteilt, dass sie Chinesen am Westend gesehen hätten«, erklärte Andrew, der mit mir die nächsten Strategien besprach.

»Letzte Woche auch schon«, erklärte ich.

»Ja, und von dort sind es ...« Andrew brauchte einen langen Moment. »... fünf Blocks bis Leahs Apartment, in dem sie ... gelebt hat.«

Das, was er eigentlich meinte, war »In dem sie sich vor uns versteckt hatte«. Aber ich ignorierte den Zorn darüber. Es gab jetzt Wichtigeres als diese Frau. Auch wenn ich nur noch über sie nachdachte.

»Sie haben nachgesehen, ob Leah noch dort ist«, stellte Andrew fest und ich nickte.

»Vermutlich. Nachdem sie sie an der Tankstelle nicht gefunden und dann Raves halbes Haus weggesprengt haben«, erklärte ich weiter.

»Ich dachte, Chinesen wurden nicht am Grundstück gesehen?«

Andrew wirkte irritiert. Dann sah ich zu ihm.

»Ja, stimmt.«

Er blickte mich lang an.

»Denkst du, sie haben sich mit jemanden zusammengetan?«

»Ich denke, sie wissen, dass sie so gut wie tot wären, wenn sie sich allein gegen Rave stellen. Man sprengt nicht einfach mal so das halbe Haus eines Feindes weg, ohne auf Vergeltung vorbereitet zu sein.«

Bevor wir weiter darüber reden konnten, wurde die Tür aufgerissen und Margery eilte herein.

»Ich habe vieles von dir erwartet, aber nicht, dass du die Arme in ihrem Zimmer verrotten lässt!«, blaffte sie mich an.

Cook und Potts wirkten ziemlich gehetzt. Sie hätten dafür sorgen sollen, dass uns niemand störte. Aber was sollten sie gegen Margery tun? Bevor einer meiner Männer die Hand ihr gegenüber hob, wären sie längst von einem ihrer Kochlöffel kastriert worden.

»Margery, wir haben zu tun«, erklärte Andrew ihr.

»Ach, hör auf. dich wichtig zu machen, Andrew. Ich

kenne dich schon, seit du versucht hast, aufs Töpfchen zu gehen und kläglich bei den ersten tausend Versuchen gescheitert bist, nicht daneben zu kacken!«

Potts blickte ungläubig zu Cook, der seine Belustigung wie so oft nicht unterdrücken konnte.

Seufzend antwortete ich ihr.

»Leah hat sich geweigert mitzukommen. Sie hat einen meiner Männer angegriffen und versucht zu fliehen.«

Margery zog eine Augenbraue in die Höhe.

»Und das wundert dich? Sie wird dafür bestraft, weil sie eine *Graham* ist und auch wie eine *Graham* kämpft?«

Sprachlos sah ich sie an und sie lächelte. Denn Margery war nicht dumm. Ganz und gar nicht.

»Sie kämpft gegen uns an.« *Gegen mich.*

Wieder diese arrogante Augenbraue, die sich in ihrem Gesicht selbständig machte.

»Sie kämpft einzig gegen dich. Und das weißt du.«

»Solange sie versucht zu fliehen, wird sie das Zimmer nicht verlassen.«

»Sie wird sich benehmen«, stellte Margery klar.

»Ach ja? Und das weißt du, weil ...?«, fragte ich nach.

»Weil sie weiß, dass sie nicht wegkommt. Was soll sie denn noch versuchen? Das Grundstück ist ein Bunker. Einzig die Jungs könnten ihr helfen, und sie ist nicht so dumm anzunehmen, dass sie käuflich wären«, sagte sie und lachte dabei leicht.

Cook hob plötzlich die Hand, als würden wir uns in

einem Klassenzimmer befinden. »Sie hat mir 100.000 Dollar geboten, wenn ich ihr helfen würde.«

»Moment mal. Mir wollte sie nur 50.000 geben«, mischte sich Potts jetzt ein.

Cook grinste ihn an. *Jepp, er fühlt sich wohl ganz besonders.*

Mit einem Blick a la »Sie möchte also nicht fliehen?« sah ich Margery an. Die hob verzweifelt die Hände.

»Gut, sie hat es versucht. Aber tue nicht so, als hättest du das nicht geahnt. Leah hat sich nicht vor dir versteckt, weil sie vorhatte, wieder zurückzukommen.«

Jeder hier im Raum hatte mitbekommen, wie Margery offen aussprach: Ich war der einzige Grund, weswegen Leah geflohen war.

Ich hatte Margery immer bewundert. Sie lebte und arbeitete bei uns schon ewig. Jeder Mann, der nicht ganz die 30 erreicht hatte, wurde irgendwann von ihr bemuttert, weil die eigenen Eltern es nicht konnten oder nicht mehr lebten. Es war oftmals schwierig für die Jungs, ihr irgendetwas abzuschlagen. Sie forderte nicht oft, aber wenn, dann ohne zu zögern. Und das, was sie jetzt von mir forderte, konnte ich ihr nicht geben.

»Lasst uns allein«, befahl ich und Andrew, Cook und auch Potts verließen das Arbeitszimmer.

»Wirst du jetzt den Anführer raushängen lassen?«, fragte sie schnippisch und verschränkte die Arme trotzig vor der Brust. Sie trug ihre obligatorische Kochschürze.

»Ich *bin* der Anführer und ja, das muss ich wohl.« Seufzend setzte ich mich auf die Couch.

»Sloan, wir müssen …«

»Wir müssen gar nichts!«, fuhr ich sie an. »Sie hat versucht zu fliehen. Erneut. Hat sich bei unserem Feind versteckt und anscheinend bietet sie meinen Männern Geld, damit sie wieder abhauen kann!«

»Geld, das sie nicht hat. Und so wie ich das sehe, scheinen die Italiener nicht mehr die großen Feinde zu sein, wenn du in ihr Haus gehst, um …«

»Um Leah da rauszuholen«, stellte ich klar.

»Eben. Du tust alles für sie.«

»Weil sie eine *Graham* ist«, stellte ich auch diese Tatsache klar.

Margery wirkte leicht genervt.

»Junge, ich mag nur die Hausangestellte sein und vielleicht nehme ich mir gerade zu viel heraus.«

Und wie!

»Aber diese Scheiße kann ich mir wirklich nicht mehr anhören.«

Diese Worte hatte sie noch nie in meiner Anwesenheit ausgesprochen. Sie hasste vulgäre Worte. Sie hasste sie!

»Du hast erst bemerkt, dass Leah erwachsen geworden ist, als Colin die Macht übernommen hat und ihr beide die Geschäfte geführt habt. Dein Respekt und dein Ehrgefühl gegenüber dem alten *Graham* und deinem besten Freund waren schon immer groß, aber dadurch hast du dir auch Leah durch die Lappen gehen lassen.«

»Ich habe nicht …« Was wollte ich sagen?

Ach ja, dass sie unrecht hatte und mich mit ihrem Gelaber in Ruhe lassen sollte, aber stattdessen war sie noch etwas näher getreten und blickte mich jetzt mitfühlend an.

»Frag dich einfach, ob du das so zwischen euch beiden enden lassen möchtest. Sie bleibt in ihrem Zimmer und du kümmerst dich weiterhin um die Arbeit.«

Sie wartete nicht darauf, dass ich ihr antwortete. Margery ging einfach zur Tür.

»Und noch etwas, Sloan. Sag dieser rothaarigen Schlampe, dass sie gefälligst die Krümel entfernen soll, wenn sie meine Küche betritt und sich etwas zu essen macht!«

Eigentlich hätte ich ihr gerne gesagt, dass Bree auch einen Namen besaß. Aber das wäre vergeudete Zeit gewesen.

»Du ignorierst die Krümel und darfst für morgen Abend ein Abendessen organisieren.«

Margery öffnete die Tür, grinste dann aber, weil ihr klar war, dass sie gewonnen hatte.

Leah

»Das ist ein schlechter Scherz«, kommentierte ich das Kleid, das Cook mir auf das Bett legte. Es war wunderschön. Aber das war nicht der Punkt.

Tadelnd schüttelte er den Kopf, als hätte er genau diese Reaktion von mir erwartet.

»Zieh es einfach an, Leah.«

»Nein«, sagte ich trotzig und verschränkte die Arme vor der Brust.

»Meine Fresse, ich habe seit zwei Tagen nicht gepennt und ich kann erst ins Bett, wenn du unten an seinem Tisch sitzt und isst!«

»Habt ihr die Angreifer immer noch nicht kaltgemacht?«, fragte ich neugierig.

Cook verdrehte die Augen und ging zur Zimmertür zurück.

»Natürlich interessiert es sie nicht die Bohne, ob ich armer Kerl genug Schlaf bekomme. Diese *Grahams* sind wirklich unglaublich!«

»Es gibt nur noch eine *Graham*! Und das bin ich!«, fuhr ich ihn wütend an.

Er öffnete die Tür und sah zu mir.

»Wie auch immer. Von mir erfährst du nicht,

wie weit wir mit den Chinesen sind. Wenn du mehr wissen willst, frag Sloan. Und der wartet auf dich im Esszimmer. Also mach dich hübsch, zieh das Kleid an und ...«

»Fick dich ins Knie!«

»Ja, ne. Das wollte ich eigentlich nicht. Du hast zehn Minuten!« Cook schloss die Tür so leise, dass ich am liebsten ausgerastet wäre. Er war nicht mal wütend geworden.

Scheiße! Wie zum Teufel sollte ich mich in zehn Minuten hübsch machen?

Das Kleid, das Cook mitgebracht hatte, war ein Designerfummel. Das trug man nicht einfach so zum Dinner. Das trug man, wenn ...

Meine Wut über Sloans Unverfrorenheit wurde immer größer. Dachte dieser Mörder wirklich, dass ich mich von ihm verführen ließ?

Es dauerte gerade mal eine Minute, da hatte ich erneut die neuen Gitter vor meinen Fenstern auf ihre Festigkeit und die viel zu kleinen Lüftungsschächte in meinem Badezimmer kontrolliert, das gleich nebenan lag. Verfluchte Scheiße, es gab einfach kein Entkommen. Einzig der Regen war in meinem Zimmer zu hören. Es regnete schon seit Stunden.

Mir war bewusst, dass ich runtergehen musste. Es war die einzige Option, um hier überhaupt irgendwie eine Fluchtmöglichkeit zu finden.

Deswegen war ich ziemlich überrascht, als ich

feststellte, dass meine Zimmertür nicht abgeschlossen war.

Stirnrunzelnd und mit der Frage im Kopf, welcher Vollidiot für diese Unachtsamkeit verantwortlich war – ich hoffte, es war Cook, damit dieses dämliche Grinsen aus seinem Gesicht verschwand –, schlich ich mich auf den unbewachten Flur.

»Das kann doch nicht euer Ernst sein«, flüsterte ich mir selbst zu und schlich den Gang entlang.

Mit einem kurzen Blick checkte ich die Lage an der Treppe.

Niemand zu sehen.

»O Cook, du bist sowas von dran.«

Ich grinste, während ich mit aller Vorsicht, die ich besaß, Stufe für Stufe hinunterging. Man hörte nicht einen Mucks im Haus, was wiederum ziemlich merkwürdig war.

Wohin waren alle gegangen?

Hatte es wieder einen Anschlag gegeben?

Einen Notfall, bei dem sämtliche Männer benötigt wurden?

Ich hätte am liebsten laut gejubelt, als ich den Türrahmen der Haustür berührte. Wenn ich ein Wagen stehlen könnte, dann …

Ich drehte mich um und lief den langen Flur entlang. Es war mir schon einmal gelungen, einen Wagen zu stehlen und damit durch das Tor zu kommen. Ich konnte es noch einmal schaffen.

Die Tür zur Garage befand sich direkt vor meiner Nase und doch fiel mir die offene Tür zum Arbeitszimmer auf.

Mit klopfenden Herzen zog es mich dorthin, statt zum direkten Ort meiner Freiheit.

Es war fast ein Jahr her, seit ich hier gewesen war und genau vor dieser Tür gestanden hatte. Dort drin war Colin gestorben.

Für einen Augenblick schloss ich die Augen, um dann ins Zimmer zu gehen. Es war niemand hier.

Der Schreibtisch, die Bilder, die restlichen Möbel ... Alles war so geblieben, wie ich es bereits seit Jahren kannte. Einzig die Couchlandschaft links von mir war übersät mit unzähligen Papieren. Selbst der leicht holzige Duft war nichts Neues für mich. So hatte es immer gerochen und es fühlte sich gut an. Wie ... Zuhause.

Ich ging ein paar Schritte und blieb dann vor dem Schreibtisch stehen. Unter meinen Füßen müsste sich ein alter Teppich aus dem 16. Jahrhundert befinden. Aber er war nicht da. Ich stand auf nacktem Holzboden.

Hatte er Colin darin eingewickelt?

War er mit Blut besudelt worden? Konnte die Reinigung nichts mehr für das Teil tun? *Schade aber auch.*

Der Sarkasmus war das Einzige, was mich gerade aufrecht hielt. Denn wenn ich meinen Gefühlen eine Plattform geben würde, wäre ich längst heulend zusammengebrochen.

Es war falsch, dass ich hier war.

Sloan war ein Mörder und verdiente es nicht, dass ich hier war und mit ihm essen würde. Er verdiente einzig und allein den Tod. Nichts anderes.

Ich spürte seine Bewegung eher, als dass ich ihn sah. Sloan stand plötzlich neben mir. Auch wenn ich nicht überrascht war, erstarrte ich, als mir klar wurde, wo wir beide zusammen standen.

Er hatte lässig die Hände in die Hosentaschen gestopft.

Niemand sagte ein Wort. Ich hätte auch gar nicht gewusst, was ich sagen sollte. Er ignorierte es sowieso oder seine Antworten trieften vor Sarkasmus. Außerdem besaß ich nicht mal eine Waffe. Denn das war es doch, was ich tun musste, oder? Ihm auch eine Kugel verpassen, damit er genau hier daran krepieren konnte.

»Das Essen ist erst in einer Stunde fertig.«

Ich runzelte die Stirn, weil ich ihm nicht wirklich folgen konnte. Bis mir klar wurde, was er meinte, schließlich hatte Cook mich zum Essen abholen wollen.

»Ich bin nicht gekommen, um mit dir zu essen«, teilte ich ihm mit.

»Ich weiß«, antwortete er leise und so mitfühlend, dass ich ihm das wirklich fast abgekauft hätte. Aber nur fast.

»Dir ist schon klar, dass dir das alles ...« Ich malte mit dem Finger einen imaginären Kreis in der Luft. »... nicht gehört, ja?«

Er sagte nichts, als sich unsere Blicke das erste Mal trafen.

Sloan hatte sein Jackett abgelegt und stand in einem weißen Hemd, schwarzer Stoffhose und Lackschuhen vor mir. In seinen Augen lag keine Arglist, oder sonst irgendwelche skrupellosen Gefühle, mit denen ich aufgewachsen war.

»Du weißt auch, dass ich versuchen werde zu fliehen«, stellte ich klar.

Sloan wandte den Blick ab, fuhr sich durch sein Haar und ging auf die Couchlandschaft zu, auf der sich Berge von Papieren türmten.

»Ich wäre enttäuscht, wenn du es nicht versuchen würdest«, erklärte er beiläufig.

»Ich werde es nicht bei einem Versuch belassen. Ich werde wieder gehen, Sloan, und dann wirst du mich nicht finden.«

Er suchte ein paar Papiere zusammen, während mir langsam die Hutschnur riss.

»Ich weiß, dass du mich nicht für voll nimmst, um ...«

Ein rascher Blick und ich verstummte. Das konnte Sloan immer schon gut: Mit einem einzigen Blick konnte er jeden gestandenen Mann zum Schweigen bringen.

»Du denkst, ich nehme dich nicht für voll?«

»Das ist ja wohl offensichtlich«, stellte ich schnaubend fest und verschränkte die Arme vor der Brust.

Er zögerte mit einer Antwort, ließ mich allerdings auch nicht aus den Augen.

»Na, dann erklär mir mal das *Offensichtliche*. Ich bin gespannt.«

»Willst du mich verarschen? Du hast meinen Bruder getötet!«

»Er war auch mein Bruder«, stellte er tonlos klar.

»Er hat aufgehört dein Bruder zu sein, als du beschlossen hast, ihn zu töten«, brüllte ich ihn an und sofort stand wieder der leere Gesichtsausdruck von Colin vor meinen inneren Augen, sein blutgetränktes Hemd, die Waffe in Sloans Händen und Sloan selbst, der direkt über der Leiche meines Bruders stand.

»Ich hatte es nicht beschlossen!«, schrie er mich an und brachte mich dazu, zusammenzuzucken.

»Was hast du gesagt?«, fragte ich leise nach.

»Ich fasse es einfach nicht, dass ich mir diese Scheiße überhaupt antue«, sagte er und sammelte weiter Papiere zusammen. Bald würde er einen beträchtlichen Stapel zusammen haben.

»Sag es mir.« Ich ging nur wenige Schritte auf ihn zu, weil ich ihm nicht zu nah kommen wollte. »Was meinst du …«

»Auf einmal hast du Interesse an der Wahrheit? Der ganzen Wahrheit?«

Er sah mich kurz herausfordernd an, dann schüttelte er den Kopf, nahm sich den Papierstapel und legte ihn vor mir auf den Schreibtisch.

»Das sind alles Dokumente über Grundstücke, Häuser und Einrichtungen, die den Iren gehören.

Zusätzlich ein paar Bankinformationen zu bestimmten Konten.«

»Okay«, antwortete ich, wusste aber nicht wirklich, was ich mit dieser Information anfangen sollte.

Sloan taxierte mich, bis er etwas erwiderte.

»Sie gehören dir.«

Ich lachte, weil ich den Witz wirklich gut fand. Doch als ich Sloans ernsten Gesichtsausdruck sah, erstarb mein Lachen.

»Was meinst du damit?«

»Sie alle sind auf deinen Namen überschrieben worden«, teilte er mir mit.

»Was? Aber warum?«

»Colin wollte es so. Er hat ...« Sloan schloss kurz die Augen, als wollte er sich sammeln. »Er hat verfügt, dass sein gesamter Besitz auf dich übergeht. Damit du abgesichert bist.«

Diese Nachricht überraschte mich nicht wirklich. Colin war schon immer mein Beschützer gewesen. Zumindest trug er als großer Bruder die Verantwortung für mich. So war das schon immer in unserer Familie gewesen. Bevor Mom starb, hatte Dad sie mit allem, was er besaß, beschützt. Die Frauen in unserer Familie mussten sich nie Sorgen darum machen, verletzt zu werden.

Glaubst du das wirklich noch?

Ich ignorierte meine innere Stimme und ging auf den Stapel zu. Dann sah ich mir einzelne Unterlagen an und musste feststellen, dass mir die Grundstücke wirklich gehörten. Zumindest auf dem Papier.

»Und dieses Haus?«, fragte ich tonlos, weil ich nicht den ganzen Stapel durchgehen wollte.

»Alles. Außer dem Titel«, antwortete er ohne Zögern. Klar, eine Frau wäre niemals als Anführerin akzeptiert worden.

Ich wandte mich ihm um.

»Und ich vermute, du möchtest, dass ich dir alles überschreibe.«

Einen langen Augenblick sah er mich einfach nur an.

Vor vielen Jahren hätte mich dieser aufmerksame Blick von Sloan fix und fertig gemacht. Heute sah ich nur schnell weg, weil ... weil er mich einfach nervös machte. *Mist. Glaubt mir das eigentlich irgendjemand?*

»Schon lustig. Mir gehört alles und dennoch bin ich eine Geisel«, sagte ich ironisch.

»Du bist eine Geisel, weil du dich wie eine verhältst.«

»Ach ja? Warum bin ich denn wohl von hier abgehauen?!«, fuhr ich ihn an.

»Leah«, knurrte er wütend und funkelte mich genauso wütend an.

»Mein Name ist Stephanie! Die in Brooklyn lebt und sich einen verdammten Scheiß dafür interessiert, wem dieses Haus oder der Boden unter ihren Füßen gehört«, schrie ich. »Denn dieser Boden ...« Ich zeigte auf die Stelle, auf der Colin lag und gestorben war. »...

ist getränkt mit Blut. Dem Blut meines Blutes.« Meine Stimme krächzte, weil ich zu laut geworden war. Aber das interessierte mich nicht. »Colin ist gestorben. Der letzte der *Graham*-Männer, und ich will verdammt sein, wenn ich mich dazu verurteile, hier weiter mit seinem Mörder unter demselben Dach zu leben. Du magst das skrupellose Oberhaupt geworden zu sein, das alle fürchten, aber ich schwöre dir, von mir wirst du nie mehr bekommen als Verachtung und Hass.« Die letzten Worte hätte ich ihm auch vor die Füße spucken können. Das hätte denselben Effekt gehabt.

Normalerweise hätte ich jetzt irgendeine Reaktion erwartet, aber Sloan lächelte nur. Es war kein freundliches Lächeln. Nein, er wirkte fast melancholisch. Was immer das auch zu bedeuten hatte.

Er steckte seine Hände in die Hosentasche und schien völlig unbeeindruckt. Einzig dieses rätselhafte, fast schon wehmütige Lächeln verwirrte mich.

»Colin hat mich gewarnt. Er hat es mir gesagt und ich war zu stur und ... weiß der Geier was«, sagte er.

»Wovor hat er dich gewarnt?«

»Er wollte, dass ich dich zur Frau nehme«, erklärte er und sah mich konzentriert an.

Auch wenn ich damals das Gespräch belauscht hatte, hätte ich nicht damit gerechnet, dass Sloan es ansprach.

»Du wirkst nicht wirklich überrascht«, stellte er fest, weil er meine Körpersprache gelesen hatte. »Colin hat sich Sorgen um deine Zukunft gemacht, Leah.

Er wollte dich abgesichert sehen. Deswegen auch die Überschreibungen an dich.«

»Warum? Das ergibt doch keinen Sinn«, sagte ich verwirrt.

»Ach, wirklich nicht?«

Überrascht sah ich ihn an.

»Er war krank. Colin war todkrank.«

Mein Mund öffnete sich und mein Puls schoss in die Höhe. »Nein. Das ist nicht ...«

»Er hat es vor dir geheim gehalten.«

Nicht nur mein Herz pumpte zu schnell zu viel Blut durch meinen Körper. Auch meine Lunge versagte kläglich damit, mir ordentlich Sauerstoff zu besorgen.

Ich japste nach Luft und die erste Träne floss ungehindert meine Wange herunter. Mein Blick schoss zu Sloan, der auf mich zugekommen war und dennoch genug Abstand hielt.

»Warum?«

Meine Frage ergab in vielerlei Hinsicht keinen Sinn, da ich vieles damit meinen konnte und doch verstand Sloan, was meine dringendste Frage war.

»Seine Symptome wurden schlimmer. Er ... er wollte so nicht mehr weitermachen.« Sloan schloss kurz die Augen und blickte mich dann wieder an.

»Du willst wissen, was wirklich an dem Abend passiert ist?«

Ich nickte und Sloan holte einmal tief Luft.

Und er begann zu erzählen ...

KAPITEL 11

Sloan

VOR FAST EINEM JAHR

Colin saß an seinem Schreibtisch und rieb seine Stirn. Ich befand mich wie so oft auf der Couch, an der der Besprechungstisch stand, und ging ein paar E-Mails durch.

»Du musst mir einen Gefallen tun«, hörte ich ihn sagen.

»Sicher«, antwortete ich automatisch und kontrollierte weiter konzentriert die Lieferliste unserer neuen Fracht, die übermorgen im Hafen eintreffen würde.

Colin stand auf und schwankte bei dem Versuch, auf die Beine zu kommen. Er konnte sich gerade noch am Schreibtisch abstützen, wobei seine Lampe vom Schreibtisch fiel und in mehrere Teile zersprang.

»Fuck«, fluchte er frustriert.

»Alles in Ordnung?«, fragte ich und stand schnell auf, um zu ihm zu gehen.

Colin funkelte mich wütend an.

»Sieht das so aus?«

Ich erwiderte nichts. Wenn er in dieser schlechten Stimmung war, brachte es nichts, über seinen Gesundheitszustand zu sprechen.

»Ich bin ein verfluchter Krüppel. Das hat die Schießerei doch bewiesen. Wärst du nicht gewesen, hätten sie vermutlich Leah in ihre Gewalt genommen.«

Es ließ Colin immer noch nicht zur Ruhe kommen. Wir waren vor unserem Grundstück von den Chinesen angegriffen worden und Colin hatte sich nur schwerlich verteidigen können, da die Symptome immer schlimmer wurden.

»Leah kann sich sehr gut selbst verteidigen«, stellte ich klar, weil das der Tatsache entsprach. Sie hatte den Chinesen im Wald getötet. Nicht ich. Ich hatte vollkommen versagt. Aber wenn ich Colin die Wahrheit sagen würde, müsste ich ihm alles gestehen. Auch den Kuss. Und das konnte ich nicht.

»Was ist jetzt? Kannst du mir einen Gefallen tun?« Colin hatte sich an den Schreibtisch gelehnt und rieb sein Handgelenk. Das machte er in letzter Zeit oft.

»Natürlich, Colin. Du weißt, dass du dich auf mich verlassen kannst.«

»Kümmere dich um Leah.«

»Sicher«, antwortete ich direkt.

Er ließ mich nicht aus den Augen.

»Heirate sie. Nimm sie dir zur Frau.«

Sprachlos starrte ich meinen besten Freund an.

»Das kann nicht dein Ernst sein!«

»Siehst du mich lachen?« Er verzog schmerzerfüllt das Gesicht und rieb sich die Brust.

»Du gibst mir Leah? Einfach so?«, fragte ich und ein kleiner Teil von mir hoffte einfach, dass er wieder seinen Verstand benutzte.

Ich war kein guter Mann. Eine Frau wie Leah verdiente etwas Besseres als mich.

»Ich hätte fast riskiert, dass sie verletzt wird, weil meine Finger mir nicht gehorchen, Sloan. Verdammt noch mal, ich bin kein beschissener Botenjunge. Ich bin das Oberhaupt und konnte sie nicht verteidigen, weil mein Körper zugrunde geht! Du musst, nein, du wirst dich um sie kümmern, wenn ich nicht mehr bin!«

»Colin, du wirst nicht so schnell …«

Erst jetzt registrierte ich, dass er seine 42er in der Hand hielt und verstummte. Die 42er, ein Geschenk seines Dads. Er war 16 gewesen und wir feierten unseren ersten Gangkrieg, den wir gewonnen hatten. Meine Waffe befand sich in meinem Zimmer in einer Schachtel versteckt.

Colin hob die Hand und starrte auf die Pistole.

»Was hast du vor?«, fragte ich alarmiert.

Ein leichtes Lächeln umspielte seine Lippen. Erst jetzt bemerkte ich den leichten Schweißfilm auf seiner Stirn und schnappte nach Luft.

»Wenn ich nicht vorher abtrete, ersticke ich vielleicht an meiner eigenen Kotze, weil ich bald nicht mehr schlucken kann. So will ich nicht enden, Sloan«, sagte er und zielte mit der Waffe auf mich. Und obwohl seine Hand verdächtig zitterte, könnte er mich verletzen. Colin schoss gut. Wir hatten es uns gegenseitig beigebracht.

»Colin, leg die Waffe weg!«

»Du wirst dich um die Männer kümmern. Du wirst ...« Er stand angestrengt auf und stellte sich vor mich. Die Waffe immer noch auf mich gerichtet.

»... nicht zulassen, dass ich in die Geschichte eingehe als der kränkliche Graham-Spross.«

»Colin ...«

»Zieh deine Waffe!«, fuhr er mich an und ich gehorchte zögerlich.

»Entweder schießt du oder ich sorge dafür, dass die Jungs dich wegen Verrats in den Bunker bringen und dir jeden einzelnen Finger vom Körper trennen, bevor ich dich kastrieren lasse.«

Ich schnaubte. »Du weißt ganz genau, dass mir das scheißegal ...«

»Dann lass es mich anders sagen. Schieß oder ich schwöre dir, ich werde dafür sorgen, dass Leah in die Hände eines anderen Mannes kommt.«

Zähneknirschend blickte ich ihn an.

»Ihre Angst war es immer, dass ich sie verkaufen würde. Ihr das Licht nehme, das sie strahlen lässt. Was glaubst du, was mit diesem Licht passiert, wenn ein Fremder sie anfasst?«

Mein Kiefer mahlte und er registrierte meine Reaktion.

»Ich liebe sie. Aber ich schwöre dir, wenn du mich weiterhin durch die Hölle gehen lässt, weil du zu feige bist,

mich zu erlösen, werde ich einen ehrbaren Mann finden, der sie aufrichtig liebt und begehrt und irgendwann …«
Colin zuckte mit der Schulter. »Irgendwann wird sie auch ihn lieben lernen.«

Da ich nicht reagierte und einfach nur darum kämpfte, die Fassung wieder zu erlangen, wurde Colins Blick plötzlich milder.

»Bitte, Sloan. Ich kann nicht mehr. Nimm ihn mir … Nimm mir den Schmerz.«

Seine Hand zitterte und obwohl er kaum die Kraft besaß, auf seinen Beinen zu stehen, bedrohte er mich mit der Waffe, weil er mich um Erlösung bat.

Es dauerte keine zehn Sekunden. In der elften Sekunde hatte ich bereits abgedrückt und ihn umgebracht. Colin, meinen besten Freund.

KAPITEL 12

Leah

Sloan hatte mir alles erzählt, aber ich glaubte ihm kein einziges Wort. Kein einziges.

Doch ich war nicht die einzige, die völlig mit den Nerven am Ende war. Sloan hatte sich an den Schreibtisch gelehnt, fuhr sich immer wieder durch sein Haar und wirkte müde. So müde, wie ein Mensch sich nur fühlen konnte, der seinen besten Freund erschossen hatte, weil dieser es ihm befohlen hatte.

»Colin hatte MS, oder?«

Meine Frage riss Sloan aus seiner Lethargie heraus und er nickte, ich konnte die Frage in seinen Augen sehen.

»Ich habe Monate vor seinem Tod eine Broschüre darüber gefunden und Colin meinte, er suche ein paar wohltätige Einrichtungen, denen er etwas Geld spenden könnte.« Damals glaubte ich ihm, ohne daran zu zweifeln. Er hatte schon immer viel Geld gespendet. Warum hätte ich das auch anzweifeln sollen? »Er hat das so beiläufig erzählt, dass es mir erst jetzt wieder einfällt.«

»Colin hatte eine schwere Form von MS. Nicht mal ich wusste bis zum Ende, wie schlimm seine Schmerzen wirklich waren.«

Das Bild seiner Leiche tauchte erneut vor meinen Augen auf. Der Blick zum Boden war zu viel des Guten. Und jetzt war klar, dass er es nicht anders gewollt hatte. Colin hatte sterben wollen.

»Ich muss hier raus.«

Meine Füße übernahmen und ich rannte aus dem Arbeitszimmer. Aber das war noch nicht genug Abstand. Ich lief durch den Flur direkt zur Haustür, öffnete sie und atmete die kalte Luft, die mir entgegenschlug, und spürte, wie der starke Regen gegen mein Gesicht schlug.

Aber auch die Kälte hinderte mich nicht daran, auf den Kies der Einfahrt zu treten und zu laufen. Etwas weiter vorne befanden sich ein paar Männer, die Patrouille liefen, und doch interessierte mich niemand.

»Leah!«, brüllte Sloan hinter mir und ich blieb stehen. Der Regen prasselte auf mich, mein Haar war schon jetzt klitschnass. Ich zitterte, weil die Nässe und Kälte bis tief in meine Knochen drangen, und doch ... Es war mir egal.

»Du hast ihn nicht getötet«, sagte ich, ohne mich umzudrehen.

»Ich habe abgedrückt«, stellte er klar und überraschte mich damit, weil er auf einmal so nah bei mir war. Sonst hätte ich ihn durch den Regen niemals verstanden.

»Er wollte sterben«, sagte ich und versuchte die Fassung zu wahren.

Ich stellte mir vor, wie er vor Sloan gestanden und um Erlösung gebettelt hatte. Er musst unsägliche Schmerzen gehabt haben. Immer wieder stellte ich mir vor, wie er sich mit dem Taschentuch durch das Gesicht wischte oder mal wieder extrem wenig gegessen hatte. All diese Dinge waren mir nicht wirklich aufgefallen, weil ich mit mir selbst beschäftigt gewesen war.

Wenn ich nicht ständig an meine Freiheit, meine Rolle hier oder an Sloan gedacht hätte, wäre mir womöglich aufgefallen, was los war.

»Ich fasse das nicht«, sagte ich.

»Es entspricht der Wahrheit.«

»Das meine ich nicht.« Ich wandte mich zu ihm um und versuchte, durch das nasse Haar vernünftig zu sehen. »Ich war so damit beschäftigt über mich und meine beschissene Rolle in diesem Haus nachzudenken, dass ich seine Probleme nicht gesehen habe. Ich ... ich habe nur an mich gedacht, während er das auch tat. Und das hätte er nicht tun sollen, verstehst du? Ich meine, er hätte kämpfen müssen. Für sich. Für mich. Scheiße, ich fange wieder an, über mich zu reden. Es ist doch nicht ...« Panisch japste ich nach Luft, dann schluchzte ich auf und mir wurde wieder bewusst, dass Colin tot war, weil er es gewollt hatte. In all den Monaten spürte ich Wut, weil man ihm das angetan hatte. Die Wut half mir, durchzuhalten. Insgeheim hatte ich sogar Pläne geschmiedet, wie ich mich rächen könnte. Alle Ideen verliefen im Sande, aber der Gedanke an Rache hatte mich aufrecht gehalten.

Aber nun war alles anders.

Ich kannte die Wahrheit. Die Wahrheit, über seinen Wunsch, tot zu sein. Colin hatte sterben wollen und er war gestorben. Er hatte sich gegen das Leben entschieden.

Normale Menschen würden sich womöglich freuen, dass er nicht gewaltsam und völlig überraschend den Tod gefunden hatte. Aber wir waren nicht normal. Ich war nicht normal.

Zitternd presste ich meine Hand vor den Mund und schluchzte erneut auf.

»Er hätte etwas sagen müssen. Irgendetwas«, sagte ich.

Ob Sloan meine Worte verstand, wusste ich nicht. Aber er kam langsam auf mich zu. Sein Gesichtsausdruck sprach Bände. So viel Mitleid und Schuld standen in seinen Augen, dass ich – warum auch immer – völlig überschnappte.

»Fass mich nicht an!«, schrie ich ihn an und stolperte ein paar Meter von ihm weg. »Ich habe kein Mitleid verdient, verdammt noch mal! Ich ... ich ... war seine Schwester. Selbst nach seinem Tod beschützt er mich noch immer, in dem er dich damit beauftragt hat. Das ist doch krank!«

Sloan ließ sich nicht mehr aufhalten und griff sich

sanft mein Handgelenk. Aber erneut machte irgendetwas in mir dicht. Ich schrie, riss mich von ihm los,
nur um erneut von ihm gepackt zu werden. Dieses Mal
hielt er direkt beide Handgelenke fest. Erneut kreischte
ich, versuchte, von ihm wegzukommen, was lediglich
dazu führte, dass wir beide das Gleichgewicht verloren.
Ich fiel auf ihn und holte erst einmal Luft. Anscheinend
hatte ich die ganze Zeit aufgehört zu atmen.

Als mir klar wurde, dass ich immer noch nicht von
Sloan weggekommen war, kreischte ich wieder herum
und schlug auf seine Brust ein.

»Hör auf, Leah«, bat er und versuchte, mich damit
zu beruhigen. Stattdessen stachelte mich das weiter an.

Sloan sollte mich in Ruhe lassen. Er sollte aufhören,
mich zu beschützen. Jeder Mann sollte das. Denn damit
hatte doch alles angefangen.

Er ächzte, als ich meinen Ellbogen in seine Seite
stach. Aber statt freizukommen, griff er um meine
Hüfte und drehte mich auf den Kies. Kleine Steine
bohrten sich in meinen Körper und die Kälte ließ mich
erzittern.

»Hör endlich auf!«, rief er wütend, während er halb
auf mir lag.

Unsere Gesichter befanden sich dicht voreinander.

Aus seinem Haar tropfte der Regen und er musste
wie ich blinzeln, um überhaupt etwas sehen zu können.

»Es bringt nichts, dir Vorwürfe zu machen«, sagte
er gegen die Geräusche des Regens an. Dabei strich er

mir eine Strähne von den Lippen. Sein Blick blieb dort haften.

»Wie kommst du damit klar?«, flüsterte ich, fast schon hypnotisch von seinem Blick angezogen, mit dem er meine Lippen betrachtete.

Am liebsten hätte ich das Zittern dem Regen und der Kälte zugeschrieben. Aber jetzt, in diesem Augenblick, wäre es gelogen.

»Was zum Henker treibt ihr da?« Wir beide blickten in die Richtung der aufgebrachten Frauenstimme.

Margery stand mit einem Regenschirm und zwei Handtüchern bewaffnet vor uns und musterte uns wie zwei unartige Kinder.

Sloan

»Wir genießen das Wetter«, erklärte ich unserer Haushälterin und half Leah hoch. Selbstverständlich fand Margery das absolut nicht witzig. Aber Leah lächelte und das war Sinn und Zweck der Sache gewesen.

Sie war hier rausgekommen, weil die vier Wände da drinnen zu viel für sie gewesen waren.

Kein Wunder. Sie hatte erfahren, was sie vor fast einem Jahr hätte erfahren sollen.

»Ah, also haben wir unseren Humor wiedergefunden?«, fragte Margery seufzend und drehte sich um, um wieder zum Haus zu gehen. Wir folgten ihr.

»Ich besitze Humor?«, fragte ich ironisch und sah zu Leah, die nur die Augen verdrehte. Aber das war ein Anfang und es war besser als ihre Verzweiflung.

»Hier!« Margery drückte uns beiden jeweils ein Handtuch in die Hand. »Ihr seht vielleicht aus«, schimpfte sie weiter und half Leah, ihre Haare zu trocknen. »Wir werden nachher mal ausführlich über diese grässliche Haarfarbe sprechen. Aber kommt erst mal rein und trocknet euch ab. Ich mach euch eine heiße Schokolade.« Mütterlich wie sie war, quatschte sie von ihrem neuesten Kakaorezept, das innerhalb von zwei Minuten servierbereit wäre.

Leah schenkte mir einen kurzen Blick, dann ließ sie sich von Margery in die Küche führen. Sie waren längst nicht mehr zu sehen und doch stand ich immer noch im Flur und tropfte den Boden nass.

Neben mir erschien jemand und irgendwann hörte ich ihn kauen.

Cook.

»Ist da was, was ich sehen sollte?«, fragte er nach einer Weile und riss mich aus meiner Träumerei.

»Ich hoffe für dich, es gibt einen Grund, warum du hier stehst. Ansonsten machst du dich wieder an die Arbeit«, sagte ich und lief zum Arbeitszimmer. Da er mir folgte, ging ich davon aus, dass er seine Arbeit bereits erledigt hatte.

»Aye, ich habe sämtliche Lieferlisten der Russen für dich.« Er knallte sie wie selbstverständlich auf den Schreibtisch, weil er dachte, ich würde dort arbeiten. »Es hat mich einiges an Bestechungsgeldern gekostet«, seufzte er, fuhr sich müde über das Gesicht und biss dann in sein Sandwich.

»Gut.« Ich griff sie mir und lief dann damit herum.

»Freu dich nicht zu früh. Sie ist unvollständig.«

»Was?«

»Man hat versucht die Listen zu fälschen«, stellte er klar und zeigte mir auf den Listen ein paar Daten, die offensichtlich vertauscht wurden. »Sie haben es nicht besonders gut vertuscht. Die Tinte wurde einfach überklebt und sie haben wie verdammte Anfänger andere Frachtziffern draufgeschrieben.«

Cook schnaubte verächtlich, während ich mehr als zweimal hinsehen musste, um da überhaupt eine Manipulation zu entdecken. Aber das war Cooks Stärke: Dinge zu sehen, die andere nicht sahen.

»Ich habe mir auch die Frachtunterlagen angesehen«, redete er weiter, öffnete sein Sandwich, um noch mal den Inhalt zu prüfen und biss wieder hinein.

»Identische Manipulierungsversuche. Sie haben Schiffe verschwinden lassen und sie mit nichtssagenden Kleinlieferungen à la Pizzakartonschachteln vertauscht.«

Ich blickte ihn stirnrunzelnd an. »Pizzakartonschachteln?«

»Jepp, direkt aus dem guten alten Rom verschifft.«

»Sie sind nicht dumm. Wenn es eine Überprüfung gibt, dann werden sie auch bei Rave vorbeischauen«, stellte ich fest und Cook nickte.

»Oh ja. Ich denke, die Nummer ist groß. Sehr groß. Sie geben sich nicht viel Mühe, ihre Manipulation zu verstecken. Aber solange niemand danach sucht, verschiffen sie weiter ihren Scheiß. Echt merkwürdig, dass es noch niemandem aufgefallen ist.«

Eine ganze Weile starrte ich auf die gefälschten Frachtpapiere und Lieferzettel.

»Wieso wollte Vitali dann Waffen von uns?«

Cook hörte auf zu kauen und blickte mich an. »Aye, die Frage habe ich mir auch gestellt, Boss.«

»Scheiße, die Sache stinkt zum Himmel«, fluchte ich und zog an meinem Hemdkragen. So langsam wurden die nassen Klamotten unangenehm.

»Was tun wir als Nächstes?«, fragte er.

»Wir werden dafür sorgen, dass unser Wohnzimmer all seine vier Wände behält«, befahl ich.

»Und Leah?«

Ich sah zu ihm. »Leah?«

»Es ist offensichtlich, dass die Russen sie wollen.«

»Und wie kommst du darauf?«, fragte ich mit einer Warnung in der Stimme nach.

»Weil sie dir wichtig ist, Boss.« Er hob die Hände, als hätte er nichts Falsches gesagt. »Aber was weiß ich schon? Ich bin nur ein armer, müder Mitarbeiter, der ein Bett braucht.«

»Du gehst schlafen, wenn ich dir das sage. Und Leah lass mal meine Sorge sein. Immerhin warst du doch dafür verantwortlich, sie zum Abendessen abzuholen, oder?«

Cook wirkte leicht angespannt, als ich ihn danach fragte.

Bingo!

»Schade, dass einer meiner besten Männer nicht fähig ist, die Uhr zu lesen.«

Er hatte sie eine Stunde vor dem eigentlichen Abendessen runtergebracht. Dass das kein Zufall war, bestätigte sich in Cooks Blick, der überall hinglitt, nur nicht zu mir.

»Es war so, Boss. Ich wollte ...« Er kratzte sich den Nacken und überlegte gerade verzweifelt, wie er aus der Sache wieder herauskommen konnte.

Seufzend legte ich die Beweise, die Cook mir gebracht hatte, auf den Tisch.

»Geh nach Hause und schlaf dich aus.«

»Boss, ehrlich, Margery hat gesagt ...«

»Glaub mir, Cook. Wenn ein Satz mit ›Margery sagt‹ anfängt, dann weiß ich, dass ich mit dem Falschen rede. Geh jetzt und komm erst zurück, wenn du wieder wach bist«, erklärte ich ihm und ging zur Minibar, um meinen Promillewert in die Höhen zu bringen, die mir halfen, den Abend zu verarbeiten. Wenn das überhaupt möglich war.

Cook verließ das Zimmer und ließ mich allein zurück. Der vierzig Jahre alte Bourbon schmeckte gut. Aber nicht gut genug, um zu vergessen, warum ich ihn trank.

Ich hatte Leah die Wahrheit gesagt und musste jederzeit damit rechnen, angegriffen zu werden. Nicht nur von Leah. Dass sie das ohne Zögern tat, hatte sie mehr als einmal bewiesen. Nein, die Chinesen und die Russen arbeiteten daran, uns dem Erdboden gleichzumachen. Ausgerechnet jetzt. Jetzt, da nicht nur mein Schwanz, sondern auch mein Hirn nur noch ein Wort kannte. *Leah.*

Monatelang hatte ich sie gesucht. Monatelang war ich gescheitert. Jetzt war sie wieder hier und doch fühlte sich erneut alles vollkommen falsch an.

Weil sie dich verachtet.

Weil sie begreift, was es bedeutet, wieder hier zu sein.

Weil sie dich nicht so will, wie du sie willst.

Alles Gründe, die mich fix und fertig machten. Es wäre gelogen, würde ich etwas anderes denken. Sie machte mich vollkommen fertig. Allein, weil sie sich in diesem Haus befand. In meiner Nähe. In meiner Reichweite. Und doch weiter entfernt als jemals zuvor. Allein dieser verlorene Blick, als sie begriff, was mit Colin wirklich passiert war. Am liebsten hätte ich ihr gar nichts gesagt. Am liebsten wäre es mir, dass sie von all dem nie etwas erfahren hätte. Aber zu welchem Preis? Damit sie immer wieder floh? Irgendwann womöglich auf die Idee kam, sich das Leben zu nehmen, anstatt hier mit mir zu leben?

Denn darauf lief es hinaus. Sie würde hier mit mir leben. Leah war die einzige *Graham*, die noch lebte. Wir Iren waren loyal. So loyal, dass sie eine Frau aufspürten, die nicht gefasst werden wollte. Leah hatte unter den Italienern gelebt und es sah so aus, als hätte es ihr gutgetan. Ich würde lügen, wenn ich sagen würde, dass mich das nicht störte. Es waren immerhin die Italiener. Auch wenn Rave und seine Frau ehrlich wirkten, waren sie keine von uns.

Leah gehörte hierher. Zu uns. Zu mir.

Aber was bedeutete das genau?

Ach, komm schon. Das weißt du doch genau. Du willst sie. Du hast sie immer schon gewollt.

Ich ignorierte meine innere Stimme und trank den Bourbon schnell aus. Auch das zweite Glas half mir nicht wirklich dabei, klar zu denken.

Es ist erbärmlich. Ich bin erbärmlich.

KAPITEL 13

Leah

Es tat so gut, von Margery verhätschelt zu werden. Es fühlte sich wie früher an, als wir noch Kinder waren. Als Colin noch da war ...

»Er hat es dir also gesagt. Die ganze Wahrheit dieser schrecklichen Tragödie«, mutmaßte Margery und goss mir einen weiteren Kakao ein, obwohl sie genau wusste, dass ich nie mehr als eine Tasse trank.

Ich saß an der großen Kücheninsel und Margery bediente mich von vorn bis hinten. Es war schrecklich egoistisch und zugleich schrecklich schön.

Ein Funken Heimatgefühl.

»Du weißt davon?«, fragte ich überrascht und trocknete erneut die Haare mit einem Handtuch ab.

»Er musste mit irgendjemandem darüber reden. Als du geflohen bist, wären viele mitgegangen, hätte er nicht die Wahrheit erzählt. Aber wir mussten Stillschweigen bewahren, sonst wären unsere Feinde direkt durch die Tür marschiert, um unsere Schwäche auszunutzen.«

Sie hatte recht. Wenn jemand von außen mitbekommen hätte, wie krank und schwach Colin gewesen war, hätten die anderen Clans versucht, einen offenen Krieg zu beginnen, und sie hätten ihn vermutlich auch gewonnen. Wir waren angeschlagen. Hätte Sloan dieses Geheimnis offenbart, würde es unser Haus vermutlich nicht mehr geben.

»Sieh mich an, Kind.«

Ich blickte ihr in die Augen, während sie missmutig einen Blick auf die volle Kakaotasse warf.

»Es gab keinen anderen Weg für Colin. Es tut weh. Am Anfang. Und dann musst du daran denken, dass er es nicht nur für uns alle getan hat, sondern auch für sich selbst. Hätte er es nicht vorzeitig beendet, wäre er mit tiefer Verzweiflung und großen Schmerzen gestorben.«

Ich nickte automatisch, weil mir bewusst war, dass sie wieder recht damit hatte. Es machte es dennoch nicht besser. Zumindest jetzt noch nicht.

»Es tut mir leid, dass ich ... gegangen bin«, gestand ich und schluchzte auf.

»Ach was. Kindchen, jeder hätte das in deiner Situation gemacht.« Sie nahm mich in den Arm und tätschelte mir mütterlich den Kopf. »Sch, nicht weinen.«

»Ach Gottchen, was ist denn hier los?«

Bree tauchte immer dann auf, wenn man sie nicht brauchen konnte. So wie jetzt.

Ihre perfekt gezupfte Augenbraue schoss fragend in

die Höhe, während sie durch die Küche stolzierte und etwas im Kühlschrank suchte.

»Hast du keinen Bio-Saft gekauft, Margery?«, fragte Bree in einem Ton, der kälter nicht klingen konnte.

Margery stand kurz vor der Explosion. Ihre faltigen Wangen färbten sich rot vor Wut.

»Hast du wohl ausgetrunken«, antwortete Margery so ruhig, wie es ihr gerade möglich war.

Bree wandte sich zu ihr um und schloss den Kühlschrank.

»Schon mal überlegt, neuen Saft zu kaufen? Könnte helfen.«

Margery wollte etwas erwidern, aber ich kam ihr zuvor.

»Sag mal, Bree. Wohnst du hier?«

Bree sah mich an. »Ab und an.«

Was bedeutete diese Aussage denn jetzt? Dass sie bei Sloan übernachtete?

»Dann bist du also ab und an Teil dieses Haushaltes, richtig?«

»Kann schon sein«, antwortete sie zögerlich.

»Wie wäre es dann damit: Statt dir deine Füße mit zwölf Zentimeter hohen High Heels zu ruinieren, nutz sie doch einfach und kauf dir deinen Bio-Saft selbst.«

»Wie bitte?«, fragte Bree ungläubig und ihr fiel tatsächlich alles aus dem Gesicht. »Sie ist die Hausangestellte! Nicht ich!«

»Nein, du bist nur die Hure, die für jeden hier die Beine breit macht«, fuhr ich sie an.

»Ich?« Sie lachte, als hätte ich einen tollen Witz erzählt. »Wer ist denn wieder hergekommen, weil sie die Zuchtstute spielen soll?«

»Wie bitte?«

»Ach, du bist wirklich so naiv und weißt das nicht mal.«

»Hör dir den Mist nicht an, Leah«, mischte Margery sich jetzt ein und tätschelte meine Schulter. Ich ließ mich nicht davon abhalten Bree weiter zuzuhören.

Bree kam mit langsamen, fast grazilen Schritten auf mich zu.

»Du bist die einzige *Graham*, die noch atmet. Was glaubst du, wie wertvoll du bist?« Sie griff sich eine Strähne meines nassen Haares, das ich ihr sofort wieder entriss. Bree wirkte angeekelt. »Deine Kinder wären die Erben dieses ganzen ...« Sie drehte ihren Finger mehrmals herum. »Der Clan würde auch nach Sloan weiter existieren. Mit seinen Kindern. Du bist nichts weiter als seine Zuchtstute, um sein Imperium weiter zu festigen. Deswegen hat er dich gesucht und hierhergebracht. Er wird dich ficken und dich dann ...«

»Bree!«

Wir alle blickten zur Tür. Sloan stand mit einem vor Wut verzerrtem Gesicht dort und starrte zu Bree.

»Sloan, hey ... Es tut mir leid, dass du das mitbekommen hast«, entschuldigte diese Schlampe sich sofort und lächelte.

»Geh nach Hause. Und ich meine das, das sehr weit weg von diesem Grundstück ist«, fuhr er sie an.

»Was?« Ungläubig sah sie kurz zu mir, dann wieder zu Sloan. »Aber ...«

»Jetzt!«

Bree wartete ein paar Sekunden ab, dann stolzierte sie davon.

»Gut, dass du sie weggeschickt hast. Sonst hätte ich ihr noch die Bratpfanne über den Kopf geschlagen!«, meckerte Margery und bemerkte meinen verwirrten Gesichtsausdruck.

Stimmte das, was Bree da erzählt hatte?

War ich nur zu einem Zweck hier?

»Ähm ... ich werde mal eben in die Vorratskammer verschwinden. Kartoffeln. Aye, die brauche ich. Kartoffeln.« Schon war sie weg und ließ mich mit ihm allein zurück.

»Stimmt das?«, platzte die Frage aus mir heraus.

Einen langen Moment sah er mich einfach an. Auch er trug noch die nassen Sachen. Ich sah vermutlich noch schlimmer aus, da Sloan generell jeder Look stand. Ob nass oder verdreckt. Ganz egal. Sloan war Sloan. Super heiß und verboten sexy. Was irgendwie dasselbe zu sein schien, aber wer kümmerte sich schon um meine Gedanken?

»Stimmt was?«

»Jetzt tu doch nicht so blöd. Ich rede davon, dass ich hierhergebracht wurde, um ein paar Babys zu bekommen, damit du deine Macht ausweiten kannst!«

Er ging auf die Kücheninsel zu und wir standen uns

jetzt direkt gegenüber. Als hätte er nach einer Grenze gesucht, die ihn von mir fernhielt. Aber vermutlich interpretierte ich zu viel hinein. Wie war das noch mal? Wer kümmerte sich schon um meine Gedanken?

»Ich habe nie über Babys nachgedacht«, antwortete er ruhig und ohne mich aus den Augen zu lassen.

Ich ignorierte die Gänsehaut, die sich über meinen ganzen Körper ausbreitete.

»Hör auf mit dem Blödsinn, Sloan. Wir sind weit darüber hinaus, Spielchen zu spielen.« Seufzend drückte ich mir den Nasenrücken. »Colin ist tot und du bist jetzt der Big Boss. Egal was du planst, von mir bekommst du es nicht!«

»Ist das so?«, fragte er verwirrt, was fast schon glaubwürdig war.

»Aye, das ist so! Ich habe verstanden, warum du mich gesucht hast, Sloan. Wirklich. Aber mir ist es in Brooklyn gut gegangen, verstehst du? Ich habe ein Apartment gehabt und Möbel und ...«

»Deine persönlichen Sachen werden in ein paar Tagen ankommen«, unterbrach er mich, als wenn es mir tatsächlich nur darum ginge.

»Und natürlich werde ich gefragt, bevor man in mein Apartment einbricht und meine Sachen packt.« Ich schnaubte. »Dankeschön.«

»Du bist eine *Graham*«, erklärte Sloan, als hätte ich das vergessen.

»Und auch ein großes Dankeschön dafür, dass du

mir sagst, wie ich heiße. Das weiß ich, Sloan. Das wusste ich auch, als ich abgehauen und eine andere geworden bin.«

»Du wurdest ein andere, weil du dachtest, dich vor mir verstecken zu müssen«, sagte er mit zusammengepressten Kiefern.

»Und das brauche ich jetzt nicht mehr? Da bin ich mir nicht so sicher!«

»Ich werde dir nicht wehtun.«

Er war näher gekommen und legte seine Hand auf die Kücheninsel. Kaum zwei handbreit von meiner Hand entfernt.

»Das sieht Bree anders«, stellte ich klar und erinnerte ihn daran, warum er in die Küche gekommen war. Er hatte mit Sicherheit Brees Ansprache gehört. Sonst wäre sie nicht jetzt außer Haus.

»Bree ist ...«

»Nur die Frau, die du fickst.«

Wenn er überrascht darüber war, dass ich das Wort »ficken« im Zusammenhang mit Bree nannte oder das Wort überhaupt kannte, ließ er sich nicht anmerken. Einen langen Augenblick sah er mir einfach nur in die Augen.

»Ich ficke sie nicht.«

Ich schnaubte und brachte erneut mehr Abstand zwischen uns. Ich ertrug diese Nähe nicht, wenn wir über Sie sprachen. Bree hatte ich schon gehasst, als sie noch um meinen Bruder herumgeschlichen war. Man hatte ihr die Habgier und die Verschlagenheit immer schon ansehen können. Selbst als Colin sie aus seinem Bett geworfen hatte, ließ sie sich nicht vergraulen. Danach kam Sloan und sie teilten auch mehrere Monate lang das Bett. Irgendwann war das auch wieder vorbei und Bree nahm an den vielen Partys teil, um sich von den anderen durchreichen zu lassen. Anscheinend führten sie seit meiner Flucht wieder eine Beziehung oder wie auch immer sie das nannten. Immerhin deutete diese Schlampe es an und Sloan sagte dazu gar nichts. Warum sollte er auch? Er konnte tun und lassen, was er wollte.

»Es gibt viele Möglichkeiten, wenn sie dich will«, fasste ich kurz und knapp zusammen und Sloans Blick wurde finsterer.

Bingo.

Er hatte sie also angefasst. Womöglich auch gefickt. Was konnte ich da schon glauben?

Ich fasste es nicht. Er hatte sie erneut in sein Bett geholt, obwohl er genau wusste, wie sie war und *was* sie war. Aber sollte mich das wirklich wundern?

Mein halbes Leben lang hatte ich Sloan geliebt. Erst wie einen Bruder, dann wie einen Mann. Einen Mann, der wusste, wie es war, in der Dunkelheit zu leben. Der wusste, wie es war, wenn das Leben einen Mann verließ. Der ohne Zögern tötete, weil es sein Job war. Anfangs blendete ich diesen Teil seines Lebens aus. Ich wollte nicht weiter darüber nachdenken, wohin Colin ihn schickte oder was er nachts trieb. Das war naiv und dumm gewesen. Heute war mir das klar.

Warum war ich also so dumm zu glauben, er hätte Bree durchschaut?

»Bree arbeitet hier, Leah. Sie mag speziell sein ...«

Ich schnaubte erneut und brachte noch mehr Abstand zwischen uns.

»Lass es gut sein, Sloan. Wenn du sie willst, nimm sie dir. Ihr beide tut euch sicherlich gut. Ich meine, Colin hatte sich doch auch genommen, was er wollte. Wir *Grahams* sind gleich. Ich habe mir auch ab und an ...« Ich stockte.

Wollte ich Sloan gerade wirklich sagen, dass ich damals mit Mark geschlafen hatte?

Sein neugieriger Gesichtsausdruck sagte alles. Er hatte verstanden, dass ich etwas Wichtiges erzählen wollte.

»Was hast du dir ab und an?«

»Nichts. Gar nichts. Vergiss es. Das geht dich einfach nichts an.«

»Warum ...«

»Weil es dich verdammt noch mal nichts angeht!«, schrie ich, panisch wegen des Geheimnisses, das ich fast verraten hätte. Denn wenn er es erfuhr, würde er für Colin Rache an Mark üben. Ich hatte ihn noch nicht gesehen. Cook hatte nebenbei erwähnt, dass Mark mit einem Auftrag betreut worden war, der etwas andauern würde.

»Wenn es um etwas geht, dass dir angetan wurde, will ich es wissen!«, brüllte er mich an.

»Ach, fick dich doch, Sloan! Du bist nicht mein Bruder!«

Sloan zögerte nicht mit seiner Reaktion. Er kam auf mich zu, ergriff meinen Nacken und zog mich nah an sich heran. Dann beugte er sich herunter, bis seine Nase meine Nase berührte.

»Da hast du verdammt recht. Ich bin nicht dein Bruder!«

Danach presste er seine Lippen auf meine. Der Kuss war weder zögerlich noch herantastend. Es war ein ungebremster, forscher und harter Kuss. Er verschlang mich praktisch an Ort und Stelle. Und das allein mit seiner Zunge und seinen Lippen.

Er hob mich auf die Kücheninsel und zog mir mein nasses Shirt über den Kopf. Ich riss ihm das Hemd auf und sämtliche Knöpfe flogen durch die Küche. Kein einziges Mal hörten wir auf, uns zu küssen.

Sloan presste sich an mich, ich drückte die Beine auseinander, damit diese alles verzerrende Reibung zwischen uns entstehen konnte.

Während er meine Brüste knetete, öffnete ich seinen Reißverschluss. Das Kribbeln zwischen meinen Beinen war überirdisch schlimm geworden. Ich wollte ihn unbedingt in mir haben.

Jetzt. Bitte jetzt.

Wie er mir meine nasse Jeans von den Beinen

geschält hatte, konnte ich nicht mehr wirklich sagen. Sie war auf einmal weg und nur noch der Slip schützte mich vor seiner steinharten Erektion, die ich aus seiner Boxershorts herausholte und massierte.

Er keuchte gegen meine Lippen, mit denen er nicht aufhörte, mich um den Verstand zu küssen.

Sloan konnte ruhig weiter machen, mit dem, was er tat, ich jedoch wollte etwas anderes.

»Nimm mich«, flüsterte ich zwischen den Küssen.

Er verstand sofort, schob seine Jeans weiter runter und drückte mich auf die kalte Kücheninsel zurück. Das erste Mal sahen wir uns direkt in die Augen. In seinen Augen glomm das Feuer, das ich entfacht hatte. Ich allein!

Lasziv biss ich mir auf die Unterlippe, während ich seinen perfekten Oberkörper begutachtete. Es hatte schon mehrere Gelegenheiten gegeben, in denen ich ihn oberkörperfrei gesehen hatte. Heute war es das erste Mal, dass er meinetwegen so aussah.

»Du hast keine Ahnung, wie lange ich das schon will«, sagte er und zog mit einem Finger so langsam wie möglich meinen Slip hinunter. Ich sollte mich schämen, dass ich so offen vor ihm lag. Aber ich tat es nicht. So hungrig und fasziniert, wie Sloan mich anschaute, brauchte ich mich nicht zu schämen. In dem Moment versteckte er kein einziges Gefühl. Er begehrte mich. Einfach nur mich. Und ich wollte ihn genauso dringend.

Ich zog ihn an mich, nichts war mehr zwischen uns. Aber er überraschte mich, indem er sich runter beugte – eine meiner Brüste in die Hand nahm – und meine Mitte ungeniert und mit einem kräftigen Ruck an sein Gesicht zog. Seine Zunge traf auf mein Zentrum und ich verdrehte instinktiv die Augen bei dieser intimen Berührung.

Großer Gott. Er ist ein Profi. Ein Profi, der es mir besorgt!

Ich dachte nicht mehr nach. Ich fühlte.

Sloans Zunge schmeckte mich und meinen Saft, immer wieder zog er mit den Zähnen an einer Stelle, sodass ich lustvoll keuchte. Längst hatte ich meine Geduld verloren, hielt mich an seinen Haaren fest und klammerte mich verzweifelt daran fest. Es machte ihm nichts aus. Er schien sogar drängender mit der Zunge zu werden, als ich die Nähe zu ihm suchte.

»Ja«, hörte ich mich selbst unkontrolliert stöhnen. »O Gott. Ja! Hör nicht auf, bitte!«

Er zog mich noch näher an sein Gesicht, sodass er fast schon wieder auf seinen Beinen stand. Mein Hintern befand sich in der Luft, sein Kopf immer noch an meiner Mitte, nur mit dem Unterschied, dass er mir jetzt direkt ins Gesicht schauen konnte. Ich war diejenige, die aufsehen musste.

Ich hatte gedacht, es wäre vorhin schon sehr intim gewesen, als wir uns halbnackt angeschaut hatten. Aber dieser Moment war mit nichts zu vergleichen. Mein

Herz schlug so heftig vor Aufregung, dass ich es bis in meinen Kopf fühlen konnte. Dazu stand Sloan sein ungezügeltes Verlangen in den Augen geschrieben. Und da sein Mund sich weiter unentwegt in mir befand, machte er es mir leicht meine Lust herauszuschreien. So laut ich konnte, kam ich auf seinem Mund. Sloan machte sich nicht mal die Mühe den Mund von meiner Mitte zu lösen. Er schloss für kurze Zeit die Augen und es wirkte so, als würde er jedes Zittern meines Körpers genießen.

Völlig außer Atem beobachtete ich ihn weiter. Es war wie ... eine Droge, ihn dabei zu beobachten.

Erst jetzt sah ich mir seinen Körper genauer an. Seinen Schwanz konnte ich an meinem Rücken spüren. Sloans durchtrainierter Oberkörper war fast makellos. Außer der Narbe an seiner Schulter. Ich kannte die Geschichte dahinter. Dort hatte ich ihn getroffen.

Ich berührte mit dem Finger die kleine Narbe und starrte wie hypnotisiert darauf. Dann sah ich in seine Augen, die meine so eindringlich musterten, dass ich schlucken musste.

Großer Gott. Hatte er mich gerade zum Orgasmus geleckt? Sloan?

Scheiße!

»Das wirst du jetzt nicht tun, Leah«, sagte er plötzlich, packte sich meine Arschbacken und lief mit mir im Arm durch die Küche. Seine Jeans war wie aus Zauberhand verschwunden.

»Was zum Teufel ...?« Ich klammerte mich an ihn, weil ich nicht fallen wollte. Auch wenn mein Instinkt mir sagte, dass er das niemals zulassen würde.

Viel zu poetisch. Ist mir schon klar.

Er brachte mich nach nebenan ins Esszimmer. Hier stand tatsächlich seit Jahren nur der große Esstisch, an dem locker über zwanzig Leute speisen konnten. Ein großes Blumenarrangement war die einzige Dekoration auf diesem Tisch und er setzte mich mit meinem nackten Hintern direkt davor.

»Privatsphäre«, sagte er, als bräuchte ich diese Information, dann legte er die Hand auf meine Wange und musterte mich leicht belustigt. Anscheinend sah ich noch immer völlig verdattert aus.

»Hier?«, fragte ich, als wäre ich begriffsstutzig.

»Hier.« Dann küsste er mich wieder. Aber dieses Mal war es anders. Er küsste mich, als würde er mich vorsichtig kosten. Und dass Sloan meinen Geschmack auf den Lippen hatte, machte mich ganz kribbelig vor Verlangen. Ich erwiderte den Kuss, der langsam begann und sich wieder zu etwas entwickelte, das ich so noch nicht gekannt hatte.

Es gab Männer vor Sloan. Mark war der Erste gewesen und es folgten noch ein paar, die ich auf dem College kennengelernt hatte. Niemand wusste davon, denn dann wären sie alle eines sehr unnatürlichen Todes gestorben. Ich kannte meinen Bruder.

Und so, wie sich das hier zwischen uns entwickelte,

würde Sloan das auch niemals akzeptieren können. Wobei ich erst später darüber nachdenken wollte, was dieser sehr unvorsichtige Schritt mit Sloan zu bedeuten hatte.

»Wo bist du mit deinem Kopf, Leah?« Erst jetzt wurde mir bewusst, dass er aufgehört hatte, mich zu küssen. Sloan musterte mich fragend.

»Ich ... keine Ahnung. Keine Ahnung, was wir hier tun.«

Er lächelte. Mir war bewusst, dass es selten war, er es selten jemandem zeigte. Umso mehr freute ich mich, dass Sloan es mir schenkte.

»Ich kann es dir erklären, wenn du ...«

»Hör auf mit den Witzen! Die reißt du sonst auch nicht. Mir ist klar, was wir hier tun werden. Ich bin kein Kind mehr«, fuhr ich ihn genervt und etwas durcheinander an.

»Nein, ein Kind bist du ganz sicher nicht mehr«, bestätigte er und sein Lächeln war gänzlich wieder verschwunden. Eher schien er auf der Lauer zu liegen.

»Ich bin nur nicht sicher ...«

»Wie wäre es ...«, sprach er mir dazwischen und drückte mein Kinn mit dem Finger nach oben, damit ich ihm in die Augen sehen konnte. Mir war nicht mal klar gewesen, dass ich den Kopf gesenkt hatte. »Ich bin mir sicher. So sicher, wie ich nur sein kann, dass etwas sicher sein kann.«

»Das sind definitiv zu viele ›sicher‹ für meinen Geschmack«, antwortete ich zögernd.

Ein leichtes Schmunzeln umspielte seine Lippen.

»Wenn etwas fehlt in unserer Welt, dann ist es die Sicherheit, Leah.«

Ich mochte es, wie er meinen Namen aussprach. Seine Stimme hatte einen merkwürdig sinnlichen Klang, wenn er ihn sagte. Und ich hörte wieder den Akzent daraus, den sonst keiner hörte.

Er packte meinen Nacken, und zog ihn näher an sein Gesicht.

»Sicherheit ist nichts für Männer wie mich. Und wenn das jemand versteht, dann die Prinzessin der Iren.« Er schien auf meine Reaktion zu warten, aber mehr als ein verstehendes Nicken brachte ich nicht zustande. Immerhin standen wir noch nackt – wie Gott uns schuf – voreinander. Ihm machte es nichts aus. Sein Selbstbewusstsein schien grenzenlos. Aber so langsam wurde mir klar, in was für einer Situation wir uns befanden. Mein Verstand übernahm langsam wieder das Handeln.

»Und doch weiß ich, dass du etwas Kostbares bist«, redete er weiter und streichelte mit dem Finger erst meine Wange, um dann hinunter zu meinem Hals und meinen Brüsten, die noch in dem BH steckten, zu kommen und sie dort langsam zu umkreisen.

Er spielt mit mir.

Mein Körper bog sich ihm entgegen und dieser Mistkerl wusste das auch ganz genau.

»Beine auseinander«, befahl er und wartete mit einem Blick darauf, dass ich es auch tatsächlich tat.

Und ich öffnete meine Beine. Ich war viel zu erregt und auch neugierig.

»Braves Mädchen.« Er sah wieder hoch und unsere Blicke trafen sich. Die Spannung in meinem Körper und vor allem zwischen meinen Beinen war grenzenlos. Wie machte er das bloß? Ich war doch gerade erst gekommen?

»Ich kümmere mich um die Kostbarkeiten in meinem Leben, Leah«, stellte er klar und steckte einen Finger in mich hinein, ohne mich aus den Augen zu lassen. Meine Lider flatterten und ich stöhnte auf.

»So nass. Sag mir, Leah. Für wen bist du so nass? Ist es der Orgasmus gewesen oder gibt es einen anderen Grund?«

Er bewegte seinen Finger erneut. *Rein und raus. Rein und raus.*

»O Gott«, war das einzige, was ich sagen konnte. Ich legte meinen Kopf wie automatisch auf seine nackte Schulter und genoss, was er da mit mir machte. Die warme Haut lud mich ein und ich leckte mit der Zunge seinen Brustkorb.

»Das nehme ich dann mal als Antwort so hin«, sagte er gepresst. Ich spürte, wie er seinen Finger aus mir herauszog. Ich kam nicht mal dazu zu protestieren. Innerhalb weniger Sekunden war sein Schwanz tief in mir drin.

»Scheiße«, fluchte er, drückte mich hinunter auf die Tischplatte und stieß weiter in mich.

Rau, schnell, so wie ich es wollte. So wie ich ihn immer darum bat.

»Fick mich! Bitte. Gott, ja! Schneller!«

Ich besaß weder die Kontrolle über meinen Körper noch über mein Sprachzentrum.

Das Gefühl von Sloan in mir war einfach zu gut, als dass ich irgendetwas daran ändern wollte.

Ich wollte gefickt werden. Falsch! Ich wollte von *ihm* gefickt werden.

Sloan streichelte meine Brustwarze durch den Stoff, aber der BH war im Weg. Deswegen riss er ihn mit einem schnellen, präzisen Griff einfach entzwei und warf ihn zur Seite. Jetzt bekam er endlich Zugang zu meinen Brüsten.

»Perfekt. Einfach perfekt«, flüsterte er, fast schon ehrfürchtig, wenn Sloan wirklich der Typ dazu wäre. War er aber nicht. Deswegen ließ ich in meinem Köpfchen gar nicht erst zu, dass er das so gemeint haben könnte.

Dann hob er den Kopf, schloss die Augen und bewegte seine Hüften weiter, um sich stetig in mich zu treiben. Sloan war so groß gebaut, dass ich jegliche Reibung mehr als spüren konnte und sich schon bald der nächste Orgasmus anbahnte.

»Nein, es darf noch nicht zu Ende sein«, flüsterte ich fast schon schluchzend, aber der Orgasmus hielt sich damit nicht auf, dass ich gerade völlig die Fassung verlor.

Es fühlte sich einfach zu gut an. So verdammt gut!

Sloan bemerkte meine Verfassung und drückte mich wieder hoch, um mich erneut mit seinen Armen hochzuheben.

»Sch. Leah ...«

Ich klammerte mich so fest an ihn, dass ich gar nicht bemerkte, wie er mich zur nächsten Wand getragen hatte und mich jetzt ansah. Er befand sich noch immer in mir, aber bewegte sich nicht. Warum nicht?

Ich stand kurz davor ...

»Beweg dich«, bat ich und versuchte mit meinem Hintern zu irgendeiner Bewegung zu kommen. Aber Sloan hielt mich auf, indem er mich einfach fest an die Wand presste.

»Leah.«

»Was?«, fragte ich aufgebracht und funkelte ihn auch genauso an.

Auf seiner Stirn standen Schweißperlen. Seine Oberarmmuskeln waren angespannt. Aber nicht, weil er mich an der Wand festhielt. Er kämpfte um seine Beherrschung.

»Ich ficke dich so oft, wie du mich lässt. Verstanden?«

Sein Satz ergab einerseits kaum Sinn und dann wiederum doch.

»Warum?«, fragte ich, weil ich mir sicher sein musste, was das hier war.

Er schmunzelte.

»Weil sich das hier nicht richtiger anfühlen könnte«,

antwortete er vage und bewegte sich wieder langsam in mir. Er presste dabei die Stirn gegen meine und ich genoss das ultimative Gefühl, mit ihm verbunden zu sein.

Wir standen dicht aneinandergepresst. Haut an Haut. Wir waren verschwitzt und es roch nach Sex. Nichts in meinem Leben hatte sich jemals so *nah* gefühlt. Ergab das einen Sinn? Ergab das hier irgendeinen Sinn?

Sloan war immer nur der beste Freund meines Bruders gewesen, obwohl ich mir immer mehr gewünscht hatte. Ich war in ihn verliebt seit ... seit ich denken konnte. War ich das immer noch? Nach all den Dingen, die zwischen uns passiert waren?

»Nicht denken«, flüsterte er mir zu, als könnte er meine Gedanken lesen. Aber ich dachte nicht mehr nach, sondern fühlte nur noch und der Orgasmus, der sich gerade schon angekündigt hatte, kam endlich dort an, wo er sollte. Ich schrie ihn heraus und Sloan küsste mich, um die letzten Laute zu verschlucken. Seine eigenen Bewegungen wurden unkoordinierter und schneller. Stöhnend kam er in mir und füllte mich mit seinem Sperma.

Völlig außer Atem standen wir da. Er noch immer in mir und ich, ... die einfach nicht wusste, was sie da gerade getan hatte.

Ich hatte gebettelt, ich hatte geschrien und fast geweint, weil der zweite Orgasmus zu früh gewesen war. Zu früh, weil ich ihn noch länger in mir haben wollte.

Ach du Scheiße.

Sloan hatte mich gefickt. Oder hatte ich Sloan gefickt? Jedenfalls hatte ich lautstark darum gebettelt.

Aye, du steckst in Schwierigkeiten. In sehr großen Schwierigkeiten.

Fuck! Fuck! Fuck!

»Boss?«

Die Rufe hinter der Tür, die zur Küche führten, rissen uns beide aus unserer Lethargie. Der Stimme nach zu urteilen, war es Andrew, der direkt hinter der Tür stand. Da er nicht hereinkam, wusste er ganz genau, was sich hier abgespielt hatte.

Ich fuhr mir über mein Gesicht.

Nicht nur, dass ich zugelassen hatte, von Sloan gefickt zu werden. Nein, jeder im Haus hatte das wohl auch mitbekommen.

Für Sloan musste das doch ein wahnsinnig befriedigendes Gefühl gewesen sein.

Er hat eine Graham gefickt. Er hat eine Graham gefickt.

Wow. Definitiv war »gefickt« mein neues Wort des Jahres, was?

Sloan ließ mich vorsichtig herunter und meine Beine hielten mich gerade so aufrecht.

»Scheiße«, fluchte er und fuhr sich durch die Haare.

»Was?«, fragte ich nach.

»Unsere Klamotten sind in der ...« Er brauchte das Wort »Küche« nicht mehr sagen. Mir war auch so schon klar, dass wir ein Problem hatten.

»Grandios. Wirklich. Egal was ich sagen werde, warum wir hier sind. Jeder wird es wissen!«

Sloan zog eine Augenbraue in die Höhe und schaute mich verwirrt an.

»Ich habe mir eher Sorgen gemacht, weil du ...« Er machte eine Bewegung mit der Hand, um mich auf mein Erscheinungsbild aufmerksam zu machen.

Immerhin stand ich völlig nackt vor ihm und wenn ich die Beine nicht noch länger zusammenpresste, würde sein Sperma ...

Großer Gott. Was habe ich hier eigentlich getan?

Sloan, Leah? Sloan? Ernsthaft?

»Ich bin ein großes Mädchen, Sloan. Geh zu Andrew und lass mich mal machen.«

Ich verschränkte trotzig die Hände vor der Brust und wartete darauf, dass er endlich verschwand.

Einen langen Augenblick schien er selbst wie festgewachsen. Er stand splitterfasernackt vor mir und es machte ihm nichts aus. Hätten wir uns nicht gerade fast den Verstand aus dem Kopf gevögelt, würde ich sagen, sein großer, wirklich beeindruckender Schwanz schwellte wieder an.

»Boss?«, rief Andrew jetzt eindringlicher.

»Herrgott noch mal.« Sloan wirkte leicht gereizt und unschlüssig, was er tun sollte. Ich half ihm bei seiner Entscheidung.

»Vergiss es. Dieses Ding kommt nicht mehr in meine Nähe«, stellte ich klar, zeigte auf seinen erigierten, großen Schwanz und brachte Abstand zwischen uns, indem ich um den großen Tisch ging. Obwohl ich eine Gänsehaut entwickelte bei dem Gedanken, es gleich noch einmal mit ihm zu tun, log ich, und so wie Sloan mir mit seinem Blick folgte, wusste er das auch ganz genau. Demonstrativ sah ich weg.

Ich hörte ihn seufzen, dann entschied er sich wohl, zu Andrew zu gehen. Im Adamskostüm.

Das wird so peinlich.

»Ich lotse Andrew weg und sorge dafür, dass keine Männer im Flur zu sehen sind«, erklärte er, wieder ganz der Alte Sloan. Kühl, gefasst und distanziert.

»Du meinst ja wohl eher, dass sie mich nicht sehen«, stellte ich fest und Sloan lächelte mich von der Tür aus, an. Dieses Haus besaß genug Augen, die man nicht sehen konnte. Schwer zu verstehen, aber so war es nun mal.

»Ich vergesse, wer vor mir steht. Sie werden den Flur nicht betreten, bis du in deinem Zimmer bist. Niemand wird dich sehen.«

Das klang schon viel besser und ich nickte.

Er sah noch einmal zu mir rüber und schloss dann die Tür auf. Moment mal. Sloan hatte die Tür abgeschlossen? Wann war das denn passiert? Ich war so bei der Sache gewesen, dass ich über nichts nachgedacht hatte. Sloan anscheinend schon.

Hieß das jetzt, dass nur ich den Kopf verloren hatte und Sloan genau wusste, was er da tat?

Hatte Bree etwas doch recht? War ich nicht mehr als eine Zuchtstute für ihn?

Sloan stand noch immer vor der Tür und musterte mich nachdenklich. Bekam er meine Panik mit? Gedankenlesen konnte er nicht. Zumindest so viel ich wusste.

»Leah ...«

»Verdammt, Sloan! Bist du da drinnen endlich mal fertig?«, rief Andrew ungeduldig durch die Tür.

Sloan behielt seinen Satz für sich und ging dann durch die Tür.

Ich würde lügen, wenn ich nicht enttäuscht gewesen wäre. Ein Teil von mir hatte sich gewünscht, dass er sich Andrew widersetzt hätte und bei mir geblieben wäre. Der andere Teil freute sich, weil ich jetzt Zeit hatte, um über alles nachzudenken.

Wenn du dich mit deinen Klamotten, die noch in der Küche liegen, in dein Zimmer geschlichen hast.

Ich verdrehte die Augen.

»Leah, du bist so dumm.«

***

Noch nie in meinem Leben war ich so schnell in mein Zimmer gerannt wie heute. Ich hatte mir meine Jeans und das nasse Shirt übergezogen und war wie von der Tarantel gestochen in mein Zimmer verschwunden.

Danach duschte ich mich erst mal ausgiebig mit dem

heißesten Wasser, das die Dusche erübrigen konnte, und saß nun auf meinem Bett und starrte das Handy an, das ich mir vor fast einem Jahr gekauft hatte, um als Stephanie mit anderen in Kontakt zu treten. Es waren nicht viele gewesen. Aber ohne Handy war man im 21. Jahrhundert aufgeschmissen und so ein Prepaid-Handy war eine große Hilfe.

Neben meinem Bett standen zwei Kisten, in denen Bettwäsche, Klamotten und eine Lampe Platz gefunden hatten. Jemand war also wirklich nach Brooklyn gefahren, um mein altes Leben hierherzubringen.

Ich stellte das Handy an und wählte eine ganz bestimmte Nummer.

Sie hatte sie mir vor ein paar Monaten gegeben, nachdem wir beide festgestellt hatten, dass wir uns doch verstehen würden, wenn wir es nur versuchten.

Nach dem vierten Klingeln nahm sie ab.

»Steph?« Im Hintergrund hörte ich Musik und andere Leute, die sich unterhielten. Ich sah automatisch auf den Wecker auf meinem Nachttisch. Es war bereits nach 21 Uhr. Prue war in der Bar arbeiten.

»Leah«, korrigierte ich sie schnell. Auch wenn sie mich unter Stephanie kennengelernt hatte, war ich nun mal Leah.

»Ich meinte Leah, sorry. Diese ganze Namensgeschichte ist noch völlig neu für mich. Stacy? Ich bin mal eben hinten!« Die Hintergrundgeräusche wurden leiser, also musste sie wohl einen ruhigeren Platz gefunden haben.

»Ich weiß. Wie gehts dir? Hast du ...«

»O bitte, fang du nicht auch noch an. Rave lässt mich gar nicht mehr allein. Er sitzt genervt auf seinem Stuhl, pisst Davide ständig von der Seite an, er müsse hier nicht sitzen, wenn er ein besserer Türsteher wäre und funkelt mich den Rest des Abends wütend an, als wäre es meine Schuld, dass unser Wohnzimmer in klitzekleine Teile gesprengt worden ist. Ich meine, er war es, der mich überredet hat, in dieses große, dunkle Haus zu ziehen. Es war ... Jedenfalls reagiert er total über.«

»Na ja, es war eben eine Bombenexplosion und keine Kleinigkeit«, stellte ich vorsichtig fest.

Auf der anderen Seite der Leitung war es still geworden.

»Prue?«

»Ich lebe mit dem Anführer der Italiener zusammen, Steph ... ich meine, Leah. Es wird immer irgendjemand an unserer Tür klopfen und Ärger wollen. Das heißt aber nicht, dass ich mich einschränken lasse, in dem, was ich tue.«

»Meinst du jetzt durch die Chinesen oder Rave?«, fragte ich belustigt nach.

Prue seufzte. »Frag mich das noch mal in ein paar Wochen.«

Erneut blieb es kurz still auf ihrer Seite der Leitung.

»Und wie geht es dir, Leah?«

»Gut so weit.« Ich strich mir über die enge Yogahose, die ich mir nach dem Duschen angezogen hatte.

»Aha. Klingt gut. Gut. Gut. Gut. Und jetzt sag mir mal ehrlich, wie es dir geht.«

Prue war vorlaut, verrückt und nie um einen Spruch verlegen. Das mochte ich an ihr.

»Ich bin wieder da, wo alles angefangen hat.«

»Und das ist schlecht?«

Seufzend fuhr ich mir durch mein feuchtes Haar. Es wäre cleverer gewesen, die Haare zu föhnen, aber ich hatte auch mit Sloan geschlafen, also was sollte es ...

»Ich weiß es nicht. Es ist ... kompliziert.«

»Ist es immer«, antwortete sie so beiläufig, dass ich es ihr fast abgekauft hätte. Aber es beruhigte mich nicht. Ganz und gar nicht.

»Es tut mir leid, dass ich euch nicht gesagt habe, wer ich bin. Wer ich wirklich bin.« Deswegen hatte ich angerufen. Ich wollte, dass sie das wusste.

»Ich war schon sauer. Immerhin hast du deine Rolle perfekt gespielt. Es muss dich ja eine immense Überwindung gekostet haben, ständig so freundlich zu sein und den Vorgarten vor dem Haus zu bepflanzen ...«

»Na ja, ich liebe Blumen«, antwortete ich und stellte damit klar, dass ich das gern getan hatte.

»Ich tue mal so, als hätte ich das nicht gehört. Sonst bekomme ich wieder Herpes.«

Ich grinste, was sie selbstverständlich nicht sehen konnte.

»Geht es dir gut, da, wo du bist?«, fragte sie plötzlich.

Einen Moment lang dachte ich darüber nach.

»Es hat sich gut angefühlt, alle wiederzusehen«, antwortete ich ehrlich.

»Und Sloan?« Sie betonte seinen Namen absichtlich mit einem Hauch Sinnlichkeit in der Stimme.

»Was ist mit ihm?«

»Oh, Leah. Hat dir niemand gesagt, dass das ein Eingeständnis ist, wenn man eine Frage mit einer Gegenfrage beantwortet?«

Ich schnaubte.

»Und danach ein Schnauben folgt, weil man die Frage nicht beantworten möchte«, redete sie weiter.

»Sloan ist nur ein …«

»Freund? Gott, heute bedienst du wohl jedes Klischee, oder? Ich muss nicht mal Psychologie studiert haben, um zu sehen, wir ihr aufeinander abfahrt. Ich meine, er hat dich bei uns angesehen, als würde er dich auffressen wollen. Und Frauen wie wir wollen von einem Mann wie Sloan aufgegessen werden. Falls ich dich daran erinnern muss.«

»Musst du nicht«, antwortete ich müde, weil ich einfach nicht aufhören konnte, an unseren Sex zu denken. In der Küche und im Esszimmer.

»Oha. Jetzt wird es spannend«, sagte Prue durch den Hörer. »Nein, Stacy, ich brauche noch ein paar Minuten!«

Im Hintergrund hörte ich jemanden sagen, vermutlich Stacy: »Und was soll ich Rave sagen? Er wird schon ganz hibbelig.«

»Ich sitze auf dem Klo. Sag ihm das.«

Ein Schnauben war zu hören, dann Prues Seufzen. Wenige Sekunden später hörte ich eine Tür zufallen und ihre Stimme hallte merkwürdig auf, als sie rief. »Bitte schön! Jetzt kann er nicht mehr meckern!«

»Sitzt du gerade auf der Toilette?«, fragte ich vorsichtshalber nach.

»Ja, aber nur sporadisch.«

Sporadisch? Ich kommentierte das jetzt lieber nicht.

»Also, was ist da zwischen Sloan und dir vorgefallen?«

»Nichts. Absolut gar nichts«, antwortete ich schnell und erntete einen tadelnden Laut von ihr.

»Wie hast du nur unter den großen, bösen Jungs so lange überleben können? Du lügst schlechter als …«

»Ich bin abgehauen und für Monate untergetaucht«, stellte ich klar.

»Ja, und der große böse Wolf hat dich wieder mit in sein Schloss genommen, weil du nicht mal die Stadtgrenze überquert hast.«

»Was soll das denn heißen?«

»Du bist abgehauen, weil du abhauen musstest. Das habe ich ja verstanden. Aber warum Brooklyn? Warum nicht Tahiti?«

»Tahiti?«

»Sonne, Strand, Meer. Hauptsache weg hier.«

»Ich …« Ich hatte keine Antwort darauf. Mir war bewusst, dass Sloan damals die Flughäfen und Bahnhöfe dicht gemacht hatte, aber ich hätte es schaffen können.

Das war klar. Ich hatte einen Vorsprung und die Mittel, wenn ich sie in Anspruch genommen hätte. Aber ich nahm eine andere Identität an und versteckte mich in Brooklyn. Warum?

»Ich mag dich, Leah. Wirklich. Ob du nun Steph oder anders heißt. Du hättest Rave, Philippe oder mich verpfeifen können, hast du aber nicht getan. Rave schätzt loyale Menschen. Und ich habe dies auch zu schätzen gelernt. Wir sind noch lang nicht soweit, dass Rave und Sloan zusammen Baseball schauen und sich über die *Jets* aufregen werden, aber ... ich glaube, es ist ein Anfang.«

Ich lächelte leicht. »Stimmt.«

»Wenn das alles vorbei ist ... Lass uns mal wieder treffen.«

Die Erleichterung, dass es irgendwann wieder dazu kommen würde, war groß.

»Das würde mich freuen.«

»Na dann, ich muss wieder nach vorn. Vermutlich hat Rave Stacy schon wieder zur Weißglut gebracht, weil er einfach keine Geduld hat.«

»Er liebt dich«, sagte ich, um ihn in Schutz zu nehmen.

»Sieh mal einer an. Du bist ja doch fähig, eins und eins zusammenzuzählen«, schlussfolgerte sie und ich verdrehte die Augen.

Bevor ich etwas darauf erwidern konnte, hörte ich Prue plötzlich mit jemanden diskutieren. Sie musste die Toilette verlassen haben und Rave getroffen haben.

Aber dann hörte ich es knacken und eine mir andere bekannte Stimme sprach ins Telefon.

»Stephanie?«

Es war Philippe.

»Ich heiße Leah«, korrigierte ich ihn.

»Für ihn. Für mich bleibst du die andere«, antwortete er und ich konnte praktisch fühlen, wie er am Handy grinste. »Prue, meine Güte. Gib mir fünf Minuten, okay. Geh nach vorne, damit Rave die Bar nicht klitzeklein haut.« Einen kurzen Moment später, bedankte er sich bei ihr, weil sie wohl auf ihn hörte.

»Geht es dir gut?«

Ich war überrascht, dass er plötzlich so ängstlich klang.

»Es gab Dinge, die ich hätte erfahren müssen, bevor ich ... abgehauen bin.« Ich seufzte. »Also ja, mir geht es gut.«

Einen Moment war es wieder still. »Merda. Für einen Augenblick habe ich gehofft, dass es nicht so ist.«

»Um was zu tun? Hierher zu fahren, um mich zu holen?« Ich lachte lauthals auf. »Du würdest einen Krieg anzetteln. Nur meinetwegen?«

»Vor ein paar Tagen hätte ich das womöglich sogar ohne Zögern getan, *Bella*.«

Philippes leichter Akzent klang sexy und versprach viele heiße Stunden mit ihm, wenn man sich denn auf ihn einlassen konnte. Und auch wenn er stets mit mir flirtete und mir das Gefühl gegeben hatte, dass er mich mochte, gab es ... eine Linie, die wir niemals über-schritten hätten.

Ich wusste das, weil mir klar war, dass Philippe immer nur eine Ablenkung von meinen eigentlichen Problemen gewesen wäre. Und er wusste das jetzt auch. Die Linie war für ihn sichtbar geworden, seit er erfahren hatte, wer ich wirklich war.

»Es ist schon irgendwie witzig. Erst habe ich mich um Prue gekümmert, weil Rave keine Eier in der Hose hatte, sich ihr zu stellen. Du kennst ja seine Geschichte.«

Rave hatte seine Frau erschossen, um Prue das Leben zu retten. Soweit war mir diese Geschichte bekannt. Damals hatten die beiden sich in meiner Wohnung versteckt, weil Matteo, dieser Hurenbock und Sohn des italienischen Anführers – Raves Frau war Matteos Cousine gewesen und somit Familie – diese Geschichte hatte nutzen wollen, um Rave loszuwerden. Wie wir wussten, war es gescheitert und Rave neuer Anführer geworden.

»Es gab eine Zeit, da hätte sie nur mit dem Finger schnipsen müssen und ich hätte sie ...«

»Das hättest du ihm niemals angetan«, stellte ich klar. Philippe war zu loyal.

»Vielleicht. Wer weiß. Dann habe ich ein Auge auf die kleine, süße Nachbarin mit der Hornbrille gelegt.«

Instinktiv glitten meine Finger zu meinem Gesicht. Die Brille trug ich nicht mehr. Ich wusste nicht mal, wo sie sich befand. Sie war bloß eine Tarnung gewesen, genauso wie die dunkle Haarfarbe, die mein echtes kupferrotes Haar versteckte.

»Die war nicht echt, Philippe.« Ich stand auf, um zum Fenster zu gehen, da ich Autotüren hörte, die zugeschlagen wurden.

Er seufzte. »Ich weiß. Ich steh eben auf Illusionen«, antwortete er belustigt und doch war mir klar, dass da auch Verbitterung herausklang. »Pass auf dich auf, Steph.« *Nicht Leah.* Vermutlich akzeptierte er zwar meine wahre Identität, beließ es aber dabei, dass wir andere gemeinsame Erinnerungen miteinander teilten.

»Pass du auch auf dich auf«, antwortete ich wie ferngesteuert, da ich gerade beobachtete, wie Cook und Andrew einen Mann aus dem Van zogen, der einen Sack über den Kopf trug und gefesselt war.

Ich beendete das Gespräch, warf das Handy auf mein Bett und lief, ohne zu überlegen, nach unten.

Die Tür zum Keller stand offen. Mir war klar, *was* da unten war, aber ich hatte nie zugesehen, *wie* es geschah. Auch jetzt wollte ich es nicht sehen. Und doch steuerten meine Beine mich genau dorthin.

Niemand hätte zugelassen, dass ich überhaupt bis zur Tür gekommen wäre. Aber da sich auch gerade niemand darum scherte, wo ich mich befand, öffnete ich die Tür und blickte die dunklen Stufen hinab. Als kleines Mädchen war ich einmal so weit gekommen und hatte wohl tagelang Albträume von ihnen gehabt.

Ich hatte mich damals ständig gefragt, wohin diese

Stufen wohl führen würden. Als Fünfjährige wusste ich nicht wirklich etwas mit diesen Räumen anzufangen. Mom hatte mir nur immer erklärt, dass der Keller nichts für kleine, unschuldige Mädchen sei.

Heute war ich weder unschuldig noch ein kleines Mädchen.

Deswegen stieg ich die Stufen hinab, als wäre es längst überfällig. Vermutlich war es das auch.

Ich hatte mich all die Jahre entweder hinter Ausreden oder dem Internat und anschließend dem College versteckt. Jetzt gab es das alles nicht mehr. Colin war fort und Sloan und ich ... Keine Ahnung, was Sloan und ich waren und auf die Frage wollte ich auch gerade keine Antwort bekommen.

Als ich die letzte Stufe hinabging bemerkte ich, wie enttäuscht ich war. Es war ein einfacher Keller. Hier und da standen Regale an den Wänden. Es gab sogar eine Waschmaschine und einen Trockner. Und soweit ich das erkennen konnte, tropfte daraus kein Blut. Stirnrunzelnd blickte ich mich erneut um.

Was war das hier? Ein schlechter Scherz? Hatte man mir all die Jahre nur Lügen erzählt, um mich was? Zu verunsichern? Gab es hier überhaupt keinen »Bunker«, wie alle ihn nannten.

Und dann hörte ich es plötzlich. Es war leise. So leise, dass ich mich darauf konzentrieren musste, um die Richtung zu lokalisieren, aus der dieses Geräusch kam.

Ich stand vor einem riesigen Wandregal, das mit dutzenden Gegenständen bestückt war. Erneut hörte ich etwas stöhnen. Da war definitiv etwas hinter!

Rasch suchte ich das Regal ab, nur um wenige Sekunden später den Überstand zu sehen. Als wäre das Regal ... offen.

Mit zittriger Hand – dass ich so nervös war, hatte ich gar nicht mitbekommen – zog ich an dem Regal und war nicht minder erstaunt, als ich praktisch eine ganze Tür öffnete.

Das Licht auf der anderen Seite überraschte mich nicht, aber die vielen Männer, die sich dort versammelt hatten. Keiner bemerkte mich, sondern alle starrten in die Mitte des Raumes. Dort befand sich noch eine Lampe, die alles erhellte. Oder sollte ich eher sagen, die *jemanden* erhellte.

Ich zögerte nicht, als ich durch das Regal, die Tür oder was auch immer trat und direkt auf diese Mitte zuging.

Mir war auch bewusst, wie erschrocken einige der Männer nach Luft japsten, als sie mich erkannten. Aber niemand hielt mich auf. Warum auch? Was hätten sie auch tun können? Ich war ja schon hier.

Je näher ich dieser Mitte kam, umso lauter wurde das Stöhnen und ich erkannte Sloan, der sich gerade die Hände mit einem Tuch abwischte. Dass das Tuch blutrot getränkt war, sollte mich beunruhigen, oder?

Er trug das nasse Hemd und die Hose von vorhin. Seine Haare schienen ebenfalls nass zu sein. Ob es noch vom Regen war oder von der Anstrengung, konnte ich nicht wirklich sagen.

Erst bemerkte er mich nicht, weil er irgendetwas zu dem Mann sagte, der seine Schläge anscheinend einstecken musste. Der Mann war an einem Stuhl gefesselt. Man hatte ihn komplett nackt ausgezogen und sein Kopf hing schlaff nach vorn. Überall bildeten sich bereits blaue Flecken, die ganze Zeit tropfte Blut auf den Boden. Vermutlich kam dieses aus seinem Mund.

Wer war dieser Mann?

Plötzlich räusperte sich jemand.

»Boss?«

Es war Andrew, der an der Seite stand und seelenruhig an einer Zigarette zog. Sein Blick schoss kurz zu mir und er wartete darauf, dass Sloan endlich reagierte.

Dieser wirkte wie in Trance, als er weiterhin seine Hände mit dem Tuch bearbeitete. Es war längst hoffnungslos. Das Blut war bereits getrocknet.

»Wer ist der Mann?«, fragte ich Sloan direkt. Mir war nicht klar, wie viel Mut es mich kostete, um das Wort zu ergreifen.

Sloans Kopf schoss hoch, als wäre ich jemand, mit dem er absolut nicht gerechnet hätte. Und so sah er mich auch an. Verwundert.

Bis ihm klar wurde, dass er mich nicht zu dieser Party eingeladen hatte.

Ich verschränkte trotzig die Arme vor der Brust. Er sollte mal versuchen, mich hier wegzulotsen.

Los, versuch es doch!

Keine Ahnung, ob er verstanden hatte, was ich dachte. Aber den Trotz konnte er sicherlich in meinem Blick erkennen.

Einen langen Moment starrte er mich einfach an, um dann zu dem Mann zu sehen, der sich nicht einmal bewegt hatte. Nur das leichte Heben und Senken seines Brustkorbes zeigten, dass er gerade so noch am Leben war.

»Darf ich vorstellen: Das ist Waldemar Wischakow. Seine Hobbies sind lesen, Tennis spielen und ab und an ein paar Wohnhäuser mit uralten Bazookas befeuern.«

»Bazookas?«, fragte ich und starrte den Mann an, der anscheinend für die Explosion bei Rave verantwortlich war.

»Alte Raketenwerfer. Werden nicht mehr produziert«, antwortete Andrew. »Aber die Russen benutzen ja gerne den alten Krempel der Amerikaner, nicht wahr, Waldemar?«

Der Mann stöhnte auf und hob den Blick. Er hielt die Augen geschlossen, vermutlich war es zu schmerzhaft, sie zu öffnen. Das linke war bereits zugeschwollen und das rechte sah nicht wirklich besser aus. Es dauerte lang, bis er antwortete.

»Fick dich, Ire!«

Die anwesenden Männer schnaubten oder lachten sich wortwörtlich ins Fäustchen.

Ich jedoch blickte zu Sloan, der mich ansah.

»Sicher, dass du hierbleiben willst?«

Sicher war ich mir nicht. Nicht mal ansatzweise. Und doch nickte ich, ohne mit der Wimper zu zucken. Irgendetwas sagte mir, dass ich hierbleiben musste, um zu beweisen, dass ich hierhin gehörte. Es hatte nichts damit zu tun, dass Sloan und ich Sex auf dem Esszimmertisch hatten und dass vermutlich jeder hier im Raum auch mitbekommen hatte.

Großer Gott. Darüber darf ich jetzt nicht nachdenken.

Sloan nickte lang. So als müsste er sich selbst beweisen, dass es okay war, wenn ich hierblieb.

Dann wandte er sich wieder dem Russen zu.

»Wer hat dir den Auftrag gegeben?« Seine ganze Haltung war eine völlig andere. Hier stand nicht mehr der Sloan, der vor mir gestanden und mich leidenschaftlich genommen hatte. In dem Moment wirkte er zwar körperlich angespannt, aber seine Mimik war gelöst. Er hatte sich auf seine Art entspannt.

Jetzt war an ihm nichts mehr entspannt. Sloan wirkte hochkonzentriert. Als wäre er auf der Hut. Vermutlich stimmte das auch.

»Wer hat dir den Auftrag gegeben?«

Der Russe hob den Blick und blickte Sloan an. Er sagte kein einziges Wort.

Auch nicht, als Sloan auf einmal ein großes Messer von einem Tisch neben sich nahm und es ihm ohne ein Zögern direkt in den Oberschenkel stach.

Sein Opfer schrie auf und fluchte auf Russisch. Die

Klinge steckte tief in seinem Bein und Sloan zögerte nicht, das nächste Messer in das andere Bein zu stechen.

Der Russe brüllte wieder, versuchte an seinen Fesseln zu ziehen, was natürlich aussichtslos war. Er würde hier nicht mehr herauskommen. Ich konnte nicht viel Blut sehen. Vermutlich hatte er genau auf die Stellen gezielt, die zwar schmerzten, ihn aber nicht verbluten lassen würden.

»Wir können das hier langsam oder schnell über die Bühne bringen. Was meinst du, *Genosse*?«, fragte Sloan mit einer so ruhigen Stimme, dass sie mir mehr Angst machte als die nächsten Foltermethoden, die kommen würden.

Erneut sprach der Kerl auf Russisch, jeder hier im Raum würde dahinter eine Beschimpfung verstehen, und dann, sah er mich an. Ich stand ganz vorne, ihm direkt gegenüber, und er lächelte. Mich überzog sofort eine Gänsehaut.

»Da ist sie ja ...«, sprach er mit deutlichem Akzent.

»Sieh sie nicht an!«, fuhr Sloan ihn wütend an. Sloans Ruhe war dahin.

Der Russe legte den Kopf schief. Ein völlig verrücktes Bild. Immerhin steckten zwei Messer in seinen Beinen und er starrte mich an wie seine Beute. Dann blickte er zu Andrew, danach wieder zu mir.

»Deine Schwäche.« Er sah hoch zu Sloan, der die Hand um seinen Hals legte und zudrückte.

Der Stuhl kippte samt Mann um, Sloan setzte sich auf ihn drauf und brachte den Russen zum Keuchen.

Niemand hier bewegte sich, alle sahen dabei zu, wie Sloan den Russen würgte.

»Bringt sie weg!«, brüllte er plötzlich in den Raum und ich hörte Schritte, wie sie auf mich zu kamen.

»Ich werde nicht ...« Ein stumpfes Geräusch ließ mich verstummen und erneut nach vorne schauen. Sloan schlug mit einer Hand immer wieder auf das Gesicht des Russen ein. Mit der anderen drückte er ihm immer noch die Luftzufuhr ab.

»Bringt sie raus!«, brüllte er erneut, nur dass diesmal kaum noch etwas Menschliches in seiner Stimme lag. Ich zuckte regelrecht zusammen.

Ich sah zu einem der Männer, Fancy, der mit angespanntem Kiefer zu seinem Boss rüber sah und mir dann mit einer Kopfbewegung zeigte, ich sollte mitkommen.

Eigentlich hätte ich ihm gerne gesagt, dass er mich mal kreuzweise konnte und bei Sloan bleiben wollte. Aber so wie ich das einschätzte, wollte er nicht, dass ich ihn so sah.

»Ihr seid schwach! Ihr habt Schwächen, die wir nutzen! Ihr werdet alle sterben, ihr verdammten ...«, rief der Russe laut, als ob seine Stimme einen kratzigen Unterton besaß.

»Okay, das ist jetzt der Moment, sich zurückzuziehen«, hörte ich Fancy neben mir sagen und hob mich auf seine Arme.

»Hey!«, rief ich aufgebracht, blickte aber hoch, um nach Sloan zu sehen. »Sloan!«

Fancy lief zügig durch den Ausgang und den Keller entlang. Die Schüsse, die dann folgten, klangen beileibe nicht so laut, wie sie in meinem Kopf nachhallten.

KAPITEL 14

Sloan

Es war Vollmond, weshalb es fast hell in ihrem Zimmer war. So hell, dass ich sehen konnte, wie sie tief und fest schlief. Leise ging ich auf das Bett zu. Das nun nicht mehr leer war.

Wie oft war ich hierhergekommen, um mir das leere Bett anzusehen?

Ich hatte es nie gezählt. Und doch wusste ich, dass es viele Nächte waren. Meine Gedanken drehten sich die ganze Zeit darum, wo sie war und ob es ihr gut ging. Die Suche hatte mich fertig gemacht, mich innerlich zerbrochen. Colin war tot und die einzige Person, die wir beide ... für die wir tiefere Gefühle hegten, war verschwunden.

Und nun lag sie da.

Die Decke hatte sie bis zu ihrem Kinn hochgezogen. Vermutlich, um sich vor etwas zu schützen. Vor mir?

Die Jungs hatten mir erzählt, dass sie wenig schlief und noch weniger aß. Margery hatte mich einen »irischen Idioten, der nicht weiß, was er eigentlich alles besitzen könnte, wenn er nicht dauernd so viel Durchfall reden würde« genannt. Sie benutzte das Wort »Scheiße« immer noch ungern. Ob Durchfall jetzt besser klang, sei mal dahingestellt.

»O mein Gott!«, schrie sie plötzlich, zuckte hoch und drückte sich die Decke an den Körper.

»Was?!« Instinktiv zog ich meine Waffe, die ich mir nach der Sache im Keller nur eben hinten in den Gürtel gesteckt hatte.

»Du ...«

Konzentriert schaute ich mich in ihrem Zimmer um, aber es befand sich niemand außer mir ... So langsam fiel auch bei mir der Groschen und ich senkte die Waffe.

»Tut mir leid. Ich hätte mich nicht...«

»Nicht bemerkbar gemacht, während ich schlafe?«, schnaubte sie.

Fiel ihr auch auf, dass sie mir keinen Vorwurf machte, überhaupt anwesend zu sein? Vermutlich nicht.

Müde fuhr sie sich durch ihr offenes Haar. Noch immer waren sie brünett, doch ich vermisste ihr kupferrotes Haar. Obwohl sie vieles dafür getan hatte, sich vor mir, vor uns allen zu verstecken, indem sie sich äußerlich verändert hatte, wäre es für mich ein Leichtes gewesen, sie zu erkennen.

»Bist du bis gerade eben unten gewesen?«

Uns beiden war klar, welchen Raum sie mit »unten« meinte.

Es war ein Schock gewesen, als sie plötzlich im Bunker stand und diesen trotzigen Blick in den Augen hatte.

Na los. Mach, ich halte das aus!

Aber ich hatte es nicht ausgehalten, dass sie mir dabei zusah, wie ich die Kontrolle verloren hatte.

Dieser russische Bastard hatte sie angesehen und ihr gedroht. Ihr einfach gedroht. In meinem Haus!

Da Leah mich immer noch abwartend anschaute und mir gefiel, wie das Mondlicht ihr hübsches, ungeschminktes Gesicht beleuchtete, nickte ich einfach nur.

Normalerweise nahm ich nach einem Job im Bunker einen Drink und arbeitete bis spät in der Nacht. Heute wollte ich einfach nur ...

»Komm. Du siehst müde aus.«

Sie bemerkte, wie ich sie perplex anschaute.

Leah seufzte und hob die Decke.

»Komm schon. Bevor ich dich doch rausschmeiße.«

Ich unterdrückte ein Grinsen, als sie etwas Platz machte, damit ich mich neben sie legen konnte. Die Schuhe war ich schnell los und auch das Hemd.

Leah lag auf der Seite mit dem Gesicht von mir abgewandt. Instinktiv presste ich mich an ihren Rücken, mein Gesicht lag etwas über ihrem Kopf und meine Hand berührte ihren Bauch. Ich zog sie noch näher an mich und inhalierte ihren frischgeduschten Körper.

Dagegen roch ich vermutlich nach Schweiß, Schießpulver und Blut.

Was für ein Kontrast.

Sie trug nur ein Top und einen Slip, aber ich konzentrierte mich gerade auf diese Nähe, die so ganz anders war, als ich es kannte. Wobei mir bewusst war, dass Leah genau diese Art von Frau war, mit der *alles* möglich war. Sie gehörte nicht zu den Nutten oder leichten Mädchen. Auch wenn wir uns ganz und gar nicht brav benommen hatten, als wir in der Küche gewesen waren, war Leah eine Frau, die respektiert und geschätzt werden sollte.

»Du lächelst«, stellte sie fest, weil mein Kinn bereits ihren Hals erreicht hatte. »Oder?«

»Vielleicht.« Auf keinen Fall wollte ich es jetzt versauen, indem ich unseren Sex erwähnte. Denn ihre Reaktion danach war glasklar gewesen. Sie verstand es nicht. Und vermutlich würde sie das eine ganze Weile nicht.

Sie hätte mich rausschmeißen können und mich verteufeln müssen. Damit hatte ich auf jeden Fall gerechnet. Immerhin hatte sie gesehen, was ich im Bunker trieb. Nicht umsonst hatten ihr Dad und danach Colin Leah verboten hinunterzugehen. Sie beide wussten, dass sie das nicht verkraften würde.

Doch ich war mir da nicht mehr so sicher.

Mit meinem Daumen zeichnete ich sanfte Kreise auf ihrer Haut. Automatisch drängte sie sich näher an mich, wenn das überhaupt noch möglich gewesen wäre.

»Hast du ihn umgebracht?«, fragte sie in die Stille hinein.

Mein Finger erstarrte auf ihrer Haut.

Nein, Leah. Ich habe ihn leiden lassen, bevor wir ihn durch die Kreissäge geschoben, die Reste in Behälter gekippt und den Russen vor die Tür gestellt haben.

»Ja«, antwortete ich ihr und meine Schultern spannten sich an, weil mir absolut nicht bewusst war, wie sie nun reagieren würde. Was, wenn sie zusammenbrach? Scheiße. Das könnte ich nicht …

»Gut«, sagte sie bloß.

»Gut?«, fragte ich ungläubig nach.

»Er hat uns fast umgebracht. Und dann droht er mir auch noch.« Sie schnaubte. »Dummer Fehler.«

Völlig verwirrt über ihre Aussage war ich erst einmal sprachlos. Aber ich vergaß immer wieder, wer Leah war. Sie war nicht irgendeine Frau, die urplötzlich in diese Sache hineingerutscht war.

Irgendetwas drückte an meiner Schulter und ich suchte mit der Hand nach dem Objekt, das so störte. Unter ihrem Kissen fand ich den Gegenstand.

Überrascht sah ich den kleinen Pinguin an.

»Du hast ihn noch?«

Leah blickte mich über ihre Schulter an und griff sich das kleine Kuscheltier.

»Er ist von Colin«, antwortete sie leise und sah sich das Stofftier an.

Das wusste ich.

»Wir haben ihn auf dem Pier für dich beim Schießstand gewonnen«, erklärte ich ihr, weil sie das vermutlich nicht wissen konnte.

»Ehrlich?«, fragte sie verwundert nach.

Ich nickte und erinnerte mich daran zurück.

»Eure Mom war gerade gestorben und ... er wollte dir etwas schenken, was dich wieder dazu brachte, zu schlafen.«

Sie wirkte immer überraschter. »Ich konnte einige Wochen nicht schlafen.« Ihr Blick fiel wieder auf den Pinguin. »Ich wusste nicht, dass ihr das mitbekommen habt. Colin hat ihn für mich gewonnen?«

»Mh.«

»An einer Schießbude?«, fragte sie misstrauisch nach, weil ihr klar war, dass er nie aus Spaß eine Waffe in die Hand genommen hatte.

»Du würdest nicht zugeben, dass du ihn gewonnen hast, oder? Damit Colin weiterhin für mich mein Held bleibt. Ist doch so.«

Ich sagte nichts, zog sie nur wieder näher an mich.

Eine ganze Weile sagten wir nichts. Leah drückte sich den Pinguin wie einen Beschützer an ihre Brust.

»Du bist besser, als du denkst, Sloan. Besser, als du denkst«, flüsterte sie müde.

Mein Kopf ruhte an ihrer Halsbeuge und ich inhalierte wieder ihren Duft . Mein Schwanz in der Hose war hart und bereit ihren Körper aufs Neue zu nehmen. Aber deswegen war ich nicht hier.

Langsam schloss ich die Augen und verlor mich in dem Gefühl, einmal im Leben etwas zu besitzen, das ich vielleicht irgendwann wirklich besitzen durfte.

Wenn sie mich ließ ...

***

Ich trank einen Schluck von dem Kaffee, den Margery mir gebracht hatte und starrte auf die Frachtpapiere und all die Puzzleteile, die einfach kein Ganzes ergaben. Was zum Teufel hatte Vitali vor?

»Guten Morgen, Boss!«

Bree kam in mein Arbeitszimmer und legte ein paar Ordner auf den Tisch. So viele Papiere und doch keine Antwort auf die vielen Fragen, die sich mir stellten.

»Du siehst müde aus.«

Schwungvoll setzte sie sich auf meinen Schoß und klimperte mit den unechten Wimpern. Ihr Kleid war hochgerutscht und man konnte sehr deutlich sehen, dass sie nichts drunter trug.

Ich berührte sie nicht, während sie sich tatsächlich herausnahm, mir meine Kaffeetasse aus der Hand zu nehmen und auf den Tisch zu stellen.

Scheiße! Kaffee war alles, was mich den Tag durchstehen ließ. Auch wenn ich mehr geschlafen hatte als sonst, hatte mich Leahs warmer Körper immer wieder aus dem Schlaf gerissen. Ich hätte sie am liebsten die ganze Nacht um den Verstand gevögelt, aber sie sollte begreifen, dass es mehr zwischen uns gab als Sex.

Weichei! Das würden wohl die Jungs rufen, wenn sie meine Gedanken hören könnten.

Und das jetzt zu meinem Schlafmangel auch noch die falsche Frau auf meinem Schoß saß, war frustrierend. Ziemlich frustrierend.

»Du wirkst gestresst, Boss. Soll ich für Entspannung sorgen?«

Verdammt noch mal, nein!

Ich griff mir ihre Handgelenke, bevor sie mich begrapschen konnte.

Aber bevor ich etwas sagen konnte, wurde auch schon die Tür aufgerissen.

KAPITEL 15

Leah

Als ich aufwachte, war er nicht mehr in meinem Bett. Als wäre er es nie gewesen.

Nur der leichte Duft seines Parfums, der noch an meinem Kissen haftete, machte mir klar, dass ich das nicht geträumt hatte.

Denn an Schlaf war kaum zu denken gewesen. Jedes Mal, wenn ich aufgewacht war, weil sich alles so warm und intensiv anfühlte, war mir klargeworden, dass ich nicht allein schlief. Sloan hielt mich fest umklammert. Fast so, als befürchtete er, dass ich vor ihm fliehen könnte.

Aber hatten wir nicht gesehen, dass ich das nicht konnte?

Ich wollte auch gar nicht mehr weg.

Warum auch?

Colin starb, weil ein Freund seinem Wunsch gefolgt war. Sloan war Sloan und dann auch wieder nicht.

Als ich ihm im Bunker in die Augen gesehen hatte, wirkte es fast so, als würde er sich für sein Handeln entschuldigen. Genauso hatte sich sein Besuch hier in meinem Zimmer auch angefühlt.

Er dachte, er müsste sich entschuldigen für das, was ich gesehen hatte.

Aber ich hatte es so entschieden.

Ich war hier und wollte wissen, was Sache war. Zu lang wollte ich das nicht und man sah ja, wohin das geführt hatte.

Ich war geflohen und hatte nur für Ärger gesorgt.

Und dennoch war ich sauer, dass er mich einfach allein gelassen hatte. Als wäre er hinausgeschlichen, damit ich es nicht mitbekam.

Dementsprechend schlecht gelaunt begrüßte ich auch Margery, die eifrig in der Küche herumwerkelte.

»Guten Morgen, Liebes.«

Was war daran bitte gut?

»Oho. Das sieht mir nach einer schlaflosen Nacht aus«, betitelte sie meine aktuelle Stimmung und mein Äußeres.

Ich hatte mir eine simple Jeans und ein T-Shirt angezogen. Die Haare hingen wild in einem Zopf zusammen. Mir war gerade recht egal, wie ich aussah. Anscheinend würde Sloan sich eh erst mal nicht blicken lassen.

Seufzend ging ich zur Kaffeemaschine und griff mir eine der Tassen, die bereit standen.

Ohne ein einziges Wort zu sagen, kümmerte ich mich um meinen heißersehnten Kaffee.

»Den kann ich dir auch machen«, hörte ich Margery sagen.

»Es ist nur Kaffee«, murrte ich.

»O, da ist aber eine gut drauf.« Cook kam gut gelaunt und mit einem viel zu netten Grinsen im Gesicht in die Küche. Erst küsste er Margery auf die Wange und begann dann, den Kühlschrank zu plündern.

Ich verdrehte die Augen, während ich mich an die Küchentheke lehnte und ihm dabei zusah.

»Ich hätte eigentlich gedacht, dass du nach gestern etwas …« Er warf die Kühlschranktür zu, machte grinsend eine übertriebene Geste mit seinen Augenbrauen und stellte zig Lebensmittel auf die Kücheninsel. »Kannst du daraus was zaubern, Margery?«

Stirnrunzelnd starrte ich auf die halbe Sternfrucht, Wurst und die Milch. Was zum Teufel sollte denn daraus gemacht werden? Aber Margery schien damit kein Problem zu haben und nickte.

»Das ist mein Mädchen.«

Erneut verdrehte ich die Augen, da Cook nie ein Mädchen länger als eine Nacht im Bett zu haben schien. Da musste Margery nur ein leckeres Essen zaubern und schon vergaß Cook, wie beziehungsunfähig er eigentlich war.

»A-Also …«

Cook drehte sich zu mir um und musterte mich.

»Du hattest keinen Nervenzusammenbruch?«

Worauf wollte er hinaus?

Als ich nichts erwiderte und nur an meinem Kaffee nippte, fuhr er fort.

»Ich wusste, dass du das verkraftest. Dieser russische Wichser hat auch nichts anderes verdient. Leider war ich gestern nicht anwesend. Ich hätte nur zu gern das Gesicht von seinem Boss gesehen, als er die Eimer in Empfang genommen hat.«

Eimer? Hatte er gerade wirklich Eimer gesagt?

Cook bemerkte meinen Schock und fluchte. Dann fuhr er sich durch sein fast schon zu langgewordenes Haar.

»Fuck, die Bohne! Sorry, Leah. Ich dachte, er hätte es dir ...«

Margery stellte ihm eine Schüssel hin, deren Inhalt vermutlich aus Sternfrucht, Wurst und Milch bestand und schlug ihm auf den Nacken.

»Hey!«

»Aye, du bist wirklich dumm wie eine Bohne, Junge.«

»Ich dachte, nachdem die beiden ...« Cook machte eine sehr, sehr widerwärtige und vor allem peinliche Geste mit seinen Fingern und kassierte glatt noch einen Nackenklatscher von ihr.

»Aua!«

»Sie ist eine *Graham*. Vergiss das nicht«, fuhr Margery ihn an.

»Eine *Graham,* die einfach nicht mehr darüber reden möchte«, stellte ich klar, obwohl es mich störte, dass wieder jeder mehr wusste als ich. »Und es wäre wirklich toll, wenn ihr aufhören würdet, Sloan und mich zu verkuppeln.«

»Tun wir gar nicht«, antworteten beide synchron.

Ja, überhaupt nicht abgesprochen.

Kopfschüttelnd stellte ich die halbvolle Tasse auf die Küchentheke.

»Und was ist mit dem Abendessen? Ich sollte ein Kleid anziehen und mit ihm essen. Der Esstisch war nicht gedeckt.«

»Natürlich gab es ein Abendessen«, behauptete Margery mit fester Stimme.

»Ich muss die Uhrzeit falsch verstanden haben«, antwortete Cook und grinste. Ihm war es eh scheißegal, ob ich ihm beim Lügen erwischte. Dem Kerl war so gut wie nichts ernst. »Außerdem ist es ja nicht so, als hättet ihr beide nicht ordentlich *gegessen*. Gesättigt sah der Boss allemal aus.«

Großer Gott. Ich wusste, dass ich damit aufgezogen worden wäre. Aber heute? Warum ausgerechnet heute?

»Es war nur Sex«, nörgelte ich wie ein kleines Kind, das überhaupt nichts Schlimmes getan hatte.

Ich sah zu Margery, die so tief die Stirn runzelte, bevor sie sich abwandte und begann, das Gemüse zu schneiden. »Genau, Mädchen.«

Cook hatte die Arme vor der Brust verschränkt und blickte mich amüsiert an.

Beide nahmen mich absolut nicht ernst.

»Guten Morgen!«, trällerte Bree, kam herein und griff sich eine der Weintrauben aus der Obstschale.

Keiner erwiderte ihren Gruß. Und warum zum Teufel war sie so gut drauf und trug erneut dieses Nuttenkleid?

Sloan hatte sie verdammt noch mal aus dem Haus geworfen. Warum war sie wieder hier?

»Wo ist Sloan?«

Was ging sie das an?

»Büro«, antwortete Cook kurz angebunden und aß sein Frühstück aus der Schale.

Ein fast spöttischer Ausdruck lag auf ihrem Gesicht, als sie meine Aufmachung musterte. Es war ganz sicher Spott.

»Na dann.«

Wie eine verdammte Tussi, die sie nun mal war, drehte sie sich um und stöckelte davon.

Ihr stechendes Parfum ließ sie zurück.

»Warum arbeitet sie noch hier?«, platzte meine Frage direkt aus mir heraus.

Margery schnippelte weiter und Cook sah mich an, während er kaute.

»Sie hat sich durch das ganze Haus gevögelt.«

Margery räusperte sich, weil sie mich nicht Fluchen hören wollte.

Cook grinste, als wäre meine Aussage etwas Gutes.

Arschloch.

»Sie hat hier für mehr Schlägerein gesorgt, als ich zählen konnte, weil sie Freiwild war.«

Es ging über Jahre. Bei jeder Party prügelten sich mindestens zwei oder drei Kerle um sie, weil Bree diese Wirkung auf Männer hatte. Anfangs fand ich das ziemlich erstaunlich und wollte auch einmal so begehrt werden. Aber nach den Jahren fing ich an, ihr wahres Ich zu sehen. Und die Männer taten das auch. Die Männer verachteten sie, nahmen sie nicht ernst und, was offensichtlich war, sie respektierten sie nicht.

»Sie ist halt unsere Buchhalterin«, stellte Cook fest und versuchte dabei sachlich zu klingen.

Guter Versuch.

»Sie ist eine Schlampe.«

Margery hob das Messer, aber nicht, um mich erneut darauf aufmerksam zu machen, dass ich nicht fluchen sollte, sondern um mir damit Recht zu geben.

Ich liebe dich!

»Leah.« Seufzend stellte Cook die Schüssel hin und blickte zu mir rüber. »Dein Vater starb, da war Colin gerade mal Anfang 20. Er war jung, musste mit dieser Verantwortung klarkommen und brauchte Hilfe. Bree war damals da, hübsch, wollte ihn, säuselte irgendeine Scheiße in seine Ohren und konnte dazu noch gut mit Zahlen umgehen. Nenn es eine Win-Win-Situation.«

Ich schnaubte, aber er ignorierte es.

»Dann starb Colin. Völlig überraschend und wir mussten alle damit klarkommen. Es gab Umstrukturierungen, wir mussten darauf achten, dass die Grenzen geschlossen blieben und unsere Feinde nicht anfingen, uns den Krieg erklären zu müssen. Sloan stellte mehr Leute ein und Bree blieb, weil Sloan erkannt hat, wie wichtig Beständigkeit ist. Es geht hier nicht darum, dass er sie hier haben möchte. Er hat sie gebraucht.«

Mir war bewusst, was Cook eigentlich meinte. Aber den letzten Satz könnte ich auch anders verstehen.

Bevor ich meine nächste Frage stellte, musste ich schlucken und ignorierte meinen Stolz vollkommen.

»Haben Sloan und Bree ...«

»Gott, Leah ...«

Das war eines der wenigen Male, bei dem Cook keine Antwort geben konnte oder wollte. Ich tippte auf Letzteres.

Diese verdammte Schlampe schlief also doch wieder mit Sloan. Gut, was vorher war, ging mich nichts an, oder? Zumindest wäre das die logische Antwort darauf.

Aber Bree verhielt sich, als würde ihr Sloan gehören. Immerhin kam sie hier hereinstolziert, als würde er gleich nach ihr verlangen!

War ich also nur die letzte *Graham*, die er benutzen konnte?

Nein, das konnte ich mir nicht vorstellen.

Und was, wenn doch?

Vor Wut und weil ich überhaupt nicht mehr wusste, wo mir der Kopf stand, wurde mir langsam wirklich übel.

»Es ist nicht so ... Ich weiß es wirklich nicht, Leah.

Brauchst du Zucker? Das hilft manchmal, wenn die Nerven ...«

Er drehte sich von mir weg, um ein paar Dosen zu öffnen und hinein zu sehen. Mein Blick fiel auf die Waffe, die er im Gürtel stecken hatte.

Ich zögerte nicht eine Sekunde. Zwei Schritte benötigte ich, zog ihm die Waffe aus dem Gürtel und lief aus der Küche.

»Hat sie ...? Fuck!«, hörte ich Cook in der Küche rufen, aber das war mir egal.

Die Tür zu seinem Arbeitszimmer war geschlossen.

Natürlich.

Sie wollten sicher allein sein.

Ich riss die Tür auf und sah beide auf dem Sofa sitzen. Bree auf seinem Schoß.

»Leah?« Bree wirkte nicht überrascht, auch wenn sie versuchte, es so klingen zu lassen.

Ich achtete nicht auf Sloan. Der Kerl war mir scheißegal. Aber Bree nicht.

Als ich in das Arbeitszimmer trat, hob ich die Waffe.

»Was zum ...« Sloan sprang auf und Bree fiel auf ihren Hintern. Dabei hatte sie wohl vergessen, dass sie keine Unterwäsche trug und zeigte ihre rasierte Pracht.

Unfassbar.

»Boss!«

Cook war also auch endlich angekommen. Ich hatte mich schon gefragt, wann er sich zu uns gesellen würde.

»Sie hat meine Waffe!«

»Ach, tatsächlich?«, fragte Sloan mit einer Spur Ironie in der Stimme, ließ mich aber nicht aus den Augen.

Scheiß auf dich, Sloan.

Mein Augenmerk lag auf Bree, die mich panisch ansah.

»Das willst du doch gar nicht, Leah«, hörte ich sie zitternd flüstern.

»Stimmt. Ich habe absolut keinen Bock, deine Überreste vom Boden zu kratzen. Aber weißt du, auf was ich noch weniger Bock habe?«

Sie schüttelte hastig den Kopf.

»Auf deinen Arsch in meinem Haus.«

Sie sagte nichts, sondern starrte nur auf den Lauf der Waffe.

Meine Hände zitterten nicht, ich stand sicher und mir war scheißegal, dass sie sich tatsächlich gerade in die Hose pisste. Oder ins Kleid. Je nachdem, wie man es betrachtete.

»Du wirst gehen. Und zwar nicht, damit du morgen wieder auf seinem Schoß sitzen kannst. Du wirst gehen und dich nicht mehr umdrehen. Deine Zeit hier ist vorüber.« Ich kniete mich zu ihr runter, um ihr noch etwas näher zu kommen. Sie wäre weggekrochen, hätte sie nicht solche Angst, dass ich sie gleich abknallte. »Und denk dran. Alles, was du weißt, bleibt auch genau ...« Ich tippte mit der Waffe auf meinen Kopf. »... da.«

Bree nickte und nickte.

»Du kannst jetzt verschwinden.«

Das ließ sie sich tatsächlich nicht zweimal sagen. Sie kroch von mir weg, drückte sich auf ihre zwei Beine und rannte so schnell es ihr in diesen zwölf Zentimeter-Absätzen möglich war aus dem Haus.

Cook räusperte sich, aber Sloan kam ihm zuvor. Er stand immer noch vor der Couch, die Hände in den Taschen und sah mich unergründlich an.

»Lass uns allein.«

Cook widersprach nicht und ich hörte nur noch, wie er die Tür hinter mir schloss.

»Du hast gerade meine Buchhalterin gefeuert.«

Ich schloss kurz die Augen, um mich zu sammeln. Dann sah ich zu ihm rüber.

Lässig stand er wenige Fuß vor mir und wirkte nicht ansatzweise überrascht oder geschockt.

Vermutlich hatte er erwartet, dass ich es rausfand.

Klar. Warum auch nicht? Was bedeutet ihm das schon?

»Das tut mir total leid für dich. Immerhin scheine ich ja gerade in ein wichtiges Meeting gestürmt zu sein. Hätte ich besser klopfen sollen?«, fragte ich genervt.

Einen langen Augenblick sah er mich einfach nur an. Hemd, Hose, verdammte Haare. Ich liebte seinen Anblick und doch schossen mir genau deshalb Tränen in die Augen.

»Du bist eifersüchtig.«

Hörte ich Unglaube daraus?

»Scheiße, dass bin ich nicht, verflucht noch mal! Du

kannst ficken, wen du willst«, fuhr ich ihn so laut an, dass es sicherlich draußen zu hören war.

Und doch sprachen meine Tränen und meine Stimme, die am Ende brach, für sich.

Sloan machte einen Schritt auf mich zu und ich reagierte instinktiv. Ich hob die Waffe und zielte auf ihn.

Er blieb stehen.

»Willst du mich jetzt erschießen?«

»Du weißt, dass ich das kann«, antwortete ich und hob das Kinn etwas höher, um ihn anzusehen. Meine Sicht verschwamm etwas, da die Tränen nicht aufhören wollten.

Sloan nickte vorsichtig, weil er auf der Hut war.

Ich konnte abdrücken. Wenn es darauf ankam, konnte ich das tun.

»Bree ist nichts«, sagte er plötzlich und bestimmend.

Ich lachte lauthals auf, obwohl sich der Gedanke, sie und er, zusammen, nicht wirklich lustig anfühlte.

»Genau wie Mark.«

Es war ein Reflex gewesen. Ein dummer, viel zu schneller Reflex.

Mein Fehler war mir sofort anzusehen und auch ihm.

Sloans Augen verzogen sich zu Schlitzen. Seine Nasenflügel bebten und ich spürte, wie sein Oberkörper zu zittern begann.

Er kam auf mich zu und mir brach der Schweiß aus, bis der Lauf der Waffe auf seinen Brustkorb drückte.

Ich müsste nur den Abzug drücken und sein Leben wäre verwirkt.

Aber das schien Sloan nicht zu kümmern. So wütend und zornig, wie er auf mich herabsah, schien ihm gerade alles egal zu sein.

»Wann?«

Ein Wort. Eine Frage.

Und doch so kraftvoll ausgesprochen, dass ich nicht eine Sekunde zögerte, ihm zu antworten.

»Nach Dads Beerdigung.«

Er schloss kurz die Augen, weil er sicherlich nicht oft an diesen Tag zurückdachte. Es war für alle kein schöner Tag.

»Du warst 16. Noch ein ...«

»Ich war verdammt noch mal alt genug!«

Er öffnete die Lider und funkelte mich an. »Er war dein Erster. Einer meiner Männer war ... hat ...« Sloan hob die Hand, wollte mich berühren, doch dann presste er die Lippen aufeinander und legte seine Hand auf die Waffe.

»Schieß.«

»Was?« Er wollte, dass ich was tat?

»Schieß«, wiederholte er noch einmal, ohne mich aus den Augen zu lassen.

»Aber ...«

»Entweder du schießt oder ich werde dich für mich beanspruchen. Ein für alle Mal.«

»Du bist verrückt!«, sagte ich, aber ich sah ihn weder

lachen noch irgendetwas anders tun. Sloan blickte mich entschlossen an. So entschlossen, dass meine Hände zu zittern begannen.

»Drück ab, Leah.«

»Warum?«, fragte ich fast quengelnd nach.

»Weil es die einzige Option ist, die du hast.«

»Du hast gesagt, dass ich auch ...«

»Ja, aber die willst du nicht wählen.« Er senkte den Kopf etwas, als würde er mir ein Geheimnis erzählen wollen. Die Waffe, die auf seine Brust drückte, war ihm anscheinend total egal. »Die *solltest* du nicht wählen.«

»Warum?«, fragte ich ihn und konnte nicht aufhören in seine ernsten, dunklen Augen zu schauen.

»Ich bin kein Märchenprinz.«

Okay?

»Und ich werde nie einer sein.«

Hatte ich das jemals gewollt?

»Du verdienst Besseres. Du verdienst einen Prinzen«, sagte er jetzt eindringlicher, als würde er mich überreden wollen, ganz schnell von hier zu verschwinden.

»Was ich verdiene oder nicht, geht dich also was an, ja?«, fragte ich gereizter nach, als ich mich fühlte.

Seit geschlagenen fünf Minuten wollte Sloan mir eine Welt schmackhaft machen, die es für mich nicht gab. Immerhin hatte ich es versucht, war abgehauen und direkt in den nächsten Clan gerutscht, ohne es zu anfangs bemerkt zu haben.

»Und seit wann, denkst du, stehe ich auf Märchen-prinzen?«

Das machte ihn offensichtlich sprachlos.

»Es stimmt. Ich sollte das alles hier ...« Ich schaute auf die Waffe und das Haus. »... nicht gut finden. Das habe ich eine Zeit lang auch nicht, weil ich es als Käfig angesehen habe. Ihr habt mich jahrelang in eine Ecke gedrängt. Ich war eine *Graham* und mehr erwartete man nicht von mir. Aber Colin ist tot und ... und ... ich hasse den Gedanken, von hier weggehen zu müssen, nur weil irgendein anderer für mich Entscheidungen fällt, die ich keineswegs teile.«

Sloan sagte nichts, als ich die Waffe langsam sinken ließ und erst einmal tief durchatmete. Meine Hände fühlten sich plötzlich an wie Blei und mein restlicher Körper wäre auch am liebsten wieder ins Bett ge-gangen, um sich auszuruhen und sich vor der Welt zu verstecken.

»Du weißt, dass ich schon immer in dich verknallt war, Sloan.« Wer auch immer gerade meinen Körper übernommen und mich zu diesem Schritt gebracht hatte: *Ich hasse dich.*

Erneut ließ sich Sloan nichts anmerken, aber dann holte er tief Luft und nickte.

O Gott. Er hat es tatsächlich gewusst.

»Aber es ist ein Unterschied wie Tag und Nacht, ob man in jemanden verknallt ist oder ihn ...« Ich holte tief Luft. »... von ganzem Herzen liebt.«

Die Tür wurde aufgerissen und vor Schreck drückte ich aus Versehen ab.

Der Schuss ging Gott sei Dank direkt in den Holzboden, aber wir alle zuckten erschrocken zusammen.

»O Scheiße!«, fluchte ich und hielt die Waffe hoch, die noch etwas qualmte.

Cook war hereingekommen und starrte mich mit großen Augen an.

»Hattest du vor mich zu erschießen?«

»Neeeein«, dehnte ich das Wort. »Wenn ich es vorhabe, wirst du es merken.«

»Beruhigend. Absolut beruhigend«, murmelte er.

Sloan trat vor mich und berührte meine Hand, in der die Waffe steckte.

»Gib sie mir.«

Ich verdrehte die Augen, weil man mir in nächster Zeit bestimmt keine Waffe mehr geben würde, und Sloan schmunzelte.

Ach, er findet das auch noch witzig. Schön, dass ich wenigstens einem Menschen den Tag versüßen kann.

»Boss, Andrew hat sich gemeldet.«

»Hat er das?«, fragte Sloan, griff sich die Waffe und sicherte sie erst einmal. Dann holte er gleich das ganze Magazin heraus.

Hallo? Ich erschieße niemanden mehr!

»Er ist am Hafen und sagt, dass Vitali da ist und irgendetwas vor sich geht.«

»Was zum Teufel macht Andrew am Hafen? Hat er den Verstand verloren?«, fuhr Sloan ihn wütend an.

O-Okay. Anscheinend war diese Sache keine, die schnell zu klären war.

»Ich habe ihn dasselbe gefragt, aber die Verbindung wurde unterbrochen«, murrte Cook. Die Sache schien auch ihm an die Nieren zu gehen.

»Gut, dann ...« Sloan holte einmal tief Luft, als würde er sehr viel Sauerstoff benötigen. »Mach die Männer klar. Zwanzig bleiben hier und bewachen ...« Sein Blick fiel auf mich. »... das Haus.«

Daraufhin verdrehte ich die Augen, weil sie offensichtlich meinten, ich wäre völlig bescheuert.

Sloan sah zu Cook. »Du bleibst hier.«

»Ach, komm schon«, sagten Cook und ich synchron.

»Zwanzig Männer sind genug, um sie zu beschützen, Boss.«

»Ich soll also immer noch eingesperrt bleiben? Was soll mir schon passieren?«

»Ruhe!«, brüllte Sloan und wir beide verstummten. Dann fuhr er sich durch sein Haar und rieb sich über das Gesicht. »Sei froh, dass ich dich nicht übers Knie gelegt und dir gezeigt habe, was es bedeutet, wenn du vor mir Geheimnisse hast.«

Die Ansprache war für mich gedacht, deswegen schnaubte ich ebenfalls und verschränkte trotzig die Arme vor der Brust.

Ein Fehler.

Sloan verkürzte die Distanz zwischen uns und schaute mich wütend an.

»Ist dir eigentlich klar, dass nur Marks Auftrag in Südamerika mich davon abhält, ihn in den Bunker bringen zu lassen und ihm seinen Schwanz und seine lausigen Eier abzuschneiden?«

Ich hörte Cook vor Überraschung keuchen, traute mich aber nicht, Sloan aus den Augen zu lassen.

»Ich wollte es. Er hat mich zu nichts gezwungen«, antwortete ich trotzig und wusste wieder: *falsche Antwort.*

Sloan holte so lang und so laut Luft, dass mich das in eine Panik versetzte, die ich von mir noch nicht kannte. Er würde mir nichts tun, da war ich mir sicher. Aber ich hatte ihm einen Grund gegeben, zu töten. Sloan würde ihn töten, wenn Mark zurückkam. Und das nur, weil er mit mir geschlafen hatte.

Sollte ich das schlimm finden?

Ja.

Aber warum fand ich das auch ziemlich heiß?

Das ist vermutlich die perfekte Frage für einen Therapeuten.

»Du hast angenommen, ich würde das, was Bree auf meinem Schoß macht, auch tolerieren. Und sieh dir an, was du getan hast.« Sloans selbstsicheres Lächeln konnte er sich sonst wohin stecken.

»Ich habe ihr Angst gemacht. Mehr nicht! Und wehe

du wirst Mark ...« Er ließ mir keine Zeit mehr zu sagen, denn seine ganze Aufmerksamkeit galt jetzt Cook.

»Ruf die Jungs. Abfahrt in fünf Minuten.«

»Aye.«

Sloan übergab Cook seine Waffe und das Magazin und verließ dann das Arbeitszimmer. Er war nicht mal ganz raus aus dem Zimmer, da sah Cook mich schon an.

»Mark? Echt jetzt?«

Ich verdrehte die Augen.

»Nicht jetzt, Cook.«

»Nicht jetzt? Mädchen, sei froh, dass du noch in einem Stück bist.«

»Ja, klar. Jeder hier darf rumhuren. Aber wenn ich mal mit einem schlafe, dann bin ich gleich ...«

»Darum geht es nicht und du weißt das auch. Sloan ist nicht so blöd zu glauben, dass du kein Leben neben diesem hier gehabt hättest.« Er malte mit seinem Finger einen imaginären Kreis. »Aber mit einem von uns zu pennen, während klar ist, dass Sloan und du ...«

»Es war überhaupt nichts klar zwischen Sloan und mir!«

Einen kurzen Moment musterte er mein Gesicht. »Na klar. Sag das mal meiner Waffe.« Dann verschwand auch er aus dem Zimmer.

KAPITEL 16

Sloan

»Da will aber einer auf Nummer sicher gehen.« Ich hörte Fancy neben mir im Wagen lachen.

Ja, ich hatte ein paar Waffen zu viel mitgenommen. So what? Wir befanden uns im Krieg und hatten keinen Schimmer, was uns am Hafen erwartete.

Andrew ging nicht an sein Handy, was kein gutes Zeichen war. Was auch immer er dort gefunden und gesehen hatte, es war nichts Gutes.

Wir saßen in einem der fünf Vans, die Richtung Hafen fuhren.

Die Männer lachten immer noch über Fancys Spruch, bis ich ihn, ohne eine Miene zu verziehen, anstarrte.

Er verschluckte sich an seiner Lache und murmelte noch ein »Entschuldige, Boss.«.

»Ihr alle wisst, dass die Russen den Italienern Ärger gemacht haben. Und währenddessen haben Leah und ich in ihrem Wohnzimmer gesessen.«

Sie alle nickten mit ernsten Mienen.

»Sie hätten es in Kauf genommen, dass wir alle draufgehen. Ein Krieg wäre unvermeidbar geworden. Sie legen es darauf an und das können wir nicht zulassen. Nicht, wenn sie jetzt in unserem Hafen sitzen und sich die Taschen vollstopfen mit Ware, die sich auf unserem Grund und Boden befindet«, sagte ich.

Alle nickten zustimmend, einige luden ihre Waffen bereits mit Munition.

Plötzlich klingelte mein Handy. Es war Andrew. Schnell nahm ich ab.

»Wo bist du?«

»Halle 24, direkt neben dem neuen Frachter «, antwortete er schnell, als hätte er nicht viel Zeit.

»Gut. Wir sind in wenigen Minuten da. Siehst du irgendwelche Augen?«

Mit Augen meinte ich Späher, die auf Jungs wie uns warteten und direkt anfingen, wild herumzuballern.

»Nein, bisher nicht.«

Das war merkwürdig.

»Bist du dir sicher?«

Er zögerte nur kurz. »Ja.«

Andrew war seit Jahren einer der Besten von uns. Er wusste, was er tat. Also vertraute ich ihm.

»Bis gleich.«

Ich legte auf und starrte nachdenklich auf das Handy.

Wenn das hier gelang und wir die Russen hochnehmen konnten ... Dann wären wir sie so gut wie los. Die Beweise würden zum Staatsanwalt gehen, der könnte gegen Vitali ermitteln und wir wären ihn los.

Man konnte vieles kaufen, aber keinen Staatsanwalt, der einen ganzen Frachter voller Drogen, Waffen und anderem Spielzeug vor die Tür gefahren bekam.

Ich sah Vitali schon im Knast versauern. Vielleicht könnte ich noch ein paar Männer reinschmuggeln, die sich mit Vergnügen um diesen Pisser kümmern würden.

Während ich an Vitalis baldigen Knastaufenthalt dachte, musste ich lächeln; was auch an Leah lag, die mir heute wieder bewiesen hatte, dass es mit ihr nie langweilig werden würde.

Sie hatte Bree zum Teufel geschert, weil sie eifersüchtig war. Ein schönes Gefühl, wenn dies auch überdeckt wurde, da sie mir von sich und Mark erzählt hatte. Innerlich schnaubte ich auf.

Mark. Dieser kleine Bastard.

»Boss, wir sind da.«

Der Wagen fuhr zwischen mehrere Container, die hier meterhoch gestapelt wurden. So konnten wir uns gut vor den Augen verstecken, falls Andrew welche übersehen hatte.

Alle fünf Autos parkten und die Männer stiegen vollbewaffnet aus. Ich sah mich um, während ich meine M60 entsicherte und fest an meine Brust zog.

Keine Spur von Andrew. Halle 24 befand sich direkt vor uns. Aber er war nicht zu sehen. Er machte sich nicht mal bemerkbar.

Fuck. Irgendetwas stimmt nicht.

Plötzlich fiel der erste Mann schreiend zu Boden. Es war Robbie, der erst seit zwei Jahren dabei war. Woher kamen die Schüsse?

Die Männer suchten Schutz. Ich drückte mich mit dem Rücken an den Container und sah dabei zu, wie Fancy Robbie aus der Schussbahn zog.

»Boss?«, brüllte Tim, einer meiner besten Schützen, und zeigte mit dem Finger Richtung Süden. Er hatte den Schützen entdeckt.

Ich nickte ihm zu, Tim gab einen Pfiff von sich und so wie er es damals bei den Seals gelernt hatte, folgten ihm zwei weitere Männer, um sich an den Scheißkerl anzupirschen.

»Das ist ein Hinterhalt«, sagte Fancy, der sich zu mir stellte und darauf wartete, dass Tim die Arbeit erledigte.

Ich sagte nichts, denn ich hoffte einfach, dass wir uns alle irrten.

Auf einmal ertönte wieder ein Schrei, dann folgte ein lautes Krachen und Tim und die anderen Jungs tauchten wieder auf.

»Erledigt, Boss.«

»Gut. Wir teilen uns auf. Immer zu dritt. Wollen wir mal sehen, was diese Scheißkerle vorhaben«, befahl ich und schon teilten sie sich alle auf.

Eine halbe Stunde später trafen wir uns direkt vor der Halle 24. Wir mussten uns nicht mehr verstecken, weil kein verdammter Russe hier war. Außer der, den Tim erledigt hatte.

»Ein Auge«, stellte Fancy fest und starrte auf die Leiche. Er war fünf Stockwerke in die Tiefe gefallen. »Er sollte uns ablenken. Vermutlich, um Zeit zu schinden.«

»Und wieso? Hier ist nichts«, sagte irgendeiner der Jungs. Ich sah nicht hin, weil mein Kopf nicht aufhören wollte zu arbeiten.

Warum hatte Andrew uns hierher bestellt?

Es war offensichtlich, dass hier vor kurzer Zeit kein Schiff oder sonst irgendetwas an Land gegangen war. Die Halle war auch vollkommen leer.

Mit einem Mal begriff ich es.

Ich hatte die meisten Männer mitgenommen. Sie alle waren hier statt ...

»Wir müssen zurück. Sofort!«, brüllte ich und so schnell, wie meine Männer reagierten, wurde ihnen auch klar, dass das hier ein Ablenkungsmanöver war. Eine Hinhalte-Aktion, um etwas Wichtigeres zu bekommen.

Wir stiegen ein, ich zog mein Handy aus der Hose, um Cook anzurufen. Aber er ging nicht ran. Er ging verdammt noch mal nicht an sein scheiß Telefon ran!

Leah

»Tut mir leid.«

»Was?«

Ich sah Margery dabei zu, wie sie aus dem Büro kam. Bewaffnet mit Eimer und Wischmopp.

»Dass du ihre, na, du weißt schon, wegwischen musstest.«

»Ach ...« Sie wischte mit der Hand in die Luft und folgte mir in die Küche. Den Eimer und den Mopp stellte sie in die Ecke und musterte mich. »Ich muss gestehen, ich hatte gehofft, dass du sie tötest.«

So, wie es Margery sagte, klang es nicht ansatzweise böse.

»Ich war versucht«, gab ich zähneknirschend zu und Margery lächelte leicht.

»Aber du lässt die Arbeit von Sloan machen. Gutes Mädchen.« Erneut ein Lob, das mich etwas irritierte.

Ich bemerkte im Augenwinkel, wie Cook an der Küche vorbeilief.

»Cook, warte!«

Er blieb im Flur stehen, seufzte und drehte sich zu mir um. Es war klar, dass er wütend war, weil ich ihm die Waffe geklaut hatte und er meinetwegen zum Babysitter abkommandiert worden war.

»Es tut mir leid.«

Er hob den Kopf und schaute sich fragend um. »Hast du auch etwas gehört?«

Ich verdrehte die Augen.

»Es tut mir leid, okay. Ich ... ich habe nicht nachgedacht.«

Cook drückte sich auf die Nasenwurzel.

»Ich weiß. Wir alle. Immerhin schieben wir seit Monaten Doppelschichten, weil wir dich erst überall gesucht haben, und dann, um dich nicht mehr aus den Augen zu lassen.«

Auch wenn ich es wissen sollte, was sie alle ständig für mich taten, so wurde mir das Ausmaß erst jetzt bewusst.

»Ich ...«

Er hob die Hand. »Hör auf dich zu entschuldigen. Du weißt, wir lieben dich. Wir alle lieben dich. Wenn du hier sein willst, dann entscheide dich auch dafür. Klau niemandem seine Waffe, versuche nicht aus deinem Fenster zu klettern ...«

»Ich mache keine Schwierigkeiten mehr«, platzte es aus mir heraus, weil ich das wirklich nicht wollte. Und ehe ich mich versah, grinste er.

»Hätte mich auch gewundert, wenn du nach der Nummer mit Bree auch nur noch einen Gedanken ans Abhauen verschwendet hättest.«

»Sie gehört nicht hierher!«, stellte ich genervt fest.

»Sie gehört nicht hierher? Oder nicht zu Sloan?«

Cooks Grinsen nervte. Und die Wahrheit in seinen Worten ebenso.

»Ach, Leah, uns war immer schon klar, dass du auf unseren Boss stehst. Er wusste das auch, so wie du ihn ständig angehimmelt hast.«

Wurde ich rot? Vermutlich.

»Wenn du ihn nicht endlich rangelassen hättest, wäre demnächst nicht nur sein Schädel geplatzt.«

Herr, versteck mich!

»Und da wir das jetzt geklärt hätten ...« Er verschränkte die Arme vor der Brust und zog eine Augenbraue in die Höhe. »Mark?«

Herr, vergrab mich von mir aus unter einer Mülldeponie, aber Hauptsache, du versteckst mich!

»Ich war 16«, spielte ich die Sache herunter.

»Interessiert niemanden.«

»Es bedeutete nichts!«

»Interessiert niemanden.«

»Es waren nur ein paar Male.«

Cooks Blick verdüsterte sich.

»Das solltest du womöglich nicht noch einmal erwähnen.«

Er wollte noch etwas sagen, als er innehielt und seine Hand auf den Stöpsel in seinem Ohr drückte.

»Bist du sicher?« Er sprach mit einer Wache draußen. Sein Kiefer mahlte.

»Ich komm sofort raus.«

»Was ist los?«

»Andrew ist da.«

»Andrew? Wo ist Sloan?«

»Das ist eine gute Frage. Du bleibst hier.«

Cook wirkte angespannt und ging konzentriert zur Haustür.

Was machte Andrew hier? Sloan war vor wenigen Minuten abgefahren, weil Andrew ihn gebeten hatte, zum Hafen zu kommen.

Ich könnte jetzt stundenlang darüber nachdenken. Die Antworten würden nicht hier im Haus zu finden sein.

Also musste ich raus.

Was sollte Cook schon großartig machen? Er hatte sicherlich andere Probleme.

Ich lief zur Haustür und griff mir die Türklinke. Plötzlich gab es einen riesigen Knall, die Tür vor mir explodierte und riss mich mehrere Meter weit zurück ins Haus. Erst die Wand zur Küche stoppte meinen Flug.

Irgendetwas zerbrach in mir, so groß war der Schmerz an meinem Rücken und ich prallte auf den Boden. Ruß und Holz flogen um meinen Kopf und fielen dann vor meine Füße. Blinzelnd versuchte ich zu erkennen, was passiert war. Von weitem konnte man Schüsse und Rufe hören, bis sich schließlich Schritte näherten. Vor mir konnte ich mehrere Männer sehen, die auf mich zugerannt kamen, aber bevor ich mehr erkennen konnte, fiel ich eine tiefe Bewusstlosigkeit.

***

Das Erste, was ich wahrnahm, war ein leises Wimmern. Dann ein lautes Klatschen, stöhnende Geräusche und erneut ein Wimmern, dass mir eine Gänsehaut bescherte.

»Halt die Schnauze und genieß es!« Die männliche, höhnische Stimme kannte ich nicht. Sie gefiel mir auch nicht, denn all meine Instinkte sagten mir, dass der Besitzer der Stimme gefährlich war. Bevor ich die weiteren Worte verstand, die er sagte, wurde alles wieder still.

***

Beim nächsten Mal, als ich langsam wieder aufwachte, musste ich würgen und würgen. Irgendetwas stimmte nicht. Warum konnte ich mich nicht bewegen? Warum fühlte sich alles so taub an?

»Hey, Zlatko. Sieh mal, ich glaube, die Kleine will uns unbedingt zeigen, was sie zum Frühstück hatte.«

Zlatko?

Ich konnte die Augen nicht öffnen oder hatte auch Angst davor, was ich dann sehen würde. Das Würgen schmerzte, weil mein Hals völlig ausgetrocknet war. Nicht mal die Kotze war wirkliche Kotze. Ich spürte Magensäure, die mir aus dem Mund kam.

Dann fiel die Erschöpfung wieder über mich.

***

Als ich zum dritten Mal wach wurde, öffnete ich langsam die Lider. Es war schwierig, da meine Wimpern verklebt waren. Anscheinend hatte ich geweint. Doch erinnerte ich mich nicht mehr.

Blinzelnd starrte ich das Gesicht an, das leblos herunterhing. Der Körper war an ein Kreuz gebunden.

Was zum ...

Ich schrie auf, als ich den Körper als Bree identifizierte, die bewusstlos an Händen und Füßen gefesselt an ein Kreuz gebunden war. Ihr Gesicht war unversehrt, aber ... aber es lief Blut, so viel Blut an ihren Beinen herab, dass ich sofort wusste, was mit ihr passiert war.

»Bree ...« Meine Stimme klang kratzig und nicht menschlich. Als hätte ich schon wochenlang kein einziges Wort mehr gesagt.

Instinktiv blickte ich an mir herunter. Kein Blut, ich trug auch noch meine Jeans und mein Shirt. Vor Erleichterung lehnte ich den Kopf gegen ... Wogegen eigentlich?

Meine Hände und Beine waren ebenfalls an ein Kreuz gebunden. Deswegen fühlte ich meine Hände nicht mehr. Sie waren vollkommen taub.

O Gott.

Schnell sah ich mich um.

Ein Keller. Ein dunkler, kleiner Keller. Bree war direkt gegenüber von mir an das Kreuz gebunden worden.

»Bree?«, flüsterte ich. »Bree?«

Sie rührte sich nicht. Kein Zucken, gar nichts.

»Bree, verdammt!«

»Sie antwortet nicht. Sie wird gar nicht mehr antworten.«

Ich zuckte zusammen, weil ich mich nicht umgesehen und auch niemanden erwartet hatte.

Auf der Treppe, die nach oben führte, stand ein Mann. Null Akzent. Wer war er?

Als er die letzte Stufe genommen hatte, bekam ich Gewissheit.

Chinesen. Sie sind dafür verantwortlich.

Der Fremde putzte sich mit einem Tuch die Brille und setzte sie sich dann auf. Die meisten Chinesen legten wenig Wert auf Kleidung und Aussehen, doch er war offenbar anders. Sein Anzug war maßgeschneidert, wenn nicht sogar mehrere tausend Dollar teuer. Er wirkte jung, höchstens Mitte 30 und er war auch nicht so klein wie die meisten Asiaten. Man sah ihm den asiatischen Touch an, aber ich vermutete, dass ein Elternteil zumindest aus dem amerikanischen Raum kam. Er war wirklich attraktiv.

Und seine Augen verrieten, dass er dies hier bereits mehrere Male getan hatte. Kalt und völlig emotionslos stand er hier und erklärte mir, dass sie Bree nicht nur vergewaltigt, sondern auch gleich getötet hatten.

KAPITEL 17

Sloan

Sie war weg. Schon von weitem konnten wir aus dem Wagen heraus sehen, dass Teile des Hauses in Brand standen und wir zu spät gekommen waren.

Fassungslos stand ich auf dem Kiesweg und betrachtete das Haus. Das Feuer, das durch die Detonation entfacht war, war von der Feuerwehr unter Kontrolle gebracht worden. Cook ließ sich von Margery gerade so gut es ging verarzten. Die meisten Jungs waren mit ein paar Streifschüssen davongekommen. Zwei von uns hatten es nicht überlebt und fünf der russischen Wichser lagen ebenfalls im Dreck.

Die Russen ...

»Und du bist dir sicher, dass es Andrew war?«, fragte ich bereits zum dritten Mal Cook, der auf dem Boden saß und sich gerade wie ein Baby, das Handgelenk verbinden ließ.

»Er war es.« Seufzend sah er zu Margery. »So kann ich nicht schießen.«

»Mir ist vollkommen egal, ob du schießen kannst.

Sei froh, dass du noch lebst«, fuhr sie ihn an. Ihr Gesicht war schwarz vor Ruß und die Kleidung ebenfalls verdreckt. Da sie sich zum Zeitpunkt der Explosion nicht an der Haustür befunden hatte, war sie unverletzt geblieben.

»Ich hätte ihm gerne eine Kugel in den Schädel geschossen. Scheiße, ich werde erst wieder schlafen können, wenn die Kugel drinsteckt!«, rief Cook wütend.

Wie in Trance starrte ich auf den Kies. Ein paar Blutstropfen waren hinuntergetropft. *Es könnte Leahs Blut sein …*

»Boss?«

Sie hatten Leah in ihrer Gewalt. Wie konnte ich das zulassen?

»Boss?«, fragte Cook nun energischer.

Ich blinzelte mehrmals und sah ihn dann an.

»Wir bekommen Besuch.«

Die Cops waren längst dazu angehalten, sich hier nicht blicken zu lassen.

Ich sah zum Tor, dass nur noch an jeweils an einer Angel hing. Sie mussten es beim Ankommen einfach durchfahren haben.

Die meisten, die körperlich dazu in der Lage waren, erhoben sich oder kamen schnell angelaufen.

Die Jungs, die mit mir unterwegs gewesen waren, zielten bereits auf die zwei SUVs, die hereingefahren kamen.

Rave und sein Stellvertreter stiegen aus einem der Wagen. Aus dem anderen Wagen ebenfalls noch

Männer. Vier weitere Italiener, die uns mit mörderischem Blick anstarrten. Jeder von ihnen hielt seine Hand griffbereit an seine Waffe.

Was machten die denn hier?

»Wollt ihr uns erschießen oder wartet ihr zumindest ab, bis ihr erfahrt, warum wir gekommen sind?«, fragte Rave direkt und zog eine Augenbraue in die Höhe.

Ich gab meinen Männern einen Wink und sie senkten ihre Waffen.

Sein Stellvertreter, dieser Philippe, pfiff beeindruckt, als er die zerstörten Garagen, die Außenfassade und die Leichen sah.

»Wenn das so weiter geht, können wir bald eine Sammelbestellung bei *Ikea* in Auftrag geben«, sagte er.

»Wir haben über den Polizeifunk gehört, was hier los ist«, erklärte Rave und suchte die Gegend ab. »Ihr seid noch glimpflich davongekommen.«

Er hatte die Leichen gezählt.

Auf einmal wurde erneut die Autotür geöffnet und Prue stieg aus.

»Wo ist Steph? Ich meine Leah?«

»Frau, ich habe dir doch gesagt, dass du im Auto warten sollst«, sagte Rave und wirkte nicht nur genervt, sondern schon verzweifelt.

Sie ignorierte ihn komplett und sah sich um. »Ich sehe sie nicht.« Dann schaute sie zu mir. »Wo ist sie?«

Ich ballte die Fäuste, weil ich selbst keine Antwort darauf hatte.

»Sie haben sie«, antwortete ich unter zusammengepressten Kiefer.

»Was?« Philippe kam einen Schritt auf mich zu und wirkte wütend. »Sie sollte bei dir sicher sein, verdammt noch mal!«

»Komm du mir nicht ...« Ich wollte auf diesen italienischen Wichser zugehen, aber Cook drückte sich zwischen uns.

»Ganz ruhig! Es bringt uns gar nichts, jetzt auch noch durchzudrehen.«

Philippe musterte Cook verächtlich. Vor allem die rosa Bandage an seinem Arm wirkte verständlicherweise ziemlich merkwürdig auf ihn.

»O Gott.« Prue hielt sich die Hand vor dem Mund und sah zu Rave. »Was werden sie mit ihr ...«

»Prue.« Rave streichelte ihre Wange. Ein merkwürdiges Bild, wenn man Raves Wesen sonst kannte. Ganz der Anführer. Stolz, kühl, emotionslos. Aber bei seiner Frau war er es nicht. Da ließ er Gefühle zu.

Ich verstand ihn wohl besser als sonst jemanden hier.

Rave sah auf und schaute mich durchdringend an.

»Wir sind hier, weil wir helfen wollen.«

Ich spürte, wie all meine Männer unruhig wurden. Kein Wunder. Kein Italiener würde freiwillig einem Iren helfen.

Mein Blick fiel auf Prue, die sich an Raves Seite drückte.

Anscheinend würde der Anführer der Italiener selbst den jahrzehntealten Hass zwischen uns vergessen, um sie glücklich zu machen.

Wir beide unterschieden uns nicht wirklich.

Was würde ich alles für Leah tun, um sie zu beschützen?

Richtig. Alles.

KAPITEL 18

Leah

»Warum habt ihr Bree das angetan?«

»Weil wir es können. Denk bitte nicht, dass ich daran beteiligt war. Ich halte es eher ...« Er setzte sich die Brille wieder auf und musterte mich. »... wenn meine Frauen freiwillig in mein Bett kommen.«

Diese Aussage entsprach vermutlich der Wahrheit. Seine schimmernden Augen hinter dieser Brille versprachen vermutlich eine Menge Spaß. Aber welche Frau mit Verstand würde sich darauf einlassen?

»Dann hättest du sie aufhalten sollen!«

Mein Blick schoss wieder zu Bree.

Ja, ich hatte sie eine Schlampe genannt und mit einer Waffe bedroht. Und ja, ein Teil von mir hätte sie mit Sicherheit auch gerne abgeknallt. Aber ich hatte es nicht getan. Sie war ein Miststück. Aber verdient hatte sie diesen Tod nicht.

Niemand hatte das.

»Ich bin beeindruckt. Leah *Graham*, die einzige Erbin, besitzt tatsächlich noch Mitgefühl.«

»Mitgefühl? Ihr habt sie vergewaltigt und getötet!«
Er wirkte überrascht.

»Wildes Feuer auch noch ...« Er kam auf mich zu und blieb direkt vor mir stehen. »Das ist ziemlich anziehend, Miss *Graham*.« Sein Mund berührte fast meinen, aber ich drehte schnell meinen Kopf zur Seite.
Bitte lass mich in Ruhe. Bitte lass mich in Ruhe.

»Wie gesagt.« Er schnalzte mit der Zunge. »Ich mag es, wenn meine Frauen willig sind.«

Ich schnaubte, ohne den Blick wieder nach vorne zu richten. Denn er stand noch immer direkt vor mir. Sogar sein Aftershave konnte ich riechen und es roch nicht mal unangenehm.

»Das wird nicht passieren!«

»Dein loses Mundwerk wird dir hier nicht helfen.«

Ich schnaubte und er ließ mir etwas mehr Platz, damit ich ihn wieder ansehen konnte.

»Wenn du kein Interesse daran hast, mir weh zu tun, warum bin ich dann hier?«

»Ich habe dir nicht gesagt, dass ich dir nicht wehtun würde.«

Vor Panik wäre ich fast zusammengezuckt, versuchte aber, meine Gefühle so gut es ging vor ihm zu verstecken.

Er beobachtete mich genauestens. Die Angst hatte er gespürt, lächelte aber nicht. Auch sonst zeigte er keine Reaktion, ob ihm das gefiel.

»Es ist so ...«

Erneut kam er auf mich zu, sodass ich am liebsten

weggelaufen wäre, aber dieses »am Kreuz hängen« hinderte mich daran.

Er roch frisch und sauber, als er mit den Lippen mein Ohr berührte. Panisch schloss ich die Lider.

Jetzt wird er mir wehtun.

»Ich werde dir nichts tun«, flüsterte er mir zu.

Trotz seiner Worte konnte ich mich nicht entspannen. Bree hing tot vor mir, ich befand mich in einem Keller und dieser Fremde sonderte so viele verschiedene Gefühle aus, dass ich naiv wäre zu glauben, hier unversehrt wieder herauszukommen.

»Er will deinen Freund. Und ich muss zulassen, dass er ihn bekommt.«

Was? Wovon sprach er? Von wem sprach er?

Sein Blick traf auf meinen verwirrten Gesichtsausdruck. Durch die Brillengläser hindurch musterte ich in sein attraktives Gesicht.

»Was bedeutet das?«, flüsterte ich zurück.

Er schenkte mir ein leichtes Lächeln. Es wirkte fast entschuldigend.

»Das würdest du nicht verstehen.«

»Ich bin eine gute Zuhörerin«, schnaubte ich, weil ich das Bedürfnis hatte, mit ihm zu reden. Mein Instinkt sagte mir, dass er den gefährlichen Kerl sehr gut spielen konnte, die Gefahr im Grunde aber oben auf mich wartete.

»Sie haben es geschafft, mich zu überraschen, *Miss Graham*. Das schaffen die wenigsten.«

»Wer sind Sie?«

»Han!«, brüllte plötzlich ein Mann, der die Treppe herunterkam. Mehrere bewaffnete Männer folgten ihm.

Der Fremde brachte sofort Abstand zwischen uns und wandte sich dem Mann zu, der angerannt kam.

Ich kannte ihn. Das war Vitali. Der Anführer der Russen.

Und der Fremde hieß also Han.

»Hast du die Informationen, die wir brauchen?«, fragte er Han in seinem schweren, russischen Akzent.

»Sie weiß nichts«, antwortete er ruhig und erneut schien über uns irgendetwas zu explodieren.

Vitali blickte panisch an die Decke, brüllte auf Russisch irgendwelche Befehle und sah dann abwechselnd zu mir und diesem Han, der lässig vor ihm stand. Ihm schien es egal zu sein, dass dort oben anscheinend die Welt gerade unterging.

»Hast du sie hart genug bearbeitet? Die andere konnte mit Zahlen um sich werfen, aber wusste nichts. Ich sehe kein Blut. Wenn das ein Trick ist, Han, dann denk dran, dass ich weiß, wo ...«

»Sie ist erst wenige Tage wieder bei ihm. Sie kennt die Interna noch nicht gut genug«, antwortete Han ruhig.

Erneut bebte die Decke. Putz fiel Vitali direkt auf die Füße.

»Verfickte Scheiße! Es war alles umsonst? Dass kann doch nicht ...«

Auf einmal fielen Schüsse und Vitali zuckte erschrocken zusammen.

»Sie sind hier«, flüsterte er panisch.

Wer war hier?

Und als hätte man mich das laut fragen hören, rief eine laute Stimme plötzlich meinen Namen.

»Leah?!«

Sloan. Es war Sloan.

Instinktiv zog ich an meinen Fesseln, kam natürlich keinen Zentimeter weit damit. Aber mein Herz schlug schneller, sodass das Adrenalin seinen Weg durch meinen Körper fand.

»Hier!«, rief ich so laut, wie es möglich war, zurück. »Hier unten!«

Vitali funkelte mich wütend an. »Bring sie zum Schweigen.«

»Wir sollten verschwinden«, sagte dieser Han, griff sich Vitalis Arm, als wäre er sein Bodyguard und zog ihn in eine kleine Ecke.

Was hatte er vor?

Dann bückte er sich und öffnete eine Art Lüftungsschacht.

Im Boden?

»Spring!«, befahl Han jetzt dem Anführer der Russen.

Vitali jedoch sah einen seiner Männer an, die hochkonzentriert darauf aufpassten, dass sich ihnen niemand näherte.

»Töte sie.« Dann verschwand auch er in dem Schacht.

Die Schüsse von oben kamen bereits aus der unmittelbaren Nähe. Die Männer, die Vitali zurückgelassen hatte, schossen bereits in Richtung Treppe.

Der bullige Russe, der den Befehl bekommen hatte, mich zu töten, zog grinsend seine große, mindestens zwanzig Zentimeter lange Klinge und ging damit auf mich zu.

Mit vor Schreck geweiteten Augen blickte ich ihn an und sah dabei zu, wie er selbst große Augen bekam und dann zu Boden stürzte. In seinem Rücken steckte ein Messer, das von Han geworfen worden war.

Unsere Blicke begegneten sich, er nickte und verschwand dann auch durch den Schacht.

Ich blickte auf den toten Russen vor mir.

Dieser Fremde, der Han genannt wurde, hatte mir das Leben gerettet. Aber warum? Das ergab doch keinen Sinn, wenn er es war, der mich erst hierher hatte bringen lassen, oder?

Viele Fragen, aber keine Zeit, nach Antworten zu suchen. Denn die Schießerei dreißig Fuß vor mir ging weiter.

Die Russen feuerten wie wild auf die Treppe. Dort war zwar niemand zu sehen, aber anscheinend war das nur eine Frage der Zeit.

Denn urplötzlich flog etwas Kleines und Rundes die Treppe herunter, woraus Rauch aufstieg.

»Fuck!«, fluchte der erste Mann hier unten.

»Ich kann nichts sehen!«

»Wo sind sie?«

Es dauerte nur wenige Sekunden, bis auch mich der Rauch erreichte. Meine Atemwege bekamen sofort Probleme, genug Sauerstoff zu bekommen. Ich hustete und hustete, dann röchelte ich, weil mein Hals von innen glühte.

Ich schloss die Lider, weil der Rauch so heftig in den Augen stach, und bekam daher nicht mit, als mir plötzlich eine Atemmaske über den Kopf gezogen wurde.

»Ich hab dich«, sagte eine dumpfe Stimme. Dumpf, weil derjenige auch eine Maske trug.

Ich blinzelte und holte erst einmal tief Luft.

Sauerstoff. Endlich!

Meine Füße und Arme fühlten sich immer noch taub an, aber der Schmerz, den ich die ganze Zeit über auf der Haut gespürt hatte, war verschwunden. Kräftige Arme zogen mich hoch und ich spürte, wie ich hin und her schwankte. Da ich selbst durch die Maske nichts als Rauch sehen konnte, hatte ich absolut keinen Schimmer, was passiert war.

»Ich hab sie! Raus hier!«, rief diese dumpfe Stimme durch die Schießerei, die anscheinend immer noch nicht ganz zu Ende war.

Immer wieder verlor ich das Bewusstsein. In den wachen Momenten sah ich Licht und wie durch einen Nebel hörte ich Stimmen.

»Geht es ihr gut?«

»Sie hing an einem verdammten Kreuz. Diese Wichser ...«

»Hat man sie ...?«

»Sorry, Boss. Aber wenn es so ist, dann ...«

»Sie trägt noch ihre Kleidung. Das lässt doch zumindest darauf schließen, dass ...«

»Hört auf!«

Die letzte Stimme besaß wieder diesen dumpfen Laut. Sie kam mir bekannt vor, aber woher nur?

Ich spürte, wie man mir die Maske abnahm und ich musste wieder husten. Der gereizte Hals machte sich bemerkbar.

Mehrmals musste ich gegen das helle Licht blinzeln, dann starrte ich in das Gesicht mit der Maske.

Ich schrie und alle, die um uns herum standen und uns begafften, zuckten daraufhin zusammen.

»Leah, nicht. Ich bin's nur.«

Er nahm die Maske ab und Sloans verschwitztes Gesicht kam zum Vorschein.

»Sloan?«

Er versuchte zu lächeln, was ihm schwerfiel.

»Ich bin's.«

Ich umarmte ihn fast schon panisch. Er drückte mich auch an sich. Erst jetzt registrierte ich die vielen Männer, die uns beobachteten. Unsere Jungs und ein paar, die ich noch nie gesehen hatte. Rave und Philippe standen ein paar Fuß von uns entfernt und beobachteten die Szene mit ruhigem Blick.

Sie waren auch hier? Wir befanden uns vor irgendeinem Lagerhaus. Ich roch Rauch und hörte noch ein paar vereinzelte Schüsse.

»Ihr seid gekommen. Ihr alle«, flüsterte ich berührt.

Cook grinste, Fancy kratzte sich peinlich berührt den Nacken.

Ich ließ Sloan los, um ihn anzusehen. »Du bist gekommen.«

»Immer. Für dich immer.«

Das Schluchzen, das sich überhaupt nicht bemerkbar gemacht hatte, wollte plötzlich gar nicht mehr aufhören.

»Mit den Italienern?«, fragte ich weinend.

Sein warmer Blick galt allein mir. »Immer. Für dich immer.«

Dass er für mich sogar mit seinen Erzfeinden zusammenarbeitete, war einfach unglaublich. Es gab wenige Regeln in unseren Clans. Aber diese Regel wurde so gut wie nie gebrochen. Feind war Feind. Ob Italiener, Kolumbianer oder Russen.

Ich umarmte ihn erneut und blickte zu Rave und Philippe. Ein stummes »Danke« kam über meine Lippen. Philippe machte eine Geste, als würde er seinen Hut ziehen und Rave nickte einfach nur verstehend.

KAPITEL 19

Sloan

»Bitte ...«

»Bitte was?«, fragte ich bei Andrew nach.

Wir befanden uns im Bunker. Jetzt war er an der Reihe, nachdem wir die drei Russen, die wir am Leben gelassen hatten, nach einer kleinen Foltereinheit getötet hatten. Die Reste von ihnen lagen links in der Ecke. Andrew blickte immer wieder hin, weil er wusste, dass er sich demnächst auch dort befinden würde.

»Ich wollte es nicht, aber ...«

»Aber was? Du hast dir gedacht, du könntest doppelt kassieren, oder? Hier spielen wir mal den Stellvertreter und bei den Russen kassiere ich als Spitzel.«

Er hatte uns alle verraten, indem er uns ans Messer lieferte. Allen voran Leah.

»Ich habe ihnen nichts gesagt«, flüsterte er zitternd.

Er saß gefesselt auf dem Stuhl, eines seiner Schulter-gelenke war bereits ausgekugelt.

»Das glaube ich dir sogar. Immerhin wollten sie von

Leah und Bree Informationen haben. Informationen, die nur ich kenne.«

Andrew war zwar mein Stellvertreter, aber Codes zu Bankschließfächern oder Transportlisten für zukünftige Drogenlieferungen kannte nur ich.

»Aber du hast mich auf die falschen Fährten gebracht, damit ich dir vertraue, oder?«

Er sagte nichts, zitterte nur.

»Oder?«, brüllte ich.

Andrew nickte nur und ich verpasste ihm einen Faustschlag ins Gesicht.

Ein Zahn flog durch die Luft, er blutete.

»Lass uns noch was übrig, Boss«, sagte Cook, der mit den meisten Jungs nach unten gekommen war, weil er sich das Schauspiel nicht entgehen lassen wollte.

Verständlich. Sie alle waren von ihm verraten worden.

»Sloan, ich ... Scheiße, ich wollte es nicht, aber du kennst es doch«, fuhr Andrew mich plötzlich an. »Ich war es leid, nur die Nummer zwei zu sein. Die Russen wollten das ändern. Sie hätten mir ...«

»Sie wollten dir meinen Stuhl geben? Ich gebe dir einen verdammt guten Rat, mein Freund.« Ich beugte mich zu ihm runter und blickte in seine Augen, die noch genug Kampfgeist ausstrahlten, dass es zumindest eine interessante Session werden würde. »Bevor ich als Anführer der Iren zurücktrete, würde ich eher sterben. Und das, mein Freund, werde ich, wie du gesehen hast, zu verhindern wissen.«

»Du glaubst, Vitali wäre dein größtes Problem?« Er schnaubte, als wüsste er viel mehr, als über seine Lippen kamen. Vermutlich war das auch der Fall. Aber Andrew würde nicht reden. Er hatte gezeigt, wem seine Loyalität galt, als wir ihm auf dem Hallengebäude neben den Russen stehen sahen und er mit ihnen zusammen, auf uns feuerte.

Cook hatte ihn am Leben gelassen, weil wir es so wollten. Und wir würden ihn für diesen Verrat töten, weil wir es konnten.

»Und ich glaube, du bist dir immer noch nicht ganz bewusst, in welchen Problemen *du* steckst«, erklärte ich ihm so ruhig wie möglich und pfiff. »Meine Herren, die ersten dürfen sich am Buffet bedienen.«

Hinter mir lachten die Männer darüber. Sie freuten sich schon seit Stunden darauf, Andrew zu zeigen, was sie von einem Verräter hielten.

Und jetzt kapierte auch Andrew, wie schlecht es um ihn stand. Er zitterte und sein Ausdruck glich der einem verschreckten Reh. Gut, dass ich seit fast 15 Jahren der Jäger war. Ich ließ meine Jungs allein mit ihm zurück.

Die Schreie, die von Andrew kamen, wurden immer leiser. Als ich wieder in der ersten Etage ankam, sah ich mir die Zerstörung an, die die Explosion verursacht hatte.

Es würden Wochen dauern, bis der Flur wieder aussehen würde wie zuvor.

Ein paar der jüngeren Mitglieder waren noch damit beschäftigt, Schutt wegzuräumen.

Ich lief zur Tür und sah Leah dabei zu, wie sie vorne am Tor Blumen pflanzte. Automatisch lächelte ich darüber. Heute Vormittag, zwei Tage nach dieser ganzen Entführungsscheiße hatte ich Margery erzählt, dass sie ein bisschen Aufmunterung brauchen konnte und hatte die Blumen im Gewächshaus erwähnt. Es war nicht ganz Mittag und Leah kniete schon im Blumenbeet.

Sie liebte Blumen. Hatte sie schon immer. So fiel ihr nicht die Decke auf dem Kopf, und sie dachte nicht an die Scheiße, die um uns herum passiert war.

Prue hatte mir gestern erzählt, dass Leah sogar in Brooklyn, einer der dreckigsten Gegenden, ein Beet bepflanzt hatte. Sie fand es völlig verrückt, doch ich wusste, dass das einfach Leah war. Sie mochte als Stephanie ein neues Leben gelebt haben. Aber Leah war immer dabei.

»Sie sitzt schon seit zwei Stunden im Garten und pflanzt und gräbt um.«

Margery trat zu mir und wir beobachteten sie.

»Schafft sie das denn?«

Als der Doc sie gestern Abend noch durchgecheckt hatte, stellte er eine Gehirnerschütterung und Prellungen an Armen und Beinen fest. Man hatte sie nicht vergewaltigt. Das war auch der einzig clevere Zug von Vitali. Er wusste, dass sie tabu war. Margery blickte mich fragend an.

»Ja, gut. Die Frage war überflüssig.«

Leah war stark.

»Sie hat ihren Dad, Colin und jetzt dich an der Backe und rennt nicht weg. Zumindest nicht mehr.«

Fragend schaute ich jetzt zu ihr. »Du willst mir vermutlich etwas damit sagen.«

Margery wirkte so genervt, als hätte sie in eine Zitrone gebissen.

»Ihr Kinder seid wirklich schwer von Begriff.«

»Deine Kuppelversuche sind nicht schwer zu erkennen.«

Sie wusste, ich meinte dieses Abendessen, das dann doch irgendwie erfolgreich zu Ende gegangen war. Zumindest von meiner Seite aus. Leah war nach der Nummer im Esszimmer völlig durcheinander gewesen.

»Wie lange willst du noch so weitermachen, Sloan? Dieser Job ist nicht gemacht, um das allein durchzustehen. Ihr Dad hatte ihre Mom, Colin dich, für eine Weile zumindest. Wäre er nicht erkrankt, hätte er irgendwann auch über eine Familie nachdenken müssen. Denn das macht es doch aus, oder? Nicht das hier ...« Sie hob die Finger und schloss das gesamte Haus mit ein. »Und seien wir mal ehrlich. Ihr beide wollt doch gar nicht ohne den anderen. Du hast sie nicht umsonst überall gesucht. Und im letzten Jahr hat sie sich auch nicht sonderlich gut vor dir versteckt.«

Ich öffnete den Mund, um etwas zu erwidern. Aber was? Alles, was Margery sagte, hatte Hand und Fuß.

»Was hast du gefühlt, als sie erneut verschwunden war?«, fragte sie mich direkt.

Was ich gefühlt hatte?

»Alles und nichts«, antwortete ich ehrlich.

Einerseits war ich kurz davor gewesen, meinen Verstand zu verlieren vor Sorge, Panik und nackter Angst. Dann wiederum hatte ich eine tiefe Leere in mir gespürt, die nicht zu greifen war. Ich hatte die letzten Stunden nur noch funktioniert.

Rave und ich hatten unsere besten Computerspezialisten kontaktiert, um Vitali und seine Männer zu finden. Als uns das nicht weiterbrachte, ortete ich Andrews Wagen. Diese Idee hätte ich womöglich eher haben sollen, denn dann wären wir nicht am Hafen in diesen Hinterhalt geraten.

Die Ortung führte uns an eine Adresse, ein altes Lagerhaus.

Und die Russen hatten nicht damit gerechnet, dass wir sie so schnell finden würden. Vor allem nicht mit doppelt so vielen Männern.

Wir hatten über hundert Männer ausgeschaltet. Vitali entkam zwar, aber sein Clan stand kurz vor dem Untergang. Das wusste er. Bald würde es einen Machtkampf über sein Gebiet geben. Rave und auch ich hatten abgemacht, solang auszuharren, bis die Kolumbianer und die Chinesen sich entschlossen, anzugreifen, um an das Land zu kommen.

»Ich mache mir Sorgen um dich. Bevor wir Leah wiedergefunden haben, warst du oft mit deinen Gedanken woanders. Kalt, unberechenbar und vor allem bist du mir unmenschlich vorgekommen.«

Nur die alte, gute Margery traute sich so mit mir zu reden. Und Leah.

»Und seit sie wieder hier ist, bist du wieder der Alte. Wobei das auch nicht wirklich stimmt. Sie macht dich besser. Und das ist in dieser Welt, in der wir leben, eine gute Sache.«

Mein Blick glitt gedankenverloren wieder zu Leah.

Ich hatte ihr nach der Sache mit Bree, die mich ziemlich amüsiert hatte, gesagt, dass sie zu mir gehörte, wenn sie mich nicht erschoss. Eine Kurzschlussreaktion mochte man meinen. Nachdem sie mir das mit Mark erzählt hatte. Aber das war es nicht nur. Ich wollte, dass sie zu mir gehörte. Und dass sie eifersüchtig auf eine Frau war, die mir absolut nichts bedeutete, fand ich nicht nur erfrischend, sondern auch beruhigend.

Leah hätte jeden haben können. Wobei Colin und auch ich das zu verhindern wussten. Was wir bei einem Kerl anscheinend nicht geschafft hatten.

Mark.

»Tust du mir einen Gefallen, Margery?«

Sie nickte.

»Wenn Cook unten fertig ist, soll er einen Anruf tätigen.«

KAPITEL 20

Leah

Das Vogelzwitschern war das erste, das mich weckte. Und der Geruch von Blumen.

Blumen?

Ich riss die Augen auf und starrte auf eine rote Rose, die auf dem Kissen neben mir lag. Eine perfekte, rote Rose.

Mein Lächeln kam schnell und verschwand auch genauso schnell wieder.

Colin hatte mir immer welche geschenkt, wenn ...

Ich setzte mich auf und nahm die Rose in die Hand.

Colin konnte sie nicht hierhin gelegt haben. Wer also sonst?

Sloan?

Aber warum wollte er sich entschuldigen?

Es sei denn ...

Mein Kopf arbeitete auf Hochtouren, obwohl ich gerade erst aufgewacht war.

Der erste Gedanke, der mir in den Sinn kam, war ...

Mark.

»Verfluchte ...« Ich stand auf, mein Bein verhakte sich in meiner Bettdecke, ich fiel auf den Boden und fluchte noch einmal.

Schnell rappelte ich mich auf und rannte aus meinem Zimmer.

Im Flur war alles ruhig, keine Menschenseele war hier.

Die Panik in mir wurde immer größer.

Wenn keiner hier war, wo waren sie dann?

Dieses Mal zögerte ich nicht. Ich zog die Tür zum Keller auf und rannte barfuß die Stufen hinunter.

»O nein, Mädchen. Du wirst nicht ...«

Dieses Mal stand Cook direkt vor dem Regal. Abgestellt. Für mich.

Es war nicht zu fassen.

Ich hatte also recht.

»Mach die Tür, das Regal, wie auch immer es heißt, auf. Sofort!«

»Geht nicht. Befehl von ...«

Der alte Besenstiel direkt neben ihn kam mir zur Hilfe. Mit voller Wucht schlug ich ihm damit zwischen die Beine, sodass er sich krümmte und einen Schritt zur Seite machte. Cook hätte mir niemals wehgetan. Aber ich ihm. Und das war sein Fehler.

»Fuck!«

»Das sagt man nicht in Anwesenheit einer Dame«, schnaubte ich, hielt aber den Besenstiel fest, als ich die Tür zum Bunker öffnete.

Wie beim ersten Mal flankierten Sloans Männer die Mitte.

Nur dieses Mal wusste ich, wer auf dem Stuhl sitzen würde.

Mit so viel Ruhe und Haltung wie möglich liefen ich und Besenstiel direkt auf ihn zu.

Jemand rempelte mit dem Ellbogen einen anderen an und zeigte auf mich. Das Tuscheln war leise, aber ich hörte es trotzdem.

Und dann sah ich Mark auf dem Stuhl. Geknebelt und bereits mit einem dunklen Fleck am Jochbein.

Er war nicht nackt, trug noch Jeans und Hemd.

»Das ist nicht dein Ernst!«, fuhr ich die Person an, die erst noch gelassen an einem Rohr gelehnt hatte und Mark anstarrte. Aber meine Anwesenheit ließ ihn das schnell wieder vergessen.

»Was machst du hier?«, fragte er wütend.

Sein Hemdkragen war hochgezogen. Ansonsten sah er wieder mal wundervoll aus. Ich ignorierte das.

»Was ich hier mache? Lass ihn sofort gehen!«

»Leah ...« Mark keuchte meinen Namen und bekam von Sloan direkt wieder eine Faust ins Gesicht geschlagen.

»Hör auf!« Ich riss an seinem Unterarm, Sloan jedoch ließ das nicht zu und schlug meine Hand einfach weg.

Es wäre gelogen, wenn mich das nicht immens stören würde.

»Es ist sein ... Recht«, sagte Mark und ich erstarrte.

Geschockt schaute ich zu ihm. »Wie bitte? Er ... Er kann dich nicht so behandeln. Nein, das akzeptiere ich nicht!«

Sloan lachte laut auf. Es klang aber keineswegs freundlich.

»Dein Freund scheint wenigstens noch ein bisschen Hirnmasse zu besitzen.«

»Er ist der Anführer. Er ... entscheidet«, redete Mark weiter und versuchte, nicht laut aufzustöhnen, als er seinen Kopf in meine Richtung drehte. »Ich hätte dich niemals anrühren dürfen.«

»Das ist doch nicht richtig! Wir beide wollten ...«

Jetzt zog Sloan an meinem Arm und riss mich an sich. Wütend starrte er mich an. Er war kaum wiederzuerkennen.

»Du wirst diesen Satz nicht beenden!«

»Fick dich, Sloan!«, spie ich ihm ins Gesicht und schubste ihn dank Besenstiel in meiner Hand von mir weg. »Ich werde nicht dabei zusehen, wie du Mark tötest, weil ich mit ihm geschlafen habe! Das war meine Entscheidung. Frag dich doch lieber, wo du warst, als Mark bei mir war!«

Ein Muskel an seinem Kiefer zuckte vor unterdrückter Wut.

»Du warst mit sonst wem zusammen, während ich dabei zusehen musste! Sieh es endlich ein. Mark hat nichts damit zu tun, dass ich ihn wollte. Sondern du!«

Ich blickte zu Mark, der jetzt kein einziges Wort mehr sagte. Ich lächelte leicht.

»Ich wollte einmal wissen, wie es ist, wenn mich jemand will. Mark hat es getan. Ende der Geschichte. Wir sind Freunde geblieben und es war niemals mehr als Sex.«

Sloan zuckte kurz zusammen, stand aber immer noch an Ort und Stelle.

»Du bist es gewesen, der mich geküsst, mich fallen gelassen und Bree gevögelt hat«, erinnerte ich ihn an den Kuss im Wald.

Sloan öffnete den Mund, um etwas zu sagen, aber es kam nichts heraus, weil ich ihm zuvor kam.

»Fancy, gib mir ein Messer«, befahl ich, ohne zu Fancy, der hinter mir stand, zu sehen.

Ich spürte, wie Sloan nach mehreren Sekunden nickte. Fancy gab es mir und ich durchtrennte mit zwei schnellen Schnitten die Seile um Marks Hände. Er rieb sich sofort die Handgelenke.

Marks dankbaren Blick ignorierte ich, denn Sloan starrte mich noch immer an. Ich erwiderte seinen unnachgiebigen Blick.

»Mir ist klar, dass du das hier auch bist.« Ich schloss mit einer Handbewegung den Bunker ein. »Wenn es den Richtigen trifft, sollst du mit ihnen tun, was du willst. Aber versuche nie wieder jemandem wehzutun, der in den Momenten für mich da war, in denen du es nicht sein wolltest!«

Etwas veränderte sich in seinem Blick.

»Ich bin kein Spielball. Für niemanden!«, rief ich,

damit es auch jeder einzelne Mann mitbekam. »Ich bin Leah *Graham*. Ich bin die Letzte aus unserer Familie und Sloan ist euer Anführer. Aber glaubt nicht, dass ich mit ansehe, wie ihr Entscheidungen fällt, weil ihr denkt, über mich herrschen zu können!« Ich sah wieder zu Sloan. »Sonst lernt ihr mich kennen!«

Dann drehte ich mich um, um Mark aufzuhelfen. Er hob jedoch abwehrend die Hand und nahm meine Hilfe nicht an. Als er auf seine Beine stand, holte er einmal tief Luft und blickte dann zu Sloan.

»Ich habe mich falsch verhalten. Es tut mir leid. Ich werde den Clan verlassen und hoffe, dass die Angelegenheit somit erledigt ist«, sagte Mark mit ruhiger Stimme. Er riss sich zusammen, um stark zu wirken.

Sloan nickte, aber sein Kiefer mahlte. Er war stinksauer.

Auch wenn ich Mark am liebsten gebeten hätte, nicht zu gehen, war es die beste Entscheidung. Ich konnte hier stundenlang stehen und ihn beschützen. Keiner der Männer würde Mark mehr trauen. Er hatte etwas getan, was nicht entschuldbar war. Das war mir klar, auch wenn ich es am liebsten anders sehen würde.

Mark verließ den Bunker und niemand hielt ihn auf.

Cook stand ganz vorn und räusperte sich gerade lachend ins Fäustchen. Anscheinend war er nicht mehr sauer auf mich, weil er eine Begegnung der besonderen Art mit einem Besenstiel machen musste.

»Raus!«, rief Sloan aus, ohne mich aus den Augen

zu lassen. Innerhalb von wenigen Sekunden waren nur noch Sloan und ich hier unten. »Ich denke, jetzt sollte ich mal etwas sagen.«

Ich schluckte.

»Du gehörst zu mir«, sagte er so sachlich, als würde er mit mir über die letzte Steuererklärung reden.

»Was?«

Er schnaubte und fuhr sich durch sein Haar. »Jetzt tu nicht so, als wüsstest du es nicht.«

»Ich ...« Stirnrunzelnd ging ich die letzten Jahre immer wieder durch. »Du hast mich ignoriert. Manchmal sogar wochenlang.«

»Und du? Du warst monatelang weg, kamst wieder und hast kein Wort mit mir gesprochen«, erklärte er.

»Du hast doch ...«

Moment mal. Was passierte hier gerade?

Ich suchte seinen Blick. »Kann es sein, dass wir uns beide ...«

»Wir standen uns beide im Weg«, beendete er meinen Gedanken. »Ich redete mir ein, dass ein Mann wie ich nie gut genug für dich wäre. Colin hat diese Spiele mitgespielt, die wir spielten. Am Ende wusste er ganz genau, dass ich dich wollte. Immer nur dich.«

O Gott.

Ich musste kurz die Augen schließen, weil ich vermutlich sonst ohnmächtig geworden wäre.

War es nicht das, was ich die ganze Zeit über hören wollte?

Und dennoch ...

»Warum jetzt?«

Ich hörte ihn lachen und öffnete wieder die Augen.

»Nicht erst jetzt, Leah. Du begreifst nur langsam, dass nicht Sloan, der Anführer dich will, sondern Sloan, der Mann.«

Meine Lippen öffneten sich vor Überraschung.

Sloan hatte recht. Diese ganze Szene hier im Bunker war für den Clan gewesen. Niemand hatte mich anzurühren. Aber dass Mark gehen durfte, hatte mit etwas anderem zu tun. Er hätte ihn nicht gehen lassen müssen. Aber er tat es.

Für mich.

»Kein Zuchtprogramm, um Nachfolger zu zeugen?«

Sloan lächelte kopfschüttelnd den Kopf. »Ich habe nie über Babys nachgedacht. Aber da du es immer wieder erwähnst, warum nicht?«

Meine Augen wurden tellergroß.

»Irgendwann«, antwortete er schnell, damit ich nicht wirklich noch in Ohnmacht fallen würde.

O mein Gott.

Sloan dachte tatsächlich über Babys nach? Die er mit mir machen würde? So etwas sollte mich abschrecken, oder?

Aber das Gegenteil war der Fall. Ich ging auf ihn zu und küsste ihn. So hungrig, wie ich es die ganze Zeit über gewesen war.

Er hatte mich nie aufgegeben. Er hatte mich gesucht.

Ja, er war der Anführer unseres Clans. Ja, er war skrupellos und tötete. Aber das tat er, um uns alle zu beschützen. Mich zu beschützen.

Und was gab es Schöneres als das?

Sloan küsste mich, als hätte er das gebraucht. Mich gebraucht.

Wir stöhnten beide, weil es nicht genug war. Es war einfach nicht genug.

Mit einem Ruck hob er mich hoch, damit ich ihn mit meinen Beinen umschließen konnte. Dann drängte er mich an die nächste Wand, um mit mir zu tun, was er wollte. Ich würde ihm alles geben.

Seine Lippen fanden meinen Hals, dann meine Brüste, die er aus meinem Top schob und daran fest sog. Ich stöhnte und drückte mich seinem Mund entgegen.

Der Slip, den ich trug, war schnell in Fetzen gerissen.

»O Gott«, entfuhr es mir, weil es einfach so heiß war, wie er auf mich reagierte.

Es dauerte nur Sekunden, da war er in mir und füllte mich mit einer Kraft aus, die ich so noch nie kennengelernt hatte.

»Das ist es«, flüsterte er und es klang eher so, als würde er mit sich selbst reden.

Sloan stieß weiter zu, fest und doch zugleich auch sanft. Dabei ließ er mich nicht aus den Augen und dieses Mal wollte ich ihn ansehen. Seine Gesichtszüge waren wie immer makellos schön und doch besaßen seine Augen einen fiebrigen Glanz, der mich schwindelig machte.

»Perfektion«, hörte ich ihn flüstern und keuchte auf, weil er genau die sensible Stelle traf, die mich verrückt machte.

Wir beide kamen schnell und hart. Der Orgasmus fegte über mich hinweg und ich krallte mich in sein Hemd, damit ich nicht noch an Sauerstoffmangel starb.

Sloan drückte seinen Kopf an meine Halsbeuge und atmete keuchend ein und aus.

»Zieh dir das nächste Mal eine verdammte Hose an, wenn du durch das Haus läufst.«

Ich kicherte, weil er schon wieder anfing, Befehle zu erteilen.

»Und du solltest dich nicht vorher bei mir entschuldigen, wenn du planst, meine Ex-Affären zu foltern.«

Die Rose war ein Zeichen gewesen. Er entschuldigte sich für etwas, was er eigentlich nicht entschuldigen müsste. Es zeigte Schwäche und doch hatte er es getan.

Er hob den Kopf, um mich anzusehen. Seine Gesichtszüge wirkten entspannt und ich liebte diesen verklärten Blick in seinen Augen. Ich liebte ihn. Ich hatte ihn immer geliebt.

Automatisch suchte ich unter dem Hemd nach der Narbe, die ich schnell ertasten konnte.

»Ich hätte warten sollen, bevor ich angenommen hätte, dass du Colin ...«

»Ich möchte, dass du dir etwas ansiehst«, mischte er sich plötzlich mitten im Satz ein.

»Okay.« Die Frage war in meinem Gesicht zu lesen, aber er beantwortete sie nicht, sondern half mir, mich wieder hin zu stellen.

Dann bat er mich, mir etwas anzuziehen, das – Zitat – keinen weiteren Mann dazu bringen würde, anzufassen, was ihm gehörte. Ich grinste wie ein Honigkuchenpferd, als ich in mein Zimmer rannte, mir schnell eine Jogginghose überzog, um so schnell es ging wieder hinunterzukommen.

Ihm fiel sofort auf, dass ich immer noch keinen BH trug, aber anscheinend war ihm wichtiger, was er mir zeigen wollte.

Er ergriff meine Hand, verschränkte meine Finger mit seinen und wir gingen in sein Arbeitszimmer.

Dann bat er mich, mich an den Schreibtisch zu setzen, und ging zu dem Bild, hinter dem der Tresor versteckt war. Einige Minuten später reichte er mir einen Umschlag.

»Was ist das?« Ich nahm ihn entgegen.

»Colin hat dir einiges hinterlassen. Du hast die Grundstückspapiere, die Bankkoten und so weiter bereits gesehen. Der Umschlag ist etwas, was ich dir nur persönlich überreichen sollte. Ich habe ihn so lange verwahrt bis ...« Er zuckte mit der Schulter. »Ich hatte ihn in dieser Fülle der Dinge, die passiert sind, vergessen und es fiel mir erst wieder ein, als du allen begreifbar gemacht hast, dass du eine verdammte *Graham* bist, die sich von niemanden etwas befehlen lässt.« Der Stolz und der fiebrige Glanz in seinen Augen machten mich wieder völlig gaga. Aber der Umschlag in meiner Hand holte mich schnell wieder in die Wirklichkeit zurück.

Ich drehte ihn um und erkannte Colins säuberliche Schrift wieder.

Er hatte meinen Namen darauf geschrieben.

Ich öffnete den Umschlag und schüttelte ihn aus. Mehr als eine Speicherkarte war nicht darin.

»Hier.«

Sloan holte seinen Laptop, steckte die Karte hinein und blickte mich dann an. Mein unsicherer Blick entging ihm nicht.

»Wenn etwas ist, ruf mich.«

Mehr als ein leichtes Nicken brachte ich gerade nicht zustande. Sloan zögerte erst, doch dann verließ er das Zimmer.

Mit zittrigen Händen klickte ich auf das Fenster, das die Speicherkarte anzeigte.

Der Bildschirm öffnete sich und ich brachte ein ersticktes Keuchen von mir. Colin sah mich an.

Er wirkte müde und doch sah er aus wie mein Bruder.

»Leah.«

Seine Stimme noch mal zu hören, war unglaublich schön. Schon als Kind hatte mich seine Stimme immer beruhigt. Wir beide gegen den Rest der Welt. Die einzigen noch lebenden *Grahams*.

»Vermutlich bist du ziemlich sauer auf mich, wenn du das Video siehst. Ich habe dich ...« Er schloss die Augen. Im Hintergrund war das Regal zu sehen, das hinter dem Schreibtisch hing. Er hatte das Video hier drinnen aufgezeichnet. »Ich habe dich nicht mit einbezogen, weil ich dich schützen wollte.«

Ich schnaubte. Wer in diesem verdammten Haus wollte das nicht?

»Ich weiß, dass du es hasst, wenn ich den Satz benutze. Aber unsere Welt gibt uns keine Zeit, über richtig oder falsch nachzudenken. Wir führen, das macht uns aus.«

Ich verstand ihn, obwohl ich es nicht müsste.

»Mir bleibt nicht viel Zeit. Ich weiß nicht, wann, aber ich werde dir das nicht antun, dass du mir beim Sterben zusiehst.« Sein Gesicht wirkte plötzlich verbissen. »Mom starb mit Schmerzen, Dad erging es genauso. Aber ich werde nicht zulassen, dass ich sabbernd und zitternd wie ein Krüppel an meiner eigenen Kotze ersticke. Nenn es Schwäche und Angst.« Er schnaubte verächtlich. »Aber ich werde es nicht *so* zu Ende gehen lassen.«

Das hatte er nicht. Sloan hatte es für ihn getan.

»Sei stark, Leah. Bleibe stark. Das macht den Unterschied zwischen dir und mir aus.«

Meine Lippen bebten. Er lag so falsch. Colin war immer der Stärkere von uns beiden gewesen.

»Und bitte nimm es Sloan nicht übel, dass er ist,

wie er ist. Du hast mich geliebt, dann kannst du ihn auch weiter lieben.« Er lachte in sich hinein. »Gut, das ist wohl auch ein Unterschied. Über den ich eigentlich nicht weiter nachdenken möchte, weil ich mich sonst noch übergeben müsste.«

Jetzt war ich diejenige, die lachte.

»Ich wünsche mir, dass ihr beide das miteinander habt, was Mom und Dad hatten. In unserer Welt gibt es wenig, worüber wir uns freuen können. Geld und Macht allein machen nicht glücklich.« Er wirkte kurz weit weg mit seinen Gedanken. »Es ist die Nähe zu einem Menschen, den man liebt. Zumindest hat Dad das mal gesagt. In den wenigen Momenten, in denen er uns gezeigt hat, dass mehr in ihm steckt als der Anführer, der er war.«

Dann sah er mehrere Sekunden in die Kamera.

»Ich liebe dich, Leah. Du bist mein Mensch gewesen, der mich vergessen ließ, welche Bürde wir auf den Schultern tragen.«

Mein Blick verschwamm immer mehr, weil ich die Tränen nicht stoppen konnte.

Colin lehnte sich zurück. »Falls du dich für jemand anderen entschieden hast, hoffe ich, er wird von Sloan keinen bleibenden Schaden erleiden. Ansonsten bete ich für meinen besten Freund, dass er zumindest jetzt die Eier in der Hose hat, dir zu sagen, was er für dich fühlt.« Er sagte das so sachlich, dass ich kurz den Anführer Colin in ihm wiedererkannte.

»Ich wünsche mir, dass du glücklich bist«, setzte er hinzu und blickte wieder versöhnlicher, fast schon liebevoll in die Kamera. Dann schluckte er und wirkte so ernst, wie ich ihn selten erlebt hatte.

»Es tut mir leid.« Er beugte sich vor und die Aufzeichnung war beendet.

Ich stockte und starrte auf den schwarzen Bildschirm. Meine Lippen bebten, ich war fix und fertig.

Es war etwas anderes, zu wissen, dass er tot war. Aber diese Nachricht jetzt ... Da war er irgendwie wieder so lebendig. So verdammt lebendig.

Laut schluchzte ich auf und es klang, als wäre erneut jemand gestorben.

Aber Colin war bereits tot.

Und dann fand ich mich in zwei starken Armen wieder, die mich festhielten.

O Gott. Es tat so gut, dass er mich hielt.

Wie eine Ertrinkende klammerte ich mich an ihn. Schluchzte und schluchzte, verlor Träne über Träne für meinen Bruder.

Irgendwann beruhigte ich mich so weit, dass ich ein wenig Abstand zwischen uns bringen konnte. Sloan wirkte unsicher, fast schon verzweifelt. Ein Anblick, den ich selten sah und nicht oft sehen wollte.

»Mir gehts gut«, sagte ich und zog noch mal richtig damenhaft den Rotz in meiner Nase hoch.

»Sicher?«

Ich nickte. »Immerhin hat er gehofft, dass du genug

Eier in der Hose hast, mir zu sagen, was du für mich fühlst.«

Sloan schnaubte belustigt. »Das hat er gesagt, ja?«

Ich nickte und grinste, bis er mich wieder ansah.

»Dann sollte ich das wohl tun.«

»Was?«, fragte ich, obwohl mein schneller Herzschlag schon wusste, was er meinte.

»Dir zeigen, dass ich Eier besitze«, sagte er, ohne mich aus den Augen zu lassen.

»Okay.«

»Leah?«

»Mh?«

»Ich liebe dich. Und nicht erst seit gestern.«

Meine Lippen bebten, weil einfach alles zu viel war. Es war kolossal, zu viel von allem, aber auch schön und unbegreiflich.

Ich nickte, als hätte ich das Sprechen verlernt.

Sloans Augen schimmerten verdächtig feucht. Aber ich kommentierte es nicht.

Dann fiel ich ihm wieder in die Arme und vergrub mein Gesicht in seinem Hemd.

»Ich liebe dich seit schon immer.«

Ich spürte sein Lächeln in meinem Haar, weil der Satz nur für ihn und mich wirklich Sinn ergab.

Sloan kämpfte, tötete und kämpfte erneut.

Wir waren nicht perfekt. Aber gemeinsam waren wir glücklich.

EPILOG

Leah

»Hopp, hopp!«, riefen sie alle im Chor.

Und Cook enttäuschte sie nicht. Er trank sein viertes Bier auf Ex und die gesamte Bar, Italiener und Iren, flippten vollkommen aus.

Cook hob die Hand, ließ sich feiern und ich setzte mich zurück an die Bar.

Prue stand hinter der Theke und grinste zufrieden.

»Cook hat sich bereits Respekt verschafft«, stellte sie fest.

»Er ist Ire. Es geht um seine Ehre«, witzelte ich und nippte an meinem Wein.

Seit Wochen gingen wir hier ein und aus. Als Prue mich das erste Mal eingeladen hatte, vorbeizukommen, sah Sloan mich lange von seiner Bettseite aus an – Ja, seine Bettseite! – und nickte dann, als hätte ich ihn gefragt, ob wir heute mal Pizza statt Burger bestellten. Die Jungs waren anfangs auch nicht begeistert gewesen, aber wie man sah, änderte sich das ziemlich schnell.

Seitdem verbrachten Prue und ich viel Zeit

zusammen. Sie war letzte Woche auch das erste Mal bei uns gewesen. Rave hatte zwar alle drei Minuten bei ihr angerufen und nach dem sechsten Mal nur noch ein »Ruf noch mal an und du stirbst als Single!« von ihr ins Handy gebrüllt bekommen. Aber es wirkte, denn dann rief er nur noch alle zehn Minuten an.

Ich sah mich in der Bar um. Fancy freute sich gerade über den Sieg beim Pokern, bis einer von Raves Jungs ein besseres Blatt hinlegte und sich dieser dann feiern ließ.

Cook begann jetzt mit ein paar Runden Shots und Philippe war damit beschäftigt, irgendeiner Tussi in einem knappen Minirock die Mandeln zu küssen.

»Wow, dieser Rock ist so Neunziger«, sagte ich.

Prue prustete los. »Das sage ich ihr seit über einem Jahr.« Dann musterte sie mich. »Was macht dein dunkler Ritter heute?«

Was sie eigentlich meinte, war, schmollte er immer noch, wenn ich ihm erzählte, dass ich hierherkam?

»Heute hat er es besser aufgenommen«, antwortete ich und dachte an den Sex im Bad, im Bett und dann noch in der Garage, bevor ich losgefahren war.

»Denk dran, wem das alles gehört, Leah.«

Dann hatte er mir ein Finger in die Muschi gesteckt und mich dabei beobachtete, wie ich kam.

»Und denk dran, was ich tue, wenn jemand anderes das nicht verstehen will.«

Prue schnaubte lachend, weil ihr klar war, was Sloan tat, damit ich ja nicht vergaß, zu wem ich gehörte.

Prues Knutschfleck, der rot blinkte wie ein Warnschild, bewies, dass unsere Männer gleich tickten.

»Ich habe noch keine Einladung zur Hochzeit bekommen. Wann ist es denn endlich soweit?«, fragte ich sie, um Prue aus der Reserve zu locken.

Meine Freundin war lustig, unerschrocken und wusste nie, wann genug war. Einzig beim Thema Hochzeit wurde sie jedes Mal so still, dass ich manchmal ihren Puls kontrollieren wollte, nur um auf Nummer sicher zu gehen.

»Es ist nicht mehr so einfach …«

Was?

Was bedeutete das denn? Sie war sich unsicher? Sie wollte Schluss machen?

Den Schock und die vielen Fragen konnte sie von meinem Gesicht ablesen.

»Okay, es ist was passiert«, flüsterte sie. »Und ich weiß, dass das etwas ändern wird.« Prue kaute auf der Unterlippe. »Es wird alles verändern.«

Oho.

Und dann bemerkten wir, dass es mucksmäuschenstill in der Bar geworden war. Kein Cook, der die Menge begeisterte. Kein Gestöhne von Philippe und keine Pokerspieler, die lauthals ihren Einsatz zurückforderten.

Und dann schaute ich zum Eingang.

Rave und Sloan standen in der Bar.

Was zum Teufel war das?

Eine Fata Morgana?

Kollektives Schweigen in der ganzen Bar.

Sloan und auch Rave wirkten angespannt und doch standen sie hier zusammen.

»Geht die Welt unter?«, beendete natürlich Prue die Stille.

Rave verdrehte die Augen und kam wie Sloan zu uns.

»Wir haben uns getroffen, um über Geschäftliches zu reden«, sagte Sloan und drückte sich an meinen Rücken, um mir dann einen Kuss auf den Kopf zu geben. Geschäftliches? Seit wann trafen sie sich denn persönlich? Die ganzen Monate lang führten sie Gespräche. Das wusste ich. Aber nie persönlich.

Die Bargeräusche um uns herum wurden wieder lauter, als allen anderen klar wurde, dass sie sich nicht gegenseitig umbringen wollten.

»Artig gewesen?«

Auf seine Frage hin verdrehte ich die Augen.

»Zwei Zungenküsse und vier Telefonnummern kassiert. Aber sonst war nichts los«, antwortete ich salopp und Sloan erstarrte hinter mir.

Prue lachte lauthals los.

Rave schmunzelte, was zugegebenermaßen echt überraschend war. Doch dann verfinsterte sich sein Blick.

Was war los?

»Geht es dir gut?«

Seine Frage war an Prue gerichtet, die grün wie die Wand aussah.

»Mmh. Geht gleich wieder.«

Sie schwankte, Rave sprang schnurstracks und mit einer schnellen Bewegung über die Bar und hielt sie fest.

»Was ist los?«

»Kannst du mich bitte nach Hause bringen?«

»Sicher, aber ...« Er drückte sie wenige Zentimeter von sich, um sie besorgt zu mustern. »Was ist los? Hat dir jemand was in den Drink gekippt?« Er suchte mit den Augen nach irgendeinem Glas, fand aber nichts.

»Nein, ich will nur nach Hause.«

»Hat dir jemand wehgetan?«

»Rave ...«

»Wo tut es weh?«

»Rave ...«

»Ich bring denjenigen um, der ...«

»Dann fang bei dir verdammt noch mal an!«, brüllte sie auf einmal los und wieder erfüllte kollektives Schweigen die Bar.

Raves verständnislosen Blick konnte ich sehr gut nachvollziehen.

Prue warf das Geschirrtuch auf den Boden.

»Seit Wochen gehts mir beschissen und du bist schuld!«

Jetzt verstand ich langsam und auch Sloan neben mir grinste. Nur Rave schien auf der Leitung zu stehen.

»Erläuterung?«, fragte er.

Prue verdrehte die Augen.

»Wenn du den Wink mit dem Zaunpfahl nicht

verstanden hast, solltest du dir noch einen Drink genehmigen. Denn ich darf keinen anrühren, für … knapp sechs Monate.« Sie verschränkte trotzig die Arme vor der Brust und wartete, bis es bei ihm Klick machte.

»Warum solltest du nicht …« Raves Blick veränderte sich langsam. Er starrte erst Prue an, dann ihren Bauch, um schließlich erneut in ihre Augen zu sehen. »Fuck, willst du mir damit sagen …«

Sie schnaubte. »Jepp, du hast getroffen, Cowboy.«

Raves strahlendes Lächeln war atemberaubend schön anzusehen.

»Du verarschst mich doch.«

Prue schnaubte erneut, als würde das tatsächlich nie passieren.

Dann zog er sie an sich und drückte sie so fest und lang, dass selbst mir die Tränen kamen. Dann schluchzte Prue auf und vergrub ihren Kopf in seinen Mantel.

»Es ist zu früh«, hörte ich sie leise murmeln.

»Scheiße, so oft wie wir vögeln, ist es fast schon zu spät.« Er lachte so befreit, dass mich das noch mehr rührte.

Rave war immer so kontrolliert und jetzt sah man hinter dieser dicken Mauer den Mann, der liebte.

»Ich werde Vater!«, rief Rave glücklich aus.

Die Bar jubelte wie verrückt. Cook sah das als Grund, erneut eine Runde »Wer trinkt am meisten? Cook trinkt am meisten« zu spielen. Philippe kam hinter die Bar und riss Prue sowie Rave an sich.

»Ich werde Onkel!«, rief er aus und erneut jubelte die gesamte Bar.

Prue grinste mittlerweile auch und klammerte sich dabei an ihren Rave.

Ich freute mich so sehr für die beiden.

Sloan war gerade dabei, Rave und Prue zu beglückwünschen, als Philippe mich anschaute.

»Na, was sagst du, Steph?« Er grinste mich an. Es war eine Art Insiderwitz für ihn geworden, mich mit meinem erfundenen Namen anzusprechen.

»Ist das nicht ein Grund zu feiern?«

»Ist es.« Ich grinste.

»Mann, warum bist du nicht bei brünett geblieben?«, fragte er mich und schaute bedauernd auf mein mittlerweile kupferrotes Haar. Dann seufzte er. »Und deine Brille fehlt mir auch.«

»Du brauchst eine Frau, die weiß, was sie an dir hat«, antwortete ich ihm über den Lärm hinweg.

Einen langen Moment musterte mich dieser attraktive Italiener.

»Ich stehe eher auf Plural, Steph. Frauen. Ich brauche Frauen, die wissen, was sie von mir wollen. Für eine Nacht.« Er zwinkerte mir zu, griff sich aus dem Regal eine volle Wodka-Flasche und ging dann wieder zu den Feiernden und Frauen zurück.

»Muss ich ihn töten?«, flüsterte mir eine sehr bekannte Stimme ins Ohr.

Ich grinste kopfschüttelnd.

»Er kannte Steph. Die bin ich nicht mehr.« *Die war ich nie.*

Einen Augenblick sagte er nichts, hielt mich einfach an seine Brust gepresst.

»Du gehörst zu mir. Hast du schon immer.«

»Ich weiß«, flüsterte ich gerührt.

Die letzten Monate waren wie ein Traum gewesen. Ich hatte so viele Jahre gehofft, dass er mich eines Tages so in den Armen halten würde, dass ich nicht mal mehr daran geglaubt hatte, es würde irgendwann passieren.

Jetzt war es so und es fühlte sich Tag für Tag schöner an.

»Schön, dass du es hierhergeschafft hast«, sagte ich und meinte es auch so.

Mehrmals hatte ich ihn gefragt, ob er mitkommen wollte. Aber jedes Mal hatte er die Arbeit vorgeschoben. Mir war bewusst, dass es viel verlangt war. Die Italiener waren unsere Feinde. Es war schon immer so gewesen. Aber warum sollte man so etwas nicht ändern können?

Vier Monate später änderte er es.

Es war ein großer Schritt und doch einer, den wir gehen mussten.

Vitali war verschwunden. Dieser Han war ein Mythos, weil Sloan nichts über ihn herausfinden konnte.

Alles befand sich in der Schwebe. Wir brauchten Verbündete und vermutlich waren diese Männer dadurch auch Freunde geworden.

»Schön, dass ich bei dir sein darf«, antwortete er.

Sloan war immer noch der Meinung, dass nur *ich* entschieden hatte, mit ihm zusammen zu sein.

Aber das stimmte nicht.

Wir beide wollten nicht der Finsternis verfallen. Wir spielten nach den Regeln. Wir waren die Regeln.

Sloan und Leah. Leah und Sloan.

Wir mussten Colin verlieren, um uns zu finden.

Und zusammen würden wir es allen zeigen.

NACHWORT

Der in sich abgeschlossene zweite Teil meiner New York-Mafia-Reihe hat sein Ende gefunden.

Ich muss ja sagen, dass ich mich nicht ganz entscheiden kann, wen ich mehr mag.

Rave oder Sloan?

Es ist eine schwierige Frage und die Antwort wird noch schwieriger werden, wenn ein dritter Mann seine Geschichte bekommt.

Jepp, es wird einen dritten Teil geben.

Ich habe viele Fragen offengelassen und neue entstehen lassen.

Aber sie werden erzählt werden.

Versprochen.

Ich danke meiner Lektorin Anne, die mir schon vor dem Ende des Manuskriptes mit viel Tat und Drang zur Seite gestanden hat.

Sabrina hat erneut wunderbares geleistet, damit mein Cover so wunderschön ist und perfekt zu Teil 1 passt!

Vielen lieben dank auch an meinen Ehemann, der momentan wirklich viel Geduld mit mir hat, weil ich mir so viel vorgenommen habe. Ich liebe dich und unsere Familie.

Die Korrektur bewies wie so oft auch wieder ein tolles Fingerspitzengefühl. Danke.

Und zu guter letzte noch einmal ein großes »Danke« an meine Leser.

Danke, dass ihr mir stehts so treu bleibt und meine Bücher immer wieder aufs Neue lest, bewertet, kommentiert und liebt.

Ich wäre nichts ohne euch und Emma nur ein Name, den man vielleicht ganz schön findet.

Eure Emma